本书为山东省社会科学规划研究青年项目"清代山左女性文学研究"(项目编号20DZWJ01)成果

沌溪叢書

沜溪丛书

清代山左女性文学研究

◎ 孙欣婷 著

图书在版编目(CIP)数据

清代山左女性文学研究/孙欣婷著.—上海:上海大学出版社,2024.4
(泮溪丛书)
ISBN 978-7-5671-4964-9

Ⅰ.①清… Ⅱ.①孙… Ⅲ.①妇女文学-文学研究-中国-清代 Ⅳ.①I206.49

中国国家版本馆CIP数据核字(2024)第078227号

责任编辑　贾素慧
封面设计　缪炎栩
技术编辑　金　鑫　钱宇坤

清代山左女性文学研究

孙欣婷　著

上海大学出版社出版发行
(上海市上大路99号　邮政编码200444)
(https://www.shupress.cn　发行热线021-66135112)
出版人　戴骏豪

*

南京展望文化发展有限公司排版
上海光扬印务有限公司印刷　各地新华书店经销
开本890mm×1240mm　1/32　印张10.25　字数212千
2024年4月第1版　2024年4月第1次印刷
ISBN 978-7-5671-4964-9/I·701　定价 98.00元

版权所有　侵权必究
如发现本书有印装质量问题请与印刷厂质量科联系
联系电话: 021-61230114

前　言

山东地区,古称山左。清代山左文学极为繁盛,树立了齐鲁文化的地域标杆。清代以济南府为中心,出现了一大批享誉诗坛的诗人。女性文学是山左文学的重要分支。据胡文楷《历代妇女著作考》中的数据统计,有清一代,山左女性文人多达96位,占历代山左女性文人的73%。继宋代杰出的山左女词人李清照之后,清代山左女文人以一个庞大的地域文学群体姿态呈现于彼时的文坛,是彰显齐鲁文化不可或缺的重要部分。

据笔者统计,清代山左女性文人实际达186位,作品153种。清代山左女文人数目众多,作品存世情况良好,因此具有较高的学术研究价值。一是可以从地域上凸显清代山左女性文学的优势,从而确定其对中国女性文学史以及对中国文学史的贡献。从地域上看,历代女性文学以江、浙、皖、闽、粤等南方地区为重,北方地区的女性文学受关注较少。在胡文楷《历代妇女著作考》中,清代山左女性文人96人,在北方地区居于首位,是女性文学重镇之一。从时代上看,清代山左女性文人数量和作品质量相对其他朝代都有所提升,同时也具有自己的时代特色,尤其是在齐鲁文化和儒家思想形态的影响下,山左女性文学呈现出独特的地域风采和文学精神。二是通过分析清代山左女性作家作品中内蕴的"地理基因",可以挖掘出其受齐鲁文化影响而形成的"地理意象"和"文学地标"。山左地区是儒学发源地,在儒家思想影响下,清代山左女性文学风格趋于典雅守正,著作中也出现了学术性著作,具有鲜明的地域特色。三是发掘清代山左女性文学特性,可以为中国女性文学史的建构与书写提供新的研究角度与史料。在特定时代与儒家文化传统影响下,山左女性文学作品体现出独特的齐鲁文化特性,如文学主题的提升、文学风格的多样化、著作类型的突破等。

目前女性文学研究的对象主要集中在江南地区。因清代江南地区经济发达,文化教育在闺阁中较为普及,故女性文学较为兴盛。恽珠《国朝闺秀正始集》、黄秩模《国朝闺秀诗柳絮集》、汪启淑《撷芳集》、徐乃昌《小檀栾室汇刻闺秀词》等总集中的诗词选录皆以江南地区女性为多。但清代山左女性的文学成就和才华并不逊于江南地区。胡文楷《历代妇女著作考》、施淑仪《清代闺阁诗人征略》皆有对山左女性作家及作品的著录。卢见曾《国朝山左诗钞》、张鹏展《国朝山左诗续钞》、余正酉《国朝山左诗汇钞后集》、孔宪彝《阙里孔氏诗钞》等更是专门收录了清代山左女性诗歌。在清代山左女诗人中,孔璐华、郝簠、李长霞、王碧莹等人的诗歌都有着颇高的成就。

近年来学界对清代山左女性文学的研究取得了一定的成果,为本课题的研究提供了一定基础,足资借鉴。

在综合研究方面。梁乙真《清代妇女文学史》第二编第一章为王士禛与女性文学关系探讨,其中有一节对山东益都(今淄博)赵慈作专门论述;第三编第三章有对经学家福山(今烟台)人王照圆的论述。宋清秀《清代女性文学群体及其地域性特征分析》一文认为江苏、浙江、福建是清代女性文学的核心地区,关于山左女性文学,仅提及其偏重学术、史学、文章等著述的特点。王萌《明清女性创作群体的地理分布及其成因》一文重点论述明清南方地区女性创作的繁荣及成因,仅提及山东女性文人的数量为86人。宋清秀《清代才女文化的地域性特点——以王照圆、李晚芳为例》一文中比较了王照圆和李晚芳二人学术研究方向的不同,认为王照圆以儒学著称,李晚芳则注重教化,从中可以看出才女文化具有地域性特点,原因一是地域文化的差别,二是家庭环境的影响。

在研究山左文学方面,以李伯齐《山东文学史论》为代表,该书上起先秦,下讫清代,罗列了历代山左诗人及其作品,但因篇幅所限,将明清文学合并进行概述,虽提及王碧莹、李长霞、慕昌溎等清代山左女性,但较为简略。其他研究清代山左文学的著述中更注重研究山左男性诗文创作,少有论及山左女性文学者。黄金元《明清之际济南府望族与诗歌研究》第二章第四节《明清之际济南府望族中的女性》论述了明清之际济南府望族女性往往具有贤明大义的妇德,在家族遭遇重大挫折、变故时,能成为支撑门户的脊梁,有的还具有非凡的文学乃至艺术的天赋;第七章第二节《张氏与〈茹荼吟〉绝句三十首》注重考察张氏的写作风格;第九章第五节《清代山左名媛朱绛子媳赵慈身份新考》主要考证赵慈的生卒年与生平事迹。张茜《清代山东诗文作家研究》综论清代山东诗文作家作品,以山左男性为主,仅在提及家族文学时偶有涉及女性,如孔氏家族中的孔璐华等人。姚金笛《清代曲阜孔氏家族诗文研究》第六章《清代曲阜孔氏家族中的女性作家》着重论述孔氏家族女性文学兴盛的原因及其诗作的总体特征。这些研究山左文学的论著都提及了山左女性的创作,且不乏新的论述角度和结论。但因论述的重点不同,未能就清代山左女性文学整体作进一步详细论述。

于少飞《论清代山东地区女性文学的特征》一文以清代山东地区的女性文学作为出发点,认为其地域性特征表现在群体性特征不强、著作类型丰富多样和对儒家诗教传统的遵循上。石玲《清代曲阜孔氏圣裔女诗人论略》一文以孔氏家族的孔丽贞、孔璐华、孔淑成、孔祥淑等为例,认为这一群体的创作体现了家族精神和文化传统,风格温柔敦厚、典雅守正,追求个体感性心理欲求与社会理性纲常伦理的统一。董倩倩《清代孔氏家族女性诗人诗作综考》一文以清代孔氏家族女性诗人作为研究对象,概括出孔氏家族女性诗人的群体特征,进而对清代孔氏家族女性文学作宏观研究和个案分析。朱文文《以才成德,以德达才——从孔璐华看清朝中期的女子教育》一文以孔璐华为例,论述了清朝中期女性教育的成功之处,认为妇德与妇才可以并举,以此修正今人对古代女性的刻板印象,真正体察清代女性的德才观。王蕊《清代山东才女的写作与日常生活》一文认为清代山东才女与丈夫一起进行的阅读与写作活动,打破了儒家伦理及清代法律中关于男尊女卑的规范与约束,建立起亲密无间的夫妻关系;在性别分工模式下,日常劳作依然是才女们生活中最重要的部分,但熬夜读书、生病期间卧床写作成为才女们生活中的常态;才女们的交往呈现出血缘性、地域性特点,超越了闺阁的空间限制。这些论文对清代山左女性尤其是曲阜孔氏女性文学的论述,从家族、地域、教育等方面出发,呈现出不少新颖且鲜明的论点,为本书提供了一定的启发。

在个案研究方面,目前学者多集中于曲阜孔璐华、福山王照圆等知名女作家。对孔璐华的研究主要有赵阳《孔璐华〈唐宋旧经楼诗稿〉的创作特色》及崔伟芳《清代圣裔孔璐华生平及创作时间考》等。对王照圆的研究集中在其《列女传补注》及诗经学研究,以于少飞《王照圆〈列女传补注〉述略》及刘玉伟《王照圆诗经学研究》为代表。这些研究各有特色,选取的也是山左女性中较具代表性的人物。但山左女性中还有许多优秀的诗人,如郝蘉、李长霞、王碧莹等,有待进一步发掘和研究。

综上所述,目前学界将江、浙、闽、皖等地女性文学作为研究重点,对清代山左女性文学分析和关注较少。而研究清代山左文学的学术成果多将女性文学作为家族文学的附属,未能将清代山左女性文学作为研究主体。在个案研究方面,多注重孔璐华、王照圆等,整体研究和个案研究缺乏整合性、长时段的视角。在对山左女性文本的研究上,文学史的理念不够自觉,没能形成完整的"文学史"研究,也未能深入地域女性文学批评中,给予后人一定的研究空间。

因此,本书在前人研究基础上,以清代山左女性文学为研究对象,分五章进行论述。

第一章主要论述清代山左女性文学概况及发展背景。第一节介绍清代山左女性文学的大概情况。首先是清代山左女性文学作家作品的存佚情况。笔者在胡文楷《历代妇女著作考》、张曜等《(宣统)山东通志》、徐泳《山东通志·艺文志订补》《济南历代著述考》、王绍曾《山东文献书目》等著作基础上,又广泛搜索各大图书馆馆藏书目,从《山东文献集成》《清代闺秀集丛刊》等整理成果中梳理清代山左女性文人186位(包括嫁入山左的女性),别集153种,还有部分散见于总集、地方志、诗(词)话等的篇目。其次是探讨清代山左女性文学的历时性演变。该部分以时间为序,对山左女性文学进行系统梳理,体现清代不同时期内山左女性作家在文体选择与文学风格方面的阶段性发展变化。同时,与前代山左女性文学作比较研究,探究时代的发展为山左女性文学带来的转变。综观清代山左女性文人的时代分布,以清中期尤其是乾隆时期为重。此时期女诗人不仅数量众多,且具有一定的文学成就。这与当时女性文学发展的大环境密切相关。再次是探讨清代山左女性文学的"地理叙事"特征。区域地理叙事更能充分呈现作家个人的文化选择、审美追求及艺术风格。清代山左女性在作家数量和著作数量上都无法与江南地区相比,但具有明显的"地理叙事"特征,即与山左地区儒家思想有特殊的渊源关系,更加遵循儒家"温柔敦厚"的诗教传统,从而影响了清代山左女性作家的著作类型和文学风格。从山左女性文学的地理分布可以看出,文学家族较多的地区往往正是诗人分布较为密集的区域。

第二节论述儒学对清代山左女性文学的影响。山左为儒家学说发源地,自孔子创立儒家学派、撰写一系列经典开始,儒学的出现和发展维护了中国社会结构的稳定,并且在很大程度上影响了中国的学术史和文学史。清代科举制度中,儒家经典如《诗经》《礼记》《论语》等是儒生必学之书。这些经典在女性教育中也有着重要的地位。在儒家思想"礼""仁""孝"等观念的影响下,清代山左女性致力于寻求"才"与"德"的平衡,充分发挥自己的才华,实现自我价值,呈现出端正淳雅的文学态度及温柔敦厚的美学风格。另外,受儒学传统中"贤明大义"的妇德之影响,山左女性文学中有了课训诗这一新的诗歌题材。清代山左女性诗歌的传统主题以纪事诗、咏物诗等为代表,以描写家庭内的生活感受为主,寄托情感。纪事诗如孔璐华《江北不养蚕》等对社会民生的关注彰显了山左女性文人深刻厚重的思想内涵,融入山左女性文人对社会与历史独到的见解和思考。从传统的闺阁、家室空间与情感主题上升至社会空间与家国忧思主题,在深度、力度和广度方面超越了女性文学惯常的模式。

第三节探究清代山左女性文学的发展背景。首先,探讨清代女性文学发展的大背景。清代女性文学之盛超越其他朝代,不仅作家数量众多,且涌现出一批成就较高的女性作家群体及优秀的知名女作家。清代文人如袁枚、阮元、陈文述等人,在思想及行动上都对女性文学提供了重要的支持。清代女性文人对于文学的态度也较以往不同,她们更重视"才名",渴望和珍视文学教育;不仅大量写作诗词,而且积极刊刻传播,视文学为风雅之事,视留名为自然之举。清代女诗人的空间分布并不均匀,南方地区的女诗人数量远超北方地区,但从胡文楷《历代妇女著作考》的统计结果来看,山左地区的女性作家无论是数量(直隶94人,河南37人,山西35人,陕西18人,山东96人)还是质量,都在北方地区首屈一指。其次,探讨山左文学的影响。特定地域的自然、经济、文化教育等环境会对作家的思想内容、风格气质等产生影响。清代山左文学有浓厚的齐鲁文化色彩:在思想上,尊崇儒家学说,在诗歌创作过程中也讲求尚质务实,经世致用,体现儒家文化的实用主义精神。这些都对山左女性文学产生了重要的影响。清代山左女性文学创作接受儒家诗学思想中言志载道的影响,呈现出严正典雅与温柔敦厚的特征,表现出题材领域的突破及深厚严正的情感意蕴。

再次,探讨地域、家族与清代山左女性文学的结合。女性文学创作不仅是家族重要的文化资本,也是地方文化实力的重要展现。清代山左女性文学具有显著的家族性特征,如曲阜孔氏家族等。作家身份多为名父之女、才士之妻、令子之母,成员之间存在血缘关系,有着艺术才能的丰富性和文学创作的多样性。在地域文化的影响下,清代山左女性文人大都博学多才,著作类型十分丰富,以诗歌为主,兼有词、赋等文体。此外,山左女文人更有学术类著作,如王照圆博经涉史,对《诗经》有着独到的见解,有《葩经小记》,还补注《列女传》等;赵慈自幼熟读《诗经》,著有《诗学源流考》一卷;济宁人徐桂馨有音韵学著作《切韵指南》等。

第二章重点论述清代女性"德"与"才"的问题。从"才德观"出发,探究清代山左女性的真实生活状态,考察"才"与"德"对女性家庭观念、人生轨迹以及社会形象的影响。明清女性文学处于繁荣发展的时期,社会对女性的"德"与"才"讨论度较高。在考察清代山左女性的"德""才"教育后可以发现,在儒学观念的影响下,当时女性对于"德行"尤其是"贞节观"保持认同,且会自发维护这种观念。而在家庭生活的困囿中,女性也找到了一条解决才与德矛盾的途径,即在科举制度的大环境下,通过主理家政、教养子孙来实现自己的价值,以课训诗来展示自己的思想和才华。

第三章探讨清代山左女性文学特性。首先,女性作诗,往往受环境和见识所限,题材围绕着庭院生活展开。山左女性生活的模式化,导致其写作素材大同小异。但女诗人们仍然在努力地用笔墨去描绘自己的闺中生活,无论是小小的一方庭院,还是仅仅在出行时能看到的乡村风物,都寄托了女性对生活的热爱和对闲雅美学的追求,并以此来构筑自己的精神家园。其次,自女性开始有意识地进行写作,改男性代言为自我书写,在女性文学的发展上迈出了极大的步伐。在这种情况下,女性诗歌更加注重叙写自身经历,将实际生活中的细腻感受付之于笔下,付之于思亲、咏物、述怀诗中。总体看来,清代山左女性文学有着"哀而不伤"的风格,不失温柔敦厚之旨。再次,清代山左女性文学中还有疾病书写、战争书写、咏史书写等。从疾病书写中可以看出女性独有的"纤弱式"审美与苦难讲述。疾病书写中透露出一种矛盾,即"纤弱式"审美成为女性对生活不满及自怜的体现,但在苦难讲述中又坚守本心,不失高洁之气。明末清初及清中叶以后,社会动荡,波及百姓。社会变乱引起女性对家国和时事的关心,女性文学的自觉与使命感也在提升。女性在战乱期间用诗歌来记录战况,从个人视角出发,将战争的残酷和对百姓的伤害描绘得淋漓尽致。同时,也会从公议角度出发,就战争的性质、政府的策略等抒发自己的意见。清代山左女性咏史诗中存在三种倾向：一种是具有普遍意义的历史感,没有什么具体指向(泛情);一种是借古喻今,抒发历史沧桑之感(共情);一种是将自己的感受代入历史人物中(移情)。这些诗歌的出现,使清代山左女性的写作空间不再局限于家庭生活,而对战争、历史等问题都进行了关注与思考。她们以女性视角为出发点,用诗歌表达了超越闺阁的见识与思考,在文学的长河中发出了专属于女性的声音。

第四章以清代山左女性文学个案研究为主。列举了孔璐华、郝簋和李长霞三位。孔璐华出身曲阜孔氏家族,其诗歌风格深受儒家温柔敦厚传统影响,后随丈夫阮元宦游多地,参与曲江亭唱和等活动。孔璐华的《唐宋旧经楼诗稿》主要描写了诗礼之家的日常生活,部分诗作在女性文学的题材范围上有所扩大,其诗有雍容安闲、疏淡宏阔的风格。郝簋,父郝允哲为乾隆间进士,出身诗礼之家。她的《秋岩诗集》收少年、中年、晚年诗作共213首,分为《碧梧轩吟稿》《蕴香阁诗钞》《恤纬吟》,诗歌反映了清代山左女性在狭窄生存空间中的成长经历,体现了古代女性生活的多个层面。李长霞生活于晚清时期,祖父李兆元为河南知县,父官教谕。她的《锜斋诗选》中很多诗描述了战乱流离的社会景象,如《辛酉纪事·百韵》《赴潍县》《南留店》《寻儿篇》《乱后忆书》等,反映出清代山左女性诗人对时代和社会民生的人文关怀。

第五章讨论清代山左女性文学的传播与接受问题。一是家族文学网络对清代山左女性文学传播的助力与影响。家族对女性文学的支持不仅体现在给予女性良好的教育,还体现在主动为其刊刻传播作品,这为女性文学的发展提供了重要的传播渠道。清代山左家族多重视对女性文献的整理、出版,女性文学成为彰显家族文化的重要代表。如王照圆《闺中文存》一卷附于其夫郝懿行《晒书堂外集》后刊刻流传。如孔丽贞的《藉兰阁草》由其长兄孔传铎付梓。此外还有借助家族之外的力量进行刊刻,如赵慈、郝簠等人的作品即是。二是传播助力的增长。清代山左女性多有游历外地的经历,在文学创作和交游方面不仅仅限于一地和一族之内。如孔氏诸女与常州闺秀张繻英、张纶英姊妹交游甚广,不仅有诗词唱和,还扩大了作品的传播范围,增强了传播效果。王士禛、王培荀等人借助笔记、诗话等也为山左女性文学的传播增添了助力。三是清代山左女性作品的刊刻与传播。清代女性文学之盛,有清代文学大环境的支持和女性自身文学意识的提升因素,家族对作品的保存和传播也起到了重要的作用。在此时期,女性对于作品传播的态度仍然较为保守,但家族却给予了大力的支持。除去家族的助力外,地方志、总集也是促进女性作品传播的重要渠道。女性文学作为地域文学的重要部分,是地域文学实力的重要展现。《(宣统)山东通志》《(道光)济南府志》《(乾隆)曲阜县志》《(嘉庆)长山县志》《(道光)重修胶州志》《(道光)城武县志》《(光绪)德平县志》《(光绪)高密县志》《(光绪)鱼台县志》《(光绪)增修诸城县续志》《(宣统)聊城县志》《(民国)续修历城县志》《(民国)福山县志》《(民国)济宁直隶州续志》《(民国)昌乐县续志》《(民国)潍县志稿》《(民国)齐东县志》《(民国)陵县续志》,

均记载了大量山左女性著作相关信息,反映了山左女性文学的发展状况。一些总集如《国朝山左诗钞》《国朝山左诗续钞》《国朝山左诗汇钞后集》《国朝闺秀诗柳絮集》《撷芳集》《阙里孔氏诗钞》《晚晴簃诗汇》等也都对山左女性作品起到了保存和传播的作用。

笔者参考当代学者研究古代女性文学的视角和成果,对本书研究颇有收获。钱志熙《士大夫文化视角中的中国古代女性诗歌发展史》一文指出:"我们在使用近现代以来新的、着眼于女性与性别问题的批评方式的同时,也要强调一种立足于历史本身的史学及文学的研究方法。"① 当前西方汉学家对中国传统女性文学的关注与研究,主要集中在明清女性文学。孙康宜、魏爱莲、曼素恩、方秀洁、高彦颐等学者皆为目前研究中国女性文学的典型代表。1993年6月,在孙康宜和魏爱莲联合主持下,"中国明清妇女与文学"研讨会在耶鲁大学召开,此举促进了对中国女性文学尤其是明清女性文学领域的关注。会议论文结集为《明清女作家》,于1997年出版。2006年孙康宜、方秀洁、魏爱莲在哈佛大学主持召开研讨明清女性文人学术会议,论文结集《跨越闺门:明清女性作家论》,于2014年出版,此书主要是对明清女性文学中书写范式、作品编辑、女性角色、女性与政治的研究以及对女性文学作为"小众文学"的思考②。2009年,由

---

① 钱志熙:《士大夫文化视角中的中国古代女性诗歌发展史》,《中国高校社会科学》,2019年第5期,第95页。
② 参见殷晓燕:《从闺阁走向殿阁——中国传统女性文学的大陆以外传播与路径考察》,《文艺评论》,2021年第2期。

方秀洁与伊维德联合主编《美国哈佛大学哈佛燕京图书馆藏明清妇女著述汇刊》,此书从哈佛燕京图书馆的收藏中选取明清妇女著述61种,由广西师范大学出版社影印出版。

在具体研究中,孙康宜提出了"性别越界""声音互换""面具美学"等理论术语,论述在中国传统文学中男性作者往往喜欢假扮女性身份以抒发情感,而女诗人则用"女扮男装"的方式以摆脱闺阁身份的现象。她提出了"男女双性"的文学观,阐述明清女性在生活及文学作品中表现出的"文人化"倾向,是男女诗人在精神及心理上的相互认同的结果。高彦颐1994年撰写的《闺塾师:明末清初的才女文化》一书给明清女性文学的研究带来了新的视角和启发。书中呈现了明末清初时期的女性如何利用文学活动来塑造自己的个人空间,及女性文学活动如何从家族走向社会圈层。这打破了以往人们对于封建时代女性备受压迫、毫无文化自由的刻板印象,也对学者去充分发掘明清时期女性真实的生活状态和文学活动有启发。曼素恩于1997年撰写《缀珍录:18世纪及其前后的中国妇女》,此书以1683年至1840年为时间范围,研究此时期的女性生活状态及文学创作情况,尤其是涉及恽珠和她编纂的《国朝闺秀正始集》,曼素恩认为这部《国朝闺秀正始集》展现出来的正是清代中期女性自觉维护"正统"的意识。此外,魏爱莲的《晚明以降才女的书写、阅读与旅行》一书对1636年至1941年的女性编者和她们选本的女性诗歌进行论述,涉及沈宜修、王端淑、恽珠、沈善宝、单士厘、冼玉清等人。

"五四"之后,时人不断强化传统女性作为封建社会的"受害者"形象,并使其在人们的印象中固化。陈东原在撰写《中国古代妇女生活史》时道:"我们妇女生活的历史,是一部被摧残的女性底历史!""我只是想指示出来男尊女卑的观念是怎样的施演,女性之摧残是怎样的增甚,还压在现在女性之脊背上的是怎样的历史遗蜕!"①这种同情女性、控诉封建制度对女性的压迫的观念是值得肯定和学习的。但若结合实际文献资料,从明清大环境及女性真实的生存状态全方位去研究,却发现传统中国女性文学不可避免受男性的影响,而她们的作品中对传统主流价值观和主流文化也都表现出了认同感。高彦颐、曼素恩、伊沛霞等学者皆是运用社会性别理论的典型代表,对中国特定历史时代女性,包括才女在内的婚姻、生活、教育、德行、才学等进行了充分探究。虽然这些研究未必完备,其中不乏有失偏颇的地方,但这对于目前我们研究女性文学来说,是另一种启发。女性文学研究的真正目的,是为了还原女性文学本真的面目,挖掘女性文学中最本真的声音。性别研究在时下的盛行,导致一些学者在研究中国古代女性文学时有失偏颇,过于对立的性别视角并不适用于中国古典文学的研究。

研究明清时期的女性文学,需要从实际情况出发,认可当时女性为文学所作出的努力,也要批判当时腐朽的等级观念、男尊女卑观念等给女性思想带来的侵蚀和不良影响。"自从士大夫的诗歌创作传统确立之后,女性在诗歌活动方面的重要性其实是大大下降了。女性诗歌与以士大夫为主体的文人诗歌传统形

---

① 陈东原:《中国妇女生活史》,商务印书馆2015年版,第17页。

成一种复杂的关系:一方面士大夫的诗歌创作传统为女性诗歌创作提供契机,造就了一部分女性诗人;但另一方面,士大夫文化从整体来说成为压抑女性诗歌、女性文学发展的一种外部力量。我们只有认清这一历史事实,才能对中国古代的女性诗歌、女性文学做出合理的估定与评价。"① 在研究清代山左女性文学时,不可避免的是要探讨当时主流思想——儒学带来的影响。在以往的某些刻板印象中,儒学是压迫女性的工具,"三从四德"的糟粕观念束缚了中国传统女性的发展空间。但结合实际出发,儒家推崇的"仁义礼智信"等道德观念并不仅限于男性,对女子道德观念的塑造也不仅是停留在"三从四德"。高彦颐《从"五四"妇女史观再出发》一文认为:"受害的'封建'女性形象之所以根深蒂固,在某种程度上是出自一种分析上的混淆,即错误地将标准的规定视为经过的现实,这种混淆的出现,是因缺乏某种历史性的考察,即从女性自身的视角来考察其所处的世界。"② 罗莎莉《儒学与女性》一书探究中国女性与儒学之关系,讨论中国女性在儒学这一主流思想影响下的真实生活状态。认为中国女性受压迫的根源并非来自儒学,而是中国的宗法制度,"家族传承、祖先崇拜、孝道以及文化力量之间复杂的交互作用共同构成了中国性别压迫的文化基础"③。在今天研究清代的山左女性文学,尤其应该将儒学的背景置于重要的地位,考察儒

---

① 钱志熙:《士大夫文化视角中的中国古代女性诗歌发展史》,第99页。
② (美)高彦颐:《绪论》,高彦颐著,李志生译:《闺塾师:明末清初江南的才女文化》,江苏人民出版社2022年版,第5页。
③ (美)罗莉莎著,丁佳伟、曹秀娟译:《儒学与女性》,江苏人民出版社2015年版,第138页。

学所提倡的观念对女性思想的影响,同时也要去考察宗法制度对女性的约束与侵害,并将二者的区别加以阐明,探讨当时山左女性如何在儒学背景之下利用诗歌来实现自我价值。

综上所述,本书试图在女性文本研究基础上,使用文学地理学、社会性别理论等方法,通过研究山左地域文化、家族文化、性别文化等对女性文学的影响,探寻地理环境、文化氛围、性别视角之间的关联,来尝试建构清代山左女性文学的发展概况。通过对清代山左女性文学的"地理籍贯"的标注,建立起女性文学的生态图景,在研究女性作品文本的过程中,发掘其内蕴的"地理基因"及"地理叙事"特征,探究儒学和齐鲁文化影响下的山左女性文学。

目 录

前 言 …………………………………………………………… 1

第一章　清代山左女性文学概论 ………………………… 1
第一节　清代山左女性文学概况 ……………………… 3
一、清代山左女性作家作品存佚情况 ………………… 4
二、清代山左女性文学的历时性演变 ………………… 11
三、清代山左女性作家的地理分布 …………………… 15
第二节　清代山左女性文学产生的背景 …………… 22
一、清代女性文学之繁盛 ……………………………… 22
二、地域与文学：齐鲁文化对山左女性
　　文学的影响 ………………………………………… 26
三、家族与文学：家族对山左女性文学的孕育 …… 30
第三节　儒学与清代山左女性文学 ………………… 34
一、清代儒学与女性问题的再议 ……………………… 35
二、儒学与山左女性"德"之培养 …………………… 39
三、儒学对山左女性"才"之启发 …………………… 44

第二章　清代山左女性的德才观 ·················· 53
第一节　清代山左女性的"德""才"教育 ·············· 55
一、清代山左女性教育概况 ··················· 56
二、"德"之教化 ························ 58
三、"才"之重视 ························ 62
第二节　德与才的矛盾 ······················ 68
一、列女传与"德"的记录 ··················· 68
二、制度与儒家性别价值观下对"德"的重视 ······· 75
三、女性视角下的"德""才"矛盾 ··············· 82
第三节　德与才的平衡：清代山左女性自我价值的实现 ·············· 88
一、女性自我价值的实现途径：母教 ············· 89
二、科举制度与母教 ······················ 92
三、母教背景下的课训诗 ··················· 97

第三章　清代山左女性文学的特性 ················ 103
第一节　自我精神家园的构筑与闲雅美学的追求 ···· 105
一、内闱生活的描摹：吟咏时令 ··············· 106
二、空间邦界的拓展：畅游山水 ··············· 111
三、旁观与真实体验：田园村居 ··············· 115
第二节　性情之作与书写自我的追求 ·············· 122
一、思亲、寄外、悼亡：情之吟咏 ················ 122
二、咏物与言志 ························ 129

三、述怀与理想 ………………………………… 133
　第三节　闺门内外：女性文学中的另类书写 ……… 136
　　一、疾病书写与"纤弱式"审美 ………………… 137
　　二、私人情感与公议空间：女性笔下的战乱诗
　　　　………………………………………………… 141
　　三、泛情、共情与移情：女性视角下的咏史诗 …… 146

第四章　清代山左女性文学个案研究 ……………… 155
　第一节　孔璐华与《唐宋旧经楼诗稿》……………… 157
　　一、生平与著述 ………………………………… 157
　　二、闺阁日常生活的体现 ……………………… 161
　　三、诗礼之家的生活与女性诗歌题材的拓展 …… 168
　　四、对孔氏家族文学的承继 …………………… 173
　第二节　郝篆与《秋岩诗集》………………………… 179
　　一、生平与著述 ………………………………… 179
　　二、以诗纪实：人生经历的书写 ………………… 181
　　三、笔力宏阔：对"闺阁气"的突破 …………… 190
　第三节　李长霞与《锜斋诗选》……………………… 197
　　一、生平与著述 ………………………………… 197
　　二、战乱纪事 …………………………………… 199
　　三、出行与游历 ………………………………… 206
　　四、拟古之作 …………………………………… 209

第五章　清代山左女性文学的传播与接受 …… 217

第一节　一门风雅——家族姻亲网络对山左女性文学的助力 …… 219
一、家族与女性 …… 220
二、家族内部的女性文学互动 …… 227
三、家族对女性文学传播的支持 …… 230

第二节　社会圈层的文学交游与传播 …… 235
一、社会圈层的女性文学交游 …… 235
二、男性文人的助力 …… 238
三、从家族到社会：山左女性文学传播层面的变化 …… 241

第三节　清代山左女性作品的刊刻与传播 …… 244
一、女性对作品刊刻与传播的态度 …… 245
二、清代山左女性文学传播途径 …… 248
三、清代山左女性文学传播效果 …… 266

结　语 …… 273

参考文献 …… 279

后　记 …… 297

第一章　清代山左女性文学概论

山左女性文学是山左文学的重要分支,是彰显齐鲁文化和儒家精神不可或缺的组成部分。目前可考的清代山左女性作家共186位,以清中期尤其是乾隆时期居多,这与当时女性文学发展的大环境息息相关。在地理分布方面,以济南府为中心,莱州府、登州府、青州府、兖州府等文学家族聚集的地方也是山左女性文学繁盛之地。在清代女性文学繁荣发展的背景下,受儒家思想、山左文学的影响,山左女性文学具有明显的"地理叙事"特征。清代山左女性文人致力于寻求"才"与"德"的平衡,实现自我价值,呈现出端正淳雅、温柔敦厚的美学风格。

第一节　清代山左女性文学概况

　　胡文楷《历代妇女著作考》是目前记载历代女性作品最为完备的目录学著作,在女性文学研究中居功甚伟,能让后人据此考察女性作品的存佚情况。笔者据该书统计,清代以前的作者共350人,清代作者则高达3712人。从数量上看,清代女性文学处于繁荣发展的状态,比以往任何一个朝代都要兴盛。如果从地域的角度去考察,则可以看出清代女诗人的空间分布并不均匀。清代南方地区的女诗人在数量上远较北方为多,其中又以浙江、江苏、安徽、湖南、福建等地为主。清代北方地区以山东、直隶、河南、山西、陕西等地为主。其中直隶94人,河南37人,山西35人,陕西18人。而山东96人,在北方地区居于首位。清代女诗人空间分布的不均衡导致今人提及女性文学,往往以江浙地区为尊。但作为儒家文化的发源地,山左地区的女性文学在文学史上同样有着重要的地位和意义。

一、清代山左女性作家作品存佚情况

笔者在《中国丛书综录》《清人别集总目》《清人诗文集总目提要》《清闺秀艺文略》《清代闺阁诗人征略》《山东文献书目》,胡文楷《历代妇女著作考》,徐泳《山东通志艺文志订补》《济南历代著述考》等著作基础上,又广泛搜索各大图书馆馆藏书目,再从《山东文献集成》《清代闺秀集丛刊》等影印成果中搜寻,发现清代山左女诗人实际达到186位(包括嫁入山左的女性),别集153种,还有部分篇目散见于总集、地方志、诗(词)话等中。

从题材上看,清代山左女性别集以诗歌为主,兼有词、文及学术著作。清代山左地区文化以家族为依托,重视儒学与文学。曲阜孔氏和颜氏、德州田氏和卢氏、新城王氏、胶州柯氏、高密单氏等皆为文化世家,诞生了一大批极具影响力的诗人,如"国朝六大家"中的王士禛、宋琬、赵执信,皆以诗闻名于当时。此外还有孔尚任、蒲松龄、桂馥、丁耀亢、田雯等知名作家。在这样的家族文学氛围熏陶下,出现了不少才情出众的女诗人,如曲阜孔氏的孔丽贞、孔璐华、孔祥淑,曲阜颜氏的颜小来,胶州柯氏的李长霞、柯劭蕙、柯劭慧,高密单氏的单为娟等。她们皆以诗歌为重要载体,书写真实的闺阁生活,抒发内心的真实感受;同时也心系时局与民间疾苦,将儒家的"仁"与"礼"贯穿到写作中,体现出山左地区的地域文化特色和底蕴。现存较具代表性的诗歌别集有颜小来《恤纬斋诗》、王碧莹《东篱集》、邢顺德《兰圃诗草》、孔璐华《唐宋旧经楼诗稿》、高密王氏《郭外楼诗刻》、单为娟《女史碧香阁遗稿》、郝簪《秋岩诗集》、李长霞《锜斋诗选》等。

山左地区词学在中国词史上有重要的地位。李清照、辛弃疾是宋代词坛的重量级词人。清代被誉为是词学"中兴期",山左词学在当时词坛上亦占据重要位置,对词学发展有着重要影响。出身安丘曹氏的曹贞吉是清代山左词人中的佼佼者,与顾贞观、纳兰性德被时人称为"京华三绝"。其《珂雪词》是《四库全书》所收唯一清人词别集。张之洞《书目答问》推其为清人词集第一家。曹贞吉还与当时词坛名家朱彝尊、陈维崧、蒋景祁等有所往来。清代词坛的另一重要山左词人是王士禛。王士禛在扬州发起词学唱和活动,南北词人间得以交流学习,此举促进了广陵词坛的兴盛。此外,王士禛还与邹祇谟编选《倚声初集》,对清词的保存和传播贡献较大。王士禄与曹尔堪、宋琬是清初三次词坛唱和的重要参与者,合撰《三子唱和词》一卷,在康熙词坛上较为活跃。山左女性文人专力作词者较少,但也有不少佳作。如刘眘仪诗集《菊窗吟稿》外又有词一卷。《山左诗续钞》引张学文之评价:"有词一卷,最佳。"①长山李氏有《梅月楼草》,其"词亦工"②,《山左诗钞》评价其词:"清丽可诵。"③柯劭慧有《楚水词》,存词26首,是其随夫任湖北时所作。其兄柯劭忞评曰:"远嫁思归,词多怫郁。"④徐世昌《晚晴簃诗汇》评柯劭慧曰:"工倚声,有北宋风格。"⑤徐乃昌《小檀栾室汇刻闺秀词》收陶淑、朱玙之别集。陶淑为新城人,陶卓亭第四女,宁阳周炳如妻,道光间在世,其词集为《菊篱词》,词风清丽。朱玙为海盐人,内阁学士兼礼部侍郎朱方增之女,内阁中书孔宪彝继室。其《金粟词》一卷,有不少是婚后之作,词风清新灵动。其他如颜小来有《晚香词》,《阙里孔氏词钞》收其《浪淘沙令》《点绛唇》2首。赵娩绅有《针余草》,今存词8首。

在山左重儒学的传统影响下,清代山左女性还有学术类著作。梁乙真《清代妇女文学史》中有对赵慈、王照圆的论述,并称王照圆为"汉学家"。王照圆与其夫郝懿行专注于经学,有"高邮王父子,栖霞郝夫妇"之誉。《(光绪)栖霞县续志》卷七"贤媛"云其"十岁通《孝经》《内则》。十二通《毛诗》。长渊博,擅著述。"⑥其夫郝懿行(1757—1825),字恂九,一字寻韭,号兰

---

① (清)张鹏展纂:《国朝山左诗续钞》卷三十,《山东文献集成》第1辑第41册,山东大学出版社2006年版,第619页。
② (清)倪企望修、钟廷瑛、徐果行纂:(嘉庆)《长山县志》卷十一,嘉庆六年刻本。
③ (清)卢见曾编:《国朝山左诗钞》卷五十八,《山东文献集成》第1辑第41册,山东大学出版社2006年版,第773页。
④ (清)柯劭忞:《楚水词·跋》,(清)柯劭慧:《楚水词》,民国四年双照楼刊本。
⑤ (清)徐世昌编:《晚晴簃诗汇》卷一百八十九,民国十八年退耕堂刊本。
⑥ 《(光绪)栖霞县续志》卷七,光绪五年刻本。

皋,山东栖霞人。嘉庆四年(1799)进士,后任户部江南司主事。据《郝氏遗书》记录,郝懿行著有《书说》《易说》《郑氏礼记笺》《晋宋书故》《荀子补注》等学术著作19种,另有《晒书堂文集》《晒书堂笔记》《晒书堂诗钞》《晒书堂诗余》等文学类著作10种。郝、王二人合著《和鸣集》一卷。王照圆为《列女传》《列仙传》等做了大量补注校正工作。时人对王照圆补注《列女传》评价颇高,马瑞辰《列女传补注序》云:"其立论,则意本礼经。其诂义,则读应《尔雅》。考伪证谬,必广证乎群书。订异参闻,亦兼综夫众说。博而不芜,精而不凿,洵足传子政之家法,绍惠姬之懿范已。"①臧庸《列女传补注序》云:"诠释名理,词简义洽。校正文字,精确不磨。贯串经传,尤多心得。"②王照圆对《诗经》有着独特的见解,撰有《葩经小记》。还有《诗说》一卷、《诗问》七卷。王照圆的这些学术著作于光绪八年(1882)由顺天府尹毕道远等人进呈御览,得到"博涉经史,疏解精严"的评价。郝簠赠诗云:"怜尔文章播上清,蛾眉不愧号先生。"③"稽古之荣,于此为盛,二百余年中,一人而已。"④博涉经史又能发宏论,王照圆在当时闺秀中是难得的佼佼者。

赵慈为诗人赵执信季女,有《诗学源流考》一卷,见《(宣统)山东通志》《续修历城县志》。赵执信(1662—1744)字伸符,号秋谷,晚号饴山老人。康熙十八年(1679)进士,授翰林院庶吉

---

① 梁乙真:《清代妇女文学史》,山西人民出版社2015年版,第205页。
② 同上,第205页。
③ (清)郝簠:《蕴香阁诗钞》,《山东文献集成》第3辑第41册,山东大学出版社2009年版,第376页。
④ 梁乙真:《清代妇女文学史》,第206页。

士,后为翰林院编修。康熙二十八年(1689)秋天因《长生殿》案被罢官。赵执信交游颇广,与洪昇、朱彝尊、李澄中、查慎行、施闰章、陈维崧等名士多有往来。除去诗文作品外,赵执信还著有《谈龙录》一书,为论诗之作,其中专议王士禛神韵之说,指出其弊端。在赵执信的影响下,赵慈撰写《诗学源流考》一卷,辨究诗源。《(宣统)山东通志》引《闺秀正始集》云:"执信与阮亭论诗不合,著《谈龙录》《声调谱》以救其失。雪庭亲承指授,著有《诗学源流考》一卷。"①

济宁人徐桂馨,字明德,号天香。济阳诰授通奉大夫艾紫东妻,诰封宜人。徐桂馨的学术类著作有《四书集注圈点旁训衬解》及《切韵指南》四卷(《切韵指南》由其子艾绍荃作注)。徐桂馨自幼聪慧,曾受业于泰安府教授陈庆隆,得其薪传。徐桂馨出嫁后,在主理家政闲暇时,博览群书。对于其为何会写有学术类著作,其子艾绍荃《序》中解释:"见刊印钞写有亥豕鲁鱼之舛,恐遗误后学,披阅《剔弊元音》,探其精微,复参较《切韵》各书,删繁补阙,搜辑成编,备案头展玩,以贻子孙。"②

山左女性文集相对较少且保存不善,传世者多为零散篇目。如德州张氏"文多,后悉取其稿燔之"③,仅存其拒绝祝寿之文一篇,载于陈廷敬《张太恭人传》中。山东利津李兰芳有《庄节妇傅氏传》一文,载于《(光绪)利津县志·利津文征》中。《山东

---

① (清)张曜、杨士骧修,孙葆田等纂:《(宣统)山东通志》卷一百四十六下。
② (清)徐桂馨:《切韵指南》,宣统三年石印本。
③ (清)陈廷敬:《午亭文编》卷四十二,张玉玲、张建伟整理:《阳城历史名人文存》第3册,三晋出版社2010年版,第826页。

通志》中记载费县谢氏有《嫡庶规鉴》一作,但目前未见存本,仅有其自序存于《(光绪)费县志》中。郝簴有《恤纬吟诗叙》《恤纬吟后言》,存于《(民国)齐河县志》中。王照圆虽有《晒书堂闺中文存》一卷存世,但也多为传记和序跋之作,如《记从表妹林氏遗事》《松岑诗草序》《听松楼遗稿跋》《梦书题辞》《列仙传赞叙》等。

胡文楷在搜辑女性著作之时,深切体会到其中的困难:"闺媛之集,名多不见于书目,采访之艰,难以尽述,非身历其境者,不能知其甘苦也。"①女性别集在流传和保存方面实属不易,在《历代妇女著作考》中,常常只见某某别集见于某某书目,而不见存世之版本。据笔者查访统计,清代山左女性别集达153种,但目前能确定有传世和馆藏者仅有54种。

别集之外,山左女性作品中的零散篇目往往出现于各类总集、地方志、诗(词)话等中。如《国朝山左诗钞》《国朝山左诗续钞》《晚晴簃诗汇》《国朝闺秀诗柳絮集》《撷芳集》《国朝闺秀正始集》《小檀栾室闺秀词钞》等地域文献总集和女性文献总集,皆有对清代山左女性作品的辑录,为山左女性文学的研究提供了宝贵资料。其中卢见曾《国朝山左诗钞》卷五十八收德州张氏等18人,诗103首。张鹏展《国朝山左诗续钞》卷三十收蓬莱何氏等20人,诗40首。余正酉《国朝山左诗汇钞后集》卷二十七收录郝簴等13人,诗76首。孔宪彝《阙里孔氏诗钞》卷十三、卷十四收孔丽贞等18人,诗作114首。孔昭薰、孔昭蒸辑《阙里

---

① 胡文楷:《历代妇女著作考》,上海古籍出版社1985年版,第972页。

孔氏词钞》卷四收录孔兰生词2首,颜氏词2首。黄秩模《国朝闺秀诗柳絮集》收录山左女诗人冯仪等68人,诗作294首。恽珠《国朝闺秀正始集》收录山左女诗人颜铆等53家,诗作91首。汪启淑《撷芳集》收录纪映淮、周淑履、王碧莹等29人,诗作86首。徐世昌《晚晴簃诗汇》收录张氏、周淑履、姜桂、孔璐华、王照圆等19人,诗作258首。朱玓《金粟词》、陶淑《菊篱词》,收入徐乃昌《小檀栾室汇刻闺秀词》第六集中。其中《国朝闺秀诗柳絮集》《国朝闺秀正始集》《撷芳集》收录了一些不见于胡文楷《历代妇女著作考》和山左地方志的女性及其作品,如鞠静文、胡瑗、黄仲姬、乙意兰等人。在词作方面,徐乃昌《小檀栾室闺秀词钞》所录山左女词人有姜道顺、颜小来、柯纫秋、李瑸、毕景桓等12人,词20首。

地方志通过收录女性的文学创作,反映地方文学的发展状况。清代山左女性著述在地方志中有大量记载。省志如《(宣统)山东通志》《湖北通志》,府志如《(道光)济南府志》《(同治)苏州府志》,县志如《(乾隆)曲阜县志》《(嘉庆)长山县志》《(道光)重修胶州志》《(道光)城武县志》《(光绪)德平县志》《(光绪)高密县志》《(光绪)鱼台县志》《(光绪)增修诸城县续志》《(宣统)聊城县志》《(民国)续修历城县志》《(民国)福山县志》《(民国)济宁直隶州续志》《(民国)昌乐县续志》《(民国)潍县志稿》《(民国)齐东县志》《(民国)陵县续志》等,均记载了大量山左女性著作相关信息。其中《(嘉庆)长山县志》《(民国)潍县志稿》《(民国)陵县续志》中收录了徐如莲、牟令仪、耿珊如、刘馨如、李魁嫒、吕张氏、于吕氏等人作品,这些女性生平资料及其作品均不见于各大书目及总集中,仅能凭借地方志的保存,使后人得以窥见其在文学史上的数点痕迹。

综合来看,清代山左女性作品的保存和传播相较于北方其他地区要完善得多,但较之江浙地区,仍然在数量方面无法相比。不过,清代山左女性在文学上的成就并不因数量较少而降低。像郝簋、单为娟、李长霞等人在清代女性文学史上仍可占据一席之地。此外,清代山左女性在著述种类方面也有所突破,除诗词外,更有王照圆、赵慈、徐桂馨等人专注于学术创作,使女性摆脱了世人眼中只会吟风弄月的刻板印象,在儒家经典及文艺理论的研究方面,她们可谓是同时代的佼佼者。

二、清代山左女性文学的历时性演变

今人撰写文学史时常将清代分为清初、清中期和清晚期三个时期:清初指顺治、康熙、雍正三朝,清中期指乾隆、嘉庆、道光三朝,清晚期指咸丰、同治、光绪、宣统四朝。若以这种划分法来统计,清初山左女诗人共29位,以颜小来、德州张氏、王碧莹、刘眘仪、赵慈、孔丽贞、周淑履、邢顺德等人为代表。清中期81位,其中乾隆时期38位,嘉道时期43位;乾隆时期以高密王氏、王照圆、孔璐华、郝簋等人为代表,嘉道时期以单为娟、刘琴宰、陈宝四、李长霞及孔淑成、孔祥淑等曲阜女性群体为代表。清晚期16位,以徐桂馨、柯劭慧等为代表①。

清初山左诗歌创作成就极高,如"国朝六大家"中的王士

---

① 按,女诗人生平不详者暂不列入。

禛、宋琬、赵执信,皆以诗闻名于当时。卢见曾《国朝山左诗钞》序:"国初诗学之盛,莫盛于山左。渔洋以实大声宏之学,为海内执骚坛牛耳,垂五十余年。同时若宋荔裳、赵清止、高念东、田山姜、渔洋之兄西樵、清止之从孙秋谷,咸各先登树帜,衣被海内,故山左之诗,甲于天下。"①相较之下,清初的山左女性文学并不繁盛,仅有29位,且多为寡居困苦之人,诗歌中笼罩着悲苦之音。究其原因,自元朝开始,为表彰节妇而修建牌坊,寡妇守节成为女性实现自我价值的一种有效方式。明朝延续了元朝对寡妇守节的表彰,在国家、社会和家族的共同推动下,守寡女性在数量上远超此前的朝代。明末清初的社会动荡更加深了人们对"贞节"的认识,女性的守节与士大夫的"忠贞"相对应,贞女不事二夫对应了士大夫的不事二君。清初统治者一开始反对节妇自尽,但随着时间的推移而失去效力,整个清代依然施行对节妇与贞女的表彰制度。在这样的大环境下,女性守节的事例比比皆是。

清初山左女性文人中,如颜小来、孔丽贞、德州张氏、周淑履皆为守节之人。颜小来守节长达60余年,侍舅姑以孝闻,教子孙成立,还"博涉方书,常制丸散以济乡里之茕独者"②。在"德"的层面,可谓无可挑剔,但在漫长的守节生活中,其间的清苦与辛酸难以为外人道,只能通过诗歌聊以排遣。颜小来《恤纬斋诗》第一首即是十二首"哭母"诗,字字泣血,奠定了整部诗集的

---

① (清)卢见曾编:《国朝山左诗钞》,《山东文献集成》第1辑第41册,第2页。
② 《(乾隆)曲阜县志》卷之九十四,乾隆三十九年刻本。

悲哀基调。颜小来的寡居生活十分清苦,晚年疾病缠身,《秋暮》《病中不寐》《墓祭》等诗中充满萧瑟清冷之气。孔丽贞守节40余年,与颜小来时相唱和,《续修四库全书总目提要(稿本)》评价其诗为闺阁中不可多得者。孔丽贞自序中言及幼时父母慈爱,兄弟友爱,花朝月夕间以诗酒为乐。但后来连遭变故,父母兄弟俱丧,自己也丧夫守寡,"人世之苦,亦莫此为极,形诸墨沸者,亦遂易喜为悲矣。情随事迁,意缘境移,不信然乎哉"①。其《哭亡兄》《哭幼弟》《哭亡夫》等悼亡诗正是孤苦心境的流露。德州张氏为名士田雯之母,在丈夫去世后担负起家中重任,以针黹女红为生计,教养儿孙成人,终因田雯声名而被封太恭人。其诗作多自焚弃,存诗多以勉励、鞭策子孙为主题。张氏将自己的诗集命名为《茹荼吟》,将一生的苦难辛酸付诸集中。周淑履同样是夫亡守节,"数年之间,奔走枝梧,风雨漂摇,无所不有,妇诗之所为伤心也"②。

其他女性如出身长山王氏的王碧莹,虽为太常寺少卿王桢从孙女,但一生贫苦,晚年生活尤其困顿。后因母卒,哀毁而亡。其《哭女》一篇凄恻哀艳,直逼楚骚。刘眘仪工诗善绘,与其夫李图南时相唱和,可惜天不假年,刘二十九岁便早逝。赵慈为赵执信之女,以贫困终老。邢顺德与其夫康鲁瞻伉俪情深,但婚后碍于家务繁重,诗思渐减。在这些女性诗集中,时常流露出生活的艰辛与心境的悲苦。

---

① (清)卢见曾编:《国朝山左诗钞》卷五十八,《山东文献集成》第1辑第41册,第771页。
② (清)张曜、杨士骧修,孙葆田等纂:《(宣统)山东通志》卷一百四十四。

清中期为山左女性文学的繁盛期,这一时段女诗人不仅数量上占优势,且出现了像王照圆、孔璐华、郝懿、李长霞、孔祥淑这样的知名女诗人。这与当时的社会环境和文化氛围有着密切关系。乾嘉时期,许多文人对女性文学大力扶持,如袁枚、阮元、陈文述等人。他们所具有的开放文学观及对女学的提倡为女性文学带来了友好的氛围。袁枚的随园女弟子群和陈文述的碧城仙馆女弟子群皆是当时名动一时的女性文学群体。阮元编选《淮海英灵集》,收录女性作家40余家;编选《两浙輶轩录》时收录江浙两地妇女170余家。阮元在家庭内也支持女眷进行文学创作,妻妾孔璐华、唐庆云、谢雪等人皆有诗集。这一时期的江浙地区,才女辈出,如归懋仪、梁德绳、席佩兰、吴藻、汪端、沈善宝等人,还出现了清溪吟社等女性文学社团。这样的良好文学氛围在北方也同样存在,像顾春等京城女性皆在此时焕发出耀眼的光彩,秋红吟社也成为融合南北闺秀的文学大社,孔璐华的儿媳许延锦、钱继芬皆有参与。而在当时的山左地区,则出现了王照圆、孔璐华、郝懿、李长霞等在文学和经学领域有所成就的女诗人。

孔璐华(1777—1832),字经楼,出身山东曲阜孔氏,待字闺中时,其父不赞成学诗,嫁与阮元后才专注于诗歌创作。在两大家族的文学氛围浸染及阮元的支持下,孔璐华在文学上取得了一定成就,所作《唐宋旧经楼诗稿》有着雍容安闲的风貌。其诗歌题材涉猎广泛,尤其是写出了诗礼之家的生活细节,其中部分诗作扩大了女性文学的题材范围,在以往的闺秀诗歌中开拓出了新的空间。高密王氏,胶州候选州同封奉直大夫高虞恂之妻,有《郭外楼诗刻》。王氏自幼喜吟咏,晚年迁居城外,创作了大量风格清丽的田园诗。郝簪字秋岩,山东齐河(今德州)人,她的《秋岩诗集》分为《碧梧轩吟稿》《蕴香阁诗钞》《恤纬吟》三部,分别是其闺中、出嫁后和寡居生活的写照。郝簪在这三部诗集中描写出了古代女性不同阶段的生存状态,艺术成就较高,是中国古代闺阁诗的典型代表。生活于道光咸丰年间的李长霞(1825—1879),字德霄,号锜斋,山东掖县(今莱州)人。她有《锜斋诗集》一卷,长于拟古,诗风苍劲,如《辛酉纪事一百韵》《赴潍县》《南留店》《寻儿篇》等作,写尽乱离之慨,可追步少陵"诗史"。

虽然山左地区缺乏女性文学社团,但以孔淑成、孔祥淑等为代表的曲阜孔氏女诗人群体在山左文学史上也占据了一席之地。

清晚期的山左女性文人数量较少,整体来看处于弱势地位。此时期的代表性女诗人也较少,其中如徐桂馨有《秋水阁天香诗集》四卷,另有《切韵指南》四卷。李长霞之女柯劭慧,与其姊柯劭蕙皆工诗,有《思古斋诗钞》及《楚水词》。

三、清代山左女性作家的地理分布

清代山左地区设济南、登州、兖州三道,包含济南、兖州、东昌、青州、登州、莱州、武定、沂州、泰安、曹州十府以及济宁、临清二直隶州,至雍正末年形成了济南、兖州、东昌、青州、登州、莱州、武定、沂州、泰安、曹州十府并立的局面。乾隆间重新增设济宁、临清二州为直隶州,最终形成了十府二直隶州的规制[①]。照

[①] 本书按照多数山左女性文人生活的年代,以雍正、乾隆年间划分的十府二州为标准,以便于进行量化统计与分析。

此规制,可对清代山左女性文人的地理分布作一统计,结果如下:

济南府共 42 人,其中长山 7 人,德州 7 人,陵县 5 人,新城 4 人,章丘 3 人,历城 3 人,邹平 2 人,临邑 1 人,齐河 1 人,平原 1 人,淄川 1 人,其他 2 人。嫁入济南府者 5 人。长山李氏有《梅月楼草》,王碧莹有《东篱集》二卷续集一卷。德州张氏有《茹荼吟》,卢介祺有《妙香阁诗稿》,卢著有《碧云轩剩稿》一卷附录一卷,何氏有《历亭遗稿》。章丘胡静淑有《绛云轩诗稿》,焦学漪有《竹韵轩诗草》,马氏有《寒清诗草》。历城方寿有《芝仙小草》,李永有《秋蛩吟》。新城于桂秀有《无梦轩诗》,陶淑有《绿云楼诗存》《菊篱词》。邹平李氏有《绿香楼遗诗》一卷。临邑邢顺德有《兰圃遗稿》。齐河郝簋有《秋岩诗集》三卷。

莱州府共 31 人,其中胶州 11 人,高密 5 人,掖县 5 人,潍县 5 人,即墨 3 人。嫁入莱州府者 2 人。胶州杨慎徽有《红叶书屋诗稿》,匡氏有《雪斋小咏》,柯纫秋有《香芸阁剩稿》,柯劭蕙有《岁寒阁诗存》,柯劭慧有《楚水词》《思古斋诗钞》,高月娟有《埋香坞遗诗》,高梅先有《瓣香阁诗钞》,高氏有《孀居诗草》,张寂真有《自记里语》,姜如璋有《淑斋诗草》。高密王清兰有《陋室吟草》,王氏有《郭外楼诗草》,任丽金有《得月楼集》,单为娟有《女史碧香阁遗稿》。掖县李长霞有《锜斋诗选》,李氏有《李仙缥诗》,练甘棠有《练甘棠诗》,翟柏舟有《礼佛轩诗钞》。即墨黄氏有《绣余吟草》,王氏有《小斋倦绣吟草》,周氏有《灯下吟》。

兖州府共 31 人,其中曲阜 12 人,邹县 1 人,滋阳 1 人。嫁入兖州府者17人。滋阳牛氏有《玉照楼文集》。曲阜孔淑成有《学静轩遗诗》，孔祥淑有《韵香阁诗草》，孔璐华有《唐宋旧经楼诗稿》，孔丽贞有《藉兰阁草》，颜小来有《恤纬斋诗》《晚香词》。一些女性没有别集存世，作品散见于总集中，如孔韫芬诗作散见于《国朝山左诗汇钞后集》，孔昭容诗作散见于《阙里孔氏诗钞》《国朝山左诗汇钞后集》，孔兰生词作散见于《阙里孔氏词钞》，孔韫辉诗词散见于《国朝闺秀诗柳絮集》《小檀栾室闺秀词钞》等，孔印兰诗词散见于《绣菊斋遗画题辞》《小莲花室图卷题辞》《小檀栾室闺秀词钞》等，孔庆贞诗词散见于《小莲花室图卷题辞》《小檀栾室闺秀词钞》等。

登州府共20人。其中莱阳7人，宁海1人，蓬莱2人，海阳2人，文登1人，福山1人，黄县1人。嫁入莱州府者5人。莱阳左媛有《织素堂稿》，冷玉娟有《砚垆阁诗草》《珂月集》，李胡氏有《靡他吟》，周淑履有《峡猿草》《绿窗小咏》，姜桂有《姜贞女诗集》，姜道顺有《古柏轩集》。宁海宫娥有《宫娥遗诗》，赵婉绁有《针余草》。蓬莱慕昌溎有《古余芗阁诗》，何氏诗作散见于《国朝山左诗续钞》。文登于仙龄有《映山楼诗钞》。福山王照圆有《晒书堂闺中文存》《列女传补注》等。海阳王氏有《绛雪亭诗稿》。黄县杜氏有《秋风剩叶诗草》。

青州府共18人。其中诸城9人，安丘4人，益都3人，其他1人。嫁入青州府者1人。诸城王氏有《竹香馆吟草》，刘若蕙有《捧翠集》，刘琴宰有《季斋集》，纪氏有《绿窗吟》，孙玉魁有《此君屋诗课》，丁梅岩有《涤虑斋诗词稿》，臧筠阁有《笑梅吟诗稿》。安丘李氏有《兰坡诗》，周氏有《茹荼吟》，赵录缜有《天谅室诗略》。益都赵慈有《诗学源流考》《灰心断肠诗词集》《赵慈遗稿》等。李溪娥诗作散见于《国朝山左诗续钞》,冯仪诗作散见《国朝山左诗续钞》。

济宁直隶州共 15 人。其中嘉祥 1 人,鱼台 1 人,其他 13 人。济宁于淮珠有《散芳集》,王顺晋有《王烈女遗诗》,谢锦秋有《织霞遗集》,陆青存有《森玉堂集》,徐桂馨有《秋水阁天香诗集》《切韵指南》等,史筠有《萝月轩诗集》,史丽君有《倩仙诗钞》。嘉祥周爱莲有《伴梅阁吟稿》。鱼台王氏有《嘉庆集》。

沂州府共 8 人。其中费县 2 人,莒县 2 人,蒙阴 1 人,日照 1 人。嫁入沂州府者 2 人。费县王氏有《绿窗诗草》,谢氏有《嫡庶规鉴》。莒县庄湘泽有《簌声阁诗词集》,刘氏有《绿筠轩草》。

武定府共 7 人。其中滨州 3 人,利津 2 人,沾化 1 人,商河 1 人。滨州张淑莅有《绣香阁诗草》,张琳有《怡梅诗存》,刘育仪有《菊窗吟》《菊窗诗余》《和雪吟》等。利津李兰芳有《梦余草》。沾化贾氏有《女诗经》《乞巧楼诗集》。

东昌府共 4 人,其中冠县 2 人,茌平 1 人,莘县 1 人。

曹州府共 2 人。其中城武 1 人,曹县 1 人。城武唐恒贞有《桐叶吟》。曹县陈淑媖有《碧香阁小草》。

临清直隶州 2 人。武城颜铆有《偕隐唱酬集》。

泰安府 2 人。其中平阴 1 人。

其他籍贯不明者 4 人。

嫁入山左者共 32 人,以江苏省为主。来自江苏地区的金坛于氏有《就兰阁遗稿》。吴县王玉映有《玉兰轩藏稿》。仪征刘淑增有《林风阁诗钞》。真州江佩珩有《桐花吟馆诗》。江宁司马梅有《绣菊斋题画剩稿》。常熟蒋玉媛之诗散见于《阙里孔氏诗钞》。吴县徐比玉之诗散见于《绣菊斋遗画题辞》《小莲花室图卷题辞》《小檀栾室闺秀词钞》等。上元纪映淮之诗散见于《国朝山左诗钞》。上元张六瑛之诗散见于《国朝山左诗汇钞后集》。镇洋毕怀珠之诗散见于《小莲花室图卷题辞》《国朝闺秀诗柳絮集》。镇洋毕景桓之诗词散见于《绣菊斋遗画题辞》《国朝闺秀诗柳絮集》《小檀栾室闺秀词钞》等。

其他来自南方地区的（福建）兴化张玉贞有《张玉贞遗诗》。（浙江）海盐朱玙有《金粟词》。（浙江）山阴吴淑蕙有《年华集》。江南人康澄有《康澄诗稿》。湖广人张秀有《落霞堂存草》。（浙江）昆山叶粲英之诗散见于《阙里孔氏诗钞》。昆山徐申之诗散见于《国朝山左诗续钞》。（浙江）钱塘孙苕玉之诗散见于《阙里孔氏诗钞》。钱塘孙会祥之诗散见于《阙里孔氏诗钞》。（安徽）桐城叶氏之诗散见于《阙里孔氏诗钞》。

来自北方地区的奉天陈宝四有《蜀道停绣草》。（河南）夏邑汪之蕙之诗散见于《阙里孔氏诗钞》。（山西）兴县康氏之诗散见于《阙里孔氏诗钞》。（河北）卢龙惠氏之诗散见于《阙里孔氏诗钞》。

此外还有姚氏、陈氏、张氏等人，具体籍贯不详。

从籍贯来看，山左女作家主要来自济南府，尤其是德州。其次是莱州府，集中在胶州、高密等地。再次是莱州府、青州府及兖州府，尤其是莱阳、诸城及曲阜等地。

先秦及秦汉时期，山左文化中心主要集中在曲阜、临淄一带。而自西汉时的济南郡，到明清时的济南府，济南成为山左政治中心。独特的政治地位也带动了当地经济和文化的发展。明清时期占据重要位置的科举,其中的乡试也在济南举行。田同之云:"诗人之盛,自有明迄今,无有如我山左者,而山左之称名于天下又莫如我济南。"①济南也是山左的文学中心,文学家族林立,以新城王氏、淄川王氏、历城朱氏和德州田氏为代表。济南名士众多,清代以王士禛和蒲松龄为代表,分别在诗歌和古典小说的领域大放异彩。济南府管辖下的德州北依京畿,南接济南,京杭运河穿城而过,被称为"九达天衢""神京门户",为南北交流聚合之处。明清时期,德州文化教育较为兴盛,考中进士的人数远高于山左其他州县。清代德州地区的文学家族有田氏、谢氏、卢氏、萧氏、孙氏、程氏等。其中以卢氏、田氏最为知名,女性诗人也最多。德州卢氏自十一世至十六世皆有登进士第者,名宦辈出,如卢道悦、卢见曾、卢荫文、卢荫惠、卢荫溥、卢庆纶等。卢见曾编纂《国朝山左诗钞》,保存了诸多山左诗人诗作。卢荫溥历乾隆、嘉庆、道光三朝,官至军机大臣、六部尚书。卢道悦孙女卢氏、卢见曾孙女卢介祺、卢荫溥长女卢著等皆为卢氏一族中较为杰出的女性诗人。

得益于济南府这一政治中心的影响,青州、莱州、登州三府在经济和文化上亦有不可忽视的地位。因此,山左女性作家也基本处在这几个地域。如青州府是山左文学的兴盛之地,王士禛《带经堂诗话》卷六云:"吾乡六郡,青州冠盖最盛,明嘉靖、万历间,官至尚书者八九人,而世宗时,林下诸老为海岱诗

---

① (清)田同之:《张榆村诗序》,(清)田同之:《二学亭文涘》,德州田氏丛书本,《清代诗文集汇编》第239册,上海古籍出版社2010年版,第433页。

社,唱和尤盛。"①文学家族有安丘曹氏、临朐冯氏、诸城张氏等。登州府内的文学家族则有福山王氏等。其辖区内的莱阳自明代便有宋氏、左氏、张氏、姜氏家族等文学家族。在莱阳女诗人中,有姜道顺、姜桂、周淑履、冷玉娟、李胡氏等。莱州府则有高密王氏、胶州柯氏等文学家族,高密王氏、李长霞母女为此地女诗人代表。

兖州府中的曲阜是儒家文化发源地,也是孔氏、颜氏等文化世家的聚集地。曲阜孔氏女诗人在数量上几乎占据了兖州府的全部。曲阜孔氏以诗礼传家,对族中女性教育十分重视,因此孔氏女诗人有着良好的学习和创作氛围。孔氏与其他文化家族的联姻和交游又为这个家族文化带来了扩展和推广。孔氏女诗人的诗歌创作与山左地区儒家思想有特殊的渊源关系,更遵循"温柔敦厚"的诗教传统。孔丽贞、孔璐华、孔祥淑等皆为其中具有代表性的女诗人。

综合来看,清代山左女性文学的繁荣与山左地区的经济、文化、家族之间都有着密不可分的关系。清代山左女性作家和著作在数量上虽不能与江浙地区相比,但依然能凸显"地理叙事"特征。文学中的地理叙事更能充分呈现作家个人的文化选择、审美追求以及艺术风格,在重儒重文的山左文学浸染下,清代山左女性作家的著作类型有所突破,出现学术类著作,而在文学风格上则带有鲜明的地域与家族文学之色彩。

---

① (清)王士禛:《带经堂诗话》卷六,人民文学出版社1963年版,第158—159页。

第二节　清代山左女性文学产生的背景

清代女性文学之盛超越其他朝代,不仅数量众多,且涌现出一批成就较高的女性作家群体及优秀的知名女作家。清代女性对于文学的态度也较以往不同,极为重视"才名"。齐鲁文化孕育出山左文学的独特地理特征,也影响了山左女性文学的创作。依靠家族文学的支持,女性得以学习写作和出版自己的作品。清代山左文人在思想及行动上都对女性文学提供了重要的支持,在清代诗坛有着较高地位的王士禛等人也对女性文学产生了较大的影响。在这样的文学大背景下,清代山左女性文学结合了地域文学、家族文学,形成了自己的特色。

一、清代女性文学之繁盛

清代女作家不仅数量众多,且涌现出一些成就较高的女性作家群体,如林以宁等"蕉园七子"、张允滋等"吴中十子"、骆绮兰等随园女弟子、吴藻等碧城女弟子。就个体而言,则出现了清初的徐灿、顾贞立,清中期的顾春、吴藻,清末的秋瑾、吕碧城等知名女作家。

清代女作家的兴起,也受晚明文学新思潮的影响。晚明时期的新思想主要是王阳明的心学,而李贽、冯梦龙、汤显祖等人从学术、小说和戏曲方面对人性和情的推崇使得这一时期的社会风气较为自由开放。李贽等开明文人又大力提倡男女平等:"余窃谓欲论见之长短者当如此,不可以止以妇人之见为见短也。故谓人有男女则可,谓见有男女岂可乎?谓见有长短则可,谓男子之见尽长,女人之见尽短,又岂可乎?设使女人其身而男子其见,乐闻正论而知俗语之不足听,乐学出世而知浮世之不足恋,则恐当世男子视之,皆当羞愧流汗,不敢出声矣。"①明代中后期,吴江叶氏家族出现了沈宜修、叶纨纨、叶小纨、叶小鸾几位女诗人,文采出众,后人以"午梦堂女诗人"称之,她们的文学创作离不开家族的支持。沈宜修夫叶绍袁就提出了女子"三不朽"的新观念:"丈夫有三不朽,立德、立功、立言,而妇人亦有三焉:德也,才与色也,几昭昭乎鼎千古矣。"②在叶绍袁"三不朽"观念的倡导下,涌现出了吴江叶氏、桐城方氏、杭州许氏、阳湖恽氏、阳湖庄氏等以家族为中心的女性群体。

在清代,尤其是乾嘉时期,许多文人对女性文学大力扶持,如袁枚、阮元、陈文述等人。他们所具有的开放的文学观及对女学的提倡为女性文学营造了非常友好的创作氛围。袁枚为女弟子编《随园女弟子诗选》,随园女弟子在当时影响甚远。受袁枚"性灵说"影响,《随园女弟子诗选》中的作品绝少人工雕琢,以自然清新的风格为主。如女弟子席佩兰的诗歌,流畅自然,少用典故。陈文述步袁枚后尘,招收女弟子吴藻、张襄、吴规臣等40余人,还将妻妾龚玉晨、管筠、文静玉、薛纤阿,女儿陈苕仙、陈萼仙,儿媳汪端纳入这个文学群体中来。这个文学群体可以说是

---

① (明)李贽:《答以女人学道为见短书》,(明)李贽著,陈仁仁校释:《焚书续焚书校释》卷二,岳麓书社2011年版,第108页。
② (明)叶绍袁:《午梦堂全集·序》,(明)叶天寥纂辑:《午梦堂全集》,贝叶山房1936年版,第3页。

一个由男性文人引导，女性文人组成的家庭式与公众式团体的结合性群体，在地域上将苏杭两地的文化融合了起来。两大群体的成员以传统闺秀为主，这些女性大多受到过良好的教育，除诗词卓有成就外，多数人还精通书法、绘画、剑术等各种艺术。除了袁枚、陈文述外，当时名臣阮元对女性的文学创作也持支持的态度，不仅支持其妻妾如孔璐华等人作诗，还在编选《淮海英灵集》时收录女性作家40余家，编选《两浙輶轩录》时收录江浙两地妇女170余家。其他人如郭麐于吴江提倡女教，松陵任兆麟推动张允滋等“吴中十子”的文学发展等。

清代女性对于文学的态度也较以往不同。恽珠在《国朝闺秀正始集·弁言》中写道：“昔孔子删诗，不废闺房之作。后世乡先生每谓妇人女子职司酒浆缝纴而已，不知《周礼》九嫔掌妇学之法。妇德之下，继以妇言。言固非辞章之谓，要不离乎辞章者近是。则女子学诗，庸何伤乎？”①女性对文学的热爱使她们不再视诗词为女红之余的闲事，转而兢兢业业，不疲于此。吴江名士任兆麟为其妻张滋兰《潮生阁集》作序：“所居潮生阁为曾大父匠门太史读书处。居常卷帙不去手，声琅琅彻牖外。夜则焚兰继之，每至漏尽不寐，灯火隐隐出丛树林。过之者咸谓此读书人家，初不知为女子也。”②序中写出了张氏之勤学。由此可见，清代女性文人很大的一个特点是对文学教育的渴望和珍视，及对“才名”的重视。此外，相较于其他朝代女性刻意“隐才”的

① （清）恽珠：《国朝闺秀正始集》，道光十一年红香馆刻本。

② （清）任兆麟：《潮生阁集·序》，见（清）施淑仪：《清代闺阁诗人征略》卷六，（清）施淑仪：《施淑仪集》，人民文学出版社2011年版，第278—279页。

现象,清代女性不仅大量写作诗词,而且积极刊刻传播诗集,视文学为风雅之事,视留名为自然之举。

从胡文楷《历代妇女著作考》来看,清代女诗人的空间分布并不均匀,南方地区的女诗人数量远超北方地区,这是历史文化沉淀的结果。东晋之前,中原文化占主导地位,此时北方地区经济、文化水平要高于南方,北方文人众多,女诗人也以北方女性为多。晋室南渡后,江南政治经济开始崭露头角;到了南宋,再次南迁更是促进了江南一带的经济发展。江浙地区在清中期又是经济文化相当繁荣昌盛的区域。经济的繁荣必然带动文化的发展,南方文人日渐增多,女性文学也在明清时期逐渐转移到江浙一带来。在教育方面,清代江浙地区家族林立,名士辈出,对于女性的文化教育也极为重视,不少大家族中孕育出了众多优秀的女性诗人。除去家族的助力外,自清初以来,江浙名媛多受教于知名文人,如徐昭华师事毛奇龄,毛奇龄称其为自己最得意的门生。骆绮兰除拜袁枚为师外,又师事王昶、王文治。还有一些女性本身就是闺塾师,她们也招收了大量女弟子,如沈善宝等。

在清代女性文学繁荣发展的大背景下,虽然在数量上无法与南方地区的女性文学相抗衡,但山左女性依然借助此时期女性文学发展的盛况开辟出自己独有的天地。清代山左女性诗人所受文化教育多来自家族的有意培养,尤其是像曲阜孔氏,更以诗礼为主。家族之外,也有王士禛等人的助力,不仅记录她们的生平轶事,还会帮其刊刻传播作品。因此,清代山左女性文学有如孔丽贞、孔璐华、孔祥淑等曲阜女性文学群体的出现,也有如颜小来、高密王氏、郝簋、李长霞等优秀诗人出现,更有王照圆这样的女经学家。清代女性文学发展之盛,有山左女性文学的一份助力。

二、地域与文学:齐鲁文化对山左女性文学的影响

"环境对于学术文化、文学创作的影响,乃是不争的事实。而在构成环境的人文的、自然的或两种交融的诸要素中,区域的人文性文化对文学活动的影响常是最直接、最显著的。"① 特定地域的自然、经济、文化教育等环境会对作家的思想内容、风格气质等产生影响。山左地区位于中国的东部沿海,以胶莱河为界线,分为胶东半岛和内陆两大部分。胶东地区邻近沿海,气候温润,但地狭人稠,自古以渔业为重。《史记》记载:"太公至国,修政,因其俗,简其礼,通商工之业,便鱼盐之利,而人民多归齐,齐为大国。"② 莱州府的掖县"凭负山海,民殖鱼盐以自利"③。《民国牟平县志》云:"虽地狭人稠,农产物不足自给,而山海之利,受赐良多。"④ 内陆地区则以农耕为主,名山大川比比皆是。作为黄河流域重要的人类聚居地,早在新石器时代,山左地区就已有农业生产活动。明清鼎革之际,山左地区经历了严重的战乱,又遭逢旱灾、蝗灾、黄河水灾,民不聊生。直到顺康时期,山

---

① 王水照:《北宋洛阳文人集团与地域环境的关系》,《文学遗产》,1994年第3期,第74—75页。
② (汉)司马迁:《史记·齐太公世家》,中华书局1959年版,第1480页。
③ (清)张思勉修,于始瞻纂:《乾隆掖县志》卷一之《风俗》,光绪十九年刻《掖县全志》影印本。
④ 宋宪章修,于清泮纂:《民国牟平县志》卷一"地理志",民国二十五年石印本。

左地区的经济才得以恢复并发展。

从历史上来说,周成王继位后,封太公吕尚为齐侯,封周公长子伯禽为鲁侯,齐鲁两国始立。春秋战国时期,齐国是稷下学宫所在地,鲁国是孔孟之乡。齐文化重革新、尚务实,鲁文化重传统、尊礼教,这些皆对山左地区的文人产生了重要影响。儒家文化在山左文化中占有重要的位置,雅正厚重的儒风浸染了山左文学。"五岳以泰山为宗,自昔德业文章之盛,以孔子为宗,土厚而殊尤,其人必奇,行义必不同于俗。吾闻山东之国,由孔子已来,商瞿、曾参、孟轲、伏胜、匡衡、郑玄、何休之徒,博通经术;王粲、左思、颜延之、刘勰、任昉,皆能以文采耀于世。风俗与化移易,岂非士发愤厉,有根柢之容,嶬然岳峙者哉!"①自汉代独尊儒术后,山左地域内以儒学起家的有济南伏氏、泰山羊氏、清河崔氏、平原刘氏、平原华氏等,这些山左世家大族深受儒风熏染,注重孝悌礼仪,重视文化教育,往往在经学、诗文、书画等领域人才辈出,成就斐然。

明清时期,科举制度盛行,山左地区以家族为依托,重视儒学与文学。据《清代山东进士》一书的统计,进士人数以济南府为最多,其次是莱州府、登州府和青州府。济南府的历城朱氏、新城王氏、德州田氏和卢氏等皆为清代科举世家,诞生了一大批极具影响力的诗人。山左文风之盛,在明末清初时达到高峰。王士禛曾言:"吾乡风雅,盛于明弘正嘉隆之世,前有边尚书华

---

① (清)程康庄:《重刻安雅堂文集·序》,(清)宋琬著,辛鸿义、赵家斌点校:《宋琬全集》,齐鲁书社2003年版,第99页。

泉,后有李观察沧溟。"①边贡、李攀龙、谢榛,皆为复古风潮中影响力较大的山左诗人,也是当时诗坛思潮的领袖人物。明中期的山左在北方诗坛具有重要的地位:"自明中叶,中原坛坫,必援山左树旗鼓。"②在边贡、李攀龙等人的影响下,一批优秀的山左诗人以"复古"为宗旨,作诗讲求经世致用。明末宋继澄与赵士喆创办"山左大社",青州冯裕创办"海岱诗社",李开先等有章丘诗会。在明诗变革的影响下,"自历下李观察、边尚书、许佐史以来,振兴风雅,拔中原之纛,而词坛互禅,久而弥昌,今日之领袖英绝,为艺林所宗法者,指不胜屈"③。清代山左诗坛诞生了诸多优秀诗人,无论是诗作数量还是艺术成就,足以让山左诗歌成为清诗史上浓墨重彩的一笔。赵执信《谈龙录》中指出:"本朝诗人,山左为胜。"④程国仁《竹石居稿》序云:"本朝诗法自济南历下主盟百余年来,学者宗之,以故齐鲁间多诗人。"⑤清代山左地区,除了王士禛、宋琬、赵执信、孔尚任、蒲松龄、桂馥、丁耀亢、田雯等具有影响力的作家外,还产生了"神韵诗派"和"高密诗派"等具有影响力的诗歌流派。

清代山左文学有浓厚的齐鲁文化色彩。在思想上,尊崇儒家学说,注重道德修养的提升和对社稷民生的关注。在诗歌创

---

① (清)王士禛:《香祖笔记》卷二,商务印书馆1934年版,第18页。
② (清)王培荀:《乡园忆旧录自序》,王培荀著,蒲泽校点:《乡园忆旧录》,齐鲁书社1993年版,第1页。
③ (清)曹尔堪:《槐轩集序》,(清)王曰高:《槐轩集》卷首,《清代诗文集汇编》第105册,第423—424页。
④ (清)赵执信:《谈龙录》,(清)赵执信:《谈龙录 石洲诗话》,人民文学出版社1981年版,第14页。
⑤ (清)单可基:《竹石居稿》,嘉庆十二年高密单氏鉴古堂刻本。

作中讲求尚质务实,经世致用,体现了儒家文化的实用主义精神。魏徵《隋书·文学传序》说:"江左宫商发越,贵于清绮;河朔词义贞刚,重乎气质。气质则理胜其词,清绮则文过其意,理深者便于实用,文华者宜于咏歌。此其南北词人得失之大较也。"①北人重乎气质,表现在诗歌方面,则重诗歌的社会功用,易形成刚直劲健的"风骨"之美。清初山左诗人崇尚质朴诗风,注重诗歌的讽喻之功,具有强烈的社会责任感。如丁耀亢的《田家》《良农苦》《捕逃行》《官军行》等诗,反映了底层民众的苦难生活,表达了诗人的悲悯之情。又如高密诗派是清代山左地区重要的诗歌流派,"高密三李"是高密诗派最主要的代表人物。高密单氏家族成员在诗文创作方面曾"一时称盛",也是高密诗派的主要创作力量。高密诗派的诗人多为底层寒士,对民生现实了解得更多,也更关注。清代山左女性诗歌中也不乏对民生的关注和对百姓饥寒的悲悯。如高密王氏,善写清淡闲远的田园诗之外,还有不少关心民瘼的诗作,如《岁暮书怀》一诗饱含悲天悯人之意。道光以后,社会动荡,一些山左诗人写出了不少关于战乱的诗歌。如柯蘅携家避难至潍县,其诗有记咸丰年间的乱离,像《潍水行》《战城南》《九月围城中作》《八月十五日夜对月》《八月初六记事四首之一》《十八闻寇退自海归》等。柯妻李长霞更有《辛酉纪事一百韵》这样的经典之作。

山左诗坛与前后七子之间有密切的诗学关联,如前七子中的边贡、后七子中的李攀龙均为山东历城人,倡导"神韵说"的

---

① (唐)魏徵等编:《隋书》卷七十六,中华书局1973年版,第1730页。

王士禛是山东新城人。因此,明清时期的山左诗坛也在"复古"风的笼罩之下,各家于拟古诗的创作也有不小的成就。李长霞所在的掖县李氏与胶州柯氏,两大家族中的男性诗人均受"复古"风的影响。李长霞之父李图诗歌成就颇高,《清史稿》中记载:"山左称诗者,王士禛、赵执信以后,以图为巨擘云。"①李图具有强烈的复古思想,李长霞在父亲的指导下作诗,自然也沾溉了其父的复古诗风。于祉评价道:"锜斋诗得其尊人李少伯之传,格律高古,寄托遥深,蔚为国朝一作家。"②王士禛的"神韵说"在清初影响广泛,讲究"不着一字,尽得风流",追求清远、典雅的诗歌境界。赵执信、田雯、李澄中等人虽然与王士禛观念有所不同,但也都秉持着诗歌须写真性情的观点。受家居环境的影响,女性所描写的题材范围狭隘,但对于诗歌境界的追求却往往与"神韵说""性情说"等观念相符合,这种追求极致美学的细腻风格也最适合指导女性诗歌创作。

三、家族与文学:家族对山左女性文学的孕育

钱志熙《士大夫文化视角中的中国古代女性诗歌发展史》一文认为,中国古代文学存在两种形态,一种是士大夫文化形成并成熟之前的文学,更接近于文学的原生形态。一种是与中国古代士大夫文化的形成、发展与成熟同步的中国古代文人文学。同时又解释:"中国古代女性诗歌发源于原始歌谣,从歌谣、风

---

① （清）赵尔巽等编:《清史稿》卷四百八十六,"列传"二百七十三之"文苑三",中华书局1977年版,第13414页。
② （清）徐世昌编:《晚晴簃诗汇》卷一八九。

诗到汉代乐府及五言,女性在诗歌史上的地位,近乎可与男性平分秋色。魏晋以降,随着士族及其文化、文学传统的确立,女性诗歌开始进入主要依附士大夫文学的发展阶段,在唐、宋、明、清各代,其均有与当时士大夫文化联系的不同方式,与封建时代后期的士族制度的变化也有同步趋势。"①清代的科举制度下,士族的崛起往往依靠子弟读书应考来完成,教育在家族中的重要性不言而喻。如德州田氏、德州卢氏、福山王氏、高密单氏、新城王氏等家族,基本都是靠科举起家。家族延续数代,其间大量作家诞生。清代山左女性身份多为名父之女、才士之妻、令子之母,清代山左女性文学呈现出明显的家族性特点。清代山左女性中的颜小来、德州张氏、卢氏诸女、孔氏诸女等皆是这些文学家族中的杰出代表。

此外,通过联姻和交游,山左地区的大族间形成一个互相交融、错综复杂而又庞大的文学网络。各个家族间不断进行文化交流,也能促进山左女性文学的发展。家族中显要成员的社会交游,又能将家族文化乃至地域文化传播出去,增强家族文学的影响力和地域文化的知名度。施闰章出任山东学政时,田雯与曹贞吉受知于施闰章,而与其有"南施北宋"之称的宋琬在京师时,又常与施闰章、王士禛等唱和。曹贞吉还同新城王士禛、商丘宋荦、秀水朱彝尊、宜兴陈维崧、曲阜孔尚任、宜兴蒋景祁等有交游。安丘曹贞吉与曲阜颜光敏、德州田雯为好友。如康熙十五年(1676),曹贞吉同田雯、颜光敏郊原看花,赋诗为纪。颜光

---

① 钱志熙:《士大夫文化视角中的中国古代女性诗歌发展史》,第95页。

敏字逊甫,颜子六十七世孙,为女史颜小来之父。田雯之母为张氏,有《茹荼吟》。女性文学交游相比之下毕竟较少,文学交往以家族为范围,赠酬唱和之活动多局限在亲友之间。但通过家族男性的助力,女性的才名和作品也可以突破家族的局囿。很多山左女性的诗集都是由当时名士题辞作序,也借助王士禛、王培荀等人的传播而提高了知名度。

女性文学不仅是家族重要的文化资本,同时也是地方文化实力的重要体现。本章第一节中通过数据统计,可得知山左境内,济南府的女性文人数量居首位。这与济南府是山左政治、经济和文化中心有关,其境内的历城、新城、德州、淄川等地人才辈出,如邢顺德、王碧莹、平原董氏、德州张氏、赵慈、陶淑等皆为济南府境内的知名女诗人。

济南府外,山左另一个重要的文化中心即是胶东地区的莱州府和登州府,其中以莱州府最为重要,影响力也最强。自明末开始,胶东半岛的诸多家族开始兴盛,在科举制度下培养出了一大批人才,在文学创作方面影响深远,明末诞生的山左大社更是全国知名。莱州府的即墨黄氏、掖县赵氏、高密单氏,还有登州府的福山王氏、文登于氏等,皆为当地文化大族。至清代,莱州府诞生了被誉为"国朝六家"之一的宋琬,与施闰章并称为"南施北宋"。高密单氏的单楷、单宗元、单烺对"高密诗派"有发轫之功。出自高密单氏的单为娟,字茞楼,号纫香,有《女史碧香阁遗稿》,诗歌成就较高。登州府则以福山王氏为代表。福山王氏世代世儒,其家族成员中的王懿荣官至国子监祭酒,在金石学方面造诣颇高,是著名的"甲骨文之父"。王懿荣对福山王氏家族成员的作品保存有较大贡献,整理编订了《福山王氏传家集》。以治经闻名的王照圆即是出自福山王氏。

兖州府以曲阜孔氏、颜氏家族为主。曲阜孔氏家族重礼重德,强调诗书传家。儒学中重视忠孝,重视仁义等思想根植在孔氏家族成员之中。家族中的女性也接受诗礼教育,形成影响力较强的曲阜女诗人群体。孔丽贞、孔璐华、孔祥淑等皆知名于当时。曲阜颜氏中的颜光敏,康熙六年(1667)进士,颜光敏为清初"诗中十子"之一,其诗歌传承儒家诗教,关注民生,以诗歌来记述底层人民的遭遇。颜光敏之女为颜小来,诗、词皆擅,在清代山左女诗人中有重要的地位。

借助清代女性文学的发展盛貌,在地域、家族的共同推动下,山左女性拥有了良好的教育环境和创作氛围。这些女性往往博学多才,在文学、绘画、书法、琴弈等方面皆有一定成就。如胶州姜如璋,字淑斋,号广平内史,姜长植女,知府宋世显妻。姜氏一族世代善书,姜如璋书学晋人,喜临二王帖,现有传世作品《临上虞帖》。姜如璋书法备受时人称赏,京师士大夫得纨素便面,多珍藏之。尤侗《宫闺小名录》谓其工诗善书,朱彝尊作《太常引·题姜夫人淑斋诗卷》赞美其书法。姜如璋过大庾岭时,立二大碑,一书曰"风度维严",一书曰"雁回人远",字大径尺。但为避嫌,借小叔之名,署"八岁童子宋世勋书"。宋可发撰《重修忠武侯祠碑记》,也是姜如璋所书。姜如璋不仅在书法上造诣深,在文学方面亦有佳作,有《淑斋诗草》。又如孔祥淑在家学的熏陶下,诗歌境界宏阔。邹振岳为其诗集作序,称赞:"读夫人之诗不几愧须眉,而羞巾帼之彦耶。夫人以上智之姿,又承大圣人之家学,源远流长,温柔敦厚,其得力于诗教者深矣。寻常吟风弄月,流连光景之作,在闺秀中著名者不知凡几,视此诚枝叶也。"①

不过,同历代女性文学受封建束缚一样,清代山左女性文学也有不足之处。女性无法跨越性别的束缚,像男性那样获得正规书塾教育,只能通过家中长辈的传授,很难有专门的师承和诗歌流派。同时,女性不能以文章博功名,在写作方面多靠直觉与才思进行创作,题材范围相对较窄,书写空间也局限于日常生活的体验。

第三节　儒学与清代山左女性文学

山左是儒学发源地,重儒的传统对女性也产生了不小的影响。儒学发展至清代,重"考据"之学,对经典多有重新讨论与阐释,一些女性议题也被提起。时人注经的风气也影响到了女性的创作,出现了王照圆等女性经学家。在清代科举制度下,"四书五经"是儒生必学之书籍。这些儒家经典尤其是《诗经》《礼记》《论语》在女性教育中有着重要的地位。儒家思想"礼""仁""孝"等观念也对山左女性文学产生了很大的影响,使其在重视伦理亲情与个人道德修养之外,还会关注社稷与民生,体现出一定的社会责任感。

---

① (清)邹振岳:《韵香阁诗草·序》,(清)孔祥淑:《韵香阁诗草》。

一、清代儒学与女性问题的再议

清代作为中国最后一个封建王朝,在学术与文学方面集各朝代之大成。清代朴学盛行,对女性文学的发展也有一定的影响。陈东原《中国妇女生活史》云:"清代学术之盛,为前此所未有,妇女也得沾余泽。文学之盛,为前此所未有。"①由于潜心"考据"之学,清代文人在重新阐释经史方面无微不至,对《礼》《易》《诗》等儒家经典的深入研究,也引起了当时学术圈对女性贞节观及文化教育的思考。对于清代大量未婚而守节的"贞女"现象,汪中《女子许嫁而婿死从死及守志议》从《礼记》出发,认为:"先王制礼以是为不可过也。故女子许嫁而婿死从而死之,与适婿之家事其父母为之立后而不嫁者,非礼也。"②在他眼中,未婚女子殉夫或为夫守节实则有违《礼记》中的礼法。章学诚的《妇学》虽为批判袁枚所作,但也对女性的教育和才德观进行了详细阐释,认为:"妇人之于文字,于古盖有所用之矣。"③女性在早期所受教育是"诵《诗》习《礼》"。周室衰替后,经学从皇室转入私人家族和地方诸侯手中,女性成为家学的监护者和传递人,通过私人讲授或教育子女将学问传承下去。但汉代以后,周官汉制中的妇学传统被抛弃,"唐宋以还,妇才之可见者,不过春闺秋怨,花草荣凋,短什小篇,传其高秀"④。在章学诚看

---

① 陈东原:《中国妇女生活史》,第200页。
② (清)汪中:《述学·内篇》卷一,道光三年刻本。
③ (清)章学诚:《妇学》,章学诚撰,叶瑛校注:《文史通义校注》,中华书局2014年版,第615页。
④ 同上,第619页。

来,"今之妇学,转因诗而败礼"①。章学诚《〈妇学篇〉书后》又云:"盖四德之中,非礼不能为容,非诗不能为言。"②因此,需要格外加强妇学教育尤其是对《诗》《礼》等经典的学习,使女性能明辨是非,恪守妇德,发挥主理家政的才能,构建和谐的家庭关系。

无论是汪中还是章学诚,对于女性的贞节观及教育问题的探讨都以儒家经典为依据,试图用经典来重新阐释与女性相关的一系列社会问题,这样的讨论不仅体现了儒学在女性生活中的积极影响,同时对女性的自我选择方面和接受教育方面也起到了推动作用。"学者们对于女性问题的讨论和思考推动了平等,也推动了对有关女性在知识领域的自我意识和个性主义思潮,以及对文学和艺术创造的关注。"③

在重新阐释经典的过程中,"三从四德"也被重新进行解读。如《礼记·郊特牲》中有女子"三从"的观念,《礼记·昏义》中有对"四德"的阐释。"三从""四德"的观念被后世一再单独强调,成为封建时代压迫女性的说辞。这样的观念在今天看来无疑是偏激迂腐的。但如果全面去解读《礼记》,却能发现其中也在强调夫妻之间须有礼仪和责任上的平等观念,并非一味要求女性谦卑顺从。《礼记·昏义》云:"婚礼者,将合二姓之

---

① (清)章学诚:《妇学》,章学诚撰,叶瑛校注:《文史通义校注》,中华书局2014年版,第623页。
② (清)章学诚:《〈妇学篇〉书后》,章学诚撰,叶瑛校注:《文史通义校注》,第643页。
③ (加)孟留喜:《诗歌之力:袁枚女弟子屈秉筠》,江苏人民出版社2020年版,第20页。

好,上以事宗庙,而下以继后世也。""共牢而食,合卺而酳,所以合体,同尊卑以亲之也。""男女有别,而后夫妇有义;夫妇有义,而后父子有亲;父子有亲,而后君臣有正。故曰昏礼者,礼之本也。"但随着《礼记》中这样的观念被后世断章取义,"男尊女卑""三从四德"观念被单独拎出着重强调。在对"三从"观念的片面阐释中,女性失去了原有的个性和追求平等的权利,被塑造成为理想化的母、妻、女。例如作为经典的女教读物,班昭《女诫》第二章中就认为夫妇与阴阳之道类似,丈夫应主导妻子而妻子应服侍丈夫。陈宏谋《教女遗规》更单方面强调女性"贤德"的必要性:"夫在家为女,出嫁为妇,生子为母。有贤女然后有贤妇,有贤妇然后有贤母,有贤母然后有贤子孙。"①这与《礼记·昏义》中的"共"其实是相违背的。从《礼记》的夫妻平等到女教书中单方面对女性"德行"的着重强调,不难发现,儒家经典中的"三从"观念被刻意曲解,走向了偏激的道路。

"四德"的观念在《礼记·昏义》中被作为新娘婚前教育的一部分,"是以古者妇人先嫁三月,祖庙未毁,教于公宫,祖庙既毁,教于宗室。教以妇德、妇言、妇容、妇功。教成祭之,牲用鱼,芼之以蘋藻,所以成妇顺也"。但在班昭的《女诫》中,"四德"意味着对礼教的遵从,是女性单方面需要达到的标准:"此四者,女人之大德,而不可乏之者也。"②在女性守节问题上,寡妇再嫁

---

① 参见《教女遗规序》,(清)陈宏谋:《五种遗规》,道光十九年芝阳兴善堂重刻本。
② (汉)班昭:《女诫·妇行第四》,(明)吕坤:《闺范》,《女诫 闺范译注》,上海古籍出版社 2020 年版,第 25 页。

符合儒家之礼。虽然《礼记·郊特牲》云:"一与之齐,终身不改。"但《礼记》中也有伯鱼妻改嫁之事。《仪礼·丧服》云:"夫者,妻之天也,妇人不二斩者,犹曰不二天也。"但在该篇也阐明:"父卒,继母嫁,从,为之服,报。"可见,在《礼记》等经典中,并未绝对要求女性从一而终,但后世却往往以此零碎之语句来强调女性务必坚守"贞节"。王照圆《列女传补注》中对卫宣夫人提出了批评,这与当时的舆论不一致,但她的出发点反而是出于儒家经典中对"礼"的本来阐释。时人对王照圆补注《列女传》评价颇高,马瑞辰《列女传补注序》云:"其立论,则意本礼经。其诂义,则读应《尔雅》。考伪证谬,必广证乎群书。订异参闻,亦兼综夫众说。博而不芜,精而不凿,洵足传子政之家法,绍惠姬之懿范已。"①

女性问题的再议给清代山左女性接受教育提供了相对宽松的思想环境,而清代科举制度的延续也为女性接受教育,尤其是对儒家经典的学习提供了重要支持。科举制度为许多原本处于底层的家族创造了崛起的机会,经过数代人的不懈努力可以发展为科举世家和文化大族。而在发展和维护家族的过程中,男性负责求取功名,女性也要承担起教养儿孙的重任。这就要求女性在管家能力的学习之外,还需要接受一定的文化教育。清代女性的启蒙教育大概包含两方面的内容:一是启蒙类读物,如《三字经》《百家姓》《千字文》《千家诗》等,以识字为主;二是女教读物,如《列女传》《女诫》等,目的是培养女性的"德"。儒

---

① 梁乙真:《清代妇女文学史》,第205页。

家经典如《诗经》《礼记》《论语》等是儒生必学之书籍,这些经典在女性教育中也有着重要的地位。生活在乾隆时期的李晚芳在《女学言行纂》中除引用《女诫》《女典》《女范》《皇明内训》等女教书之外,还大量引用《论语》《春秋》《周礼》《诗经》《易经》等儒家经典。由此可知,当时女性的阅读范围是以女教书与儒家经典为主,其中儒家经典更是女性修身养性和承担母教之责的必读经典。班昭曾言:"察今之君子,徒知妻妇之不可不御,威仪之不可不整,故训其男,检以书传。殊不知夫主之不可不事,礼义之不可不存也。但教男而不教女,不亦蔽于彼此之数乎?《礼》,八岁始教之书,十五而至于学矣。独不可依此以为则哉!"①山左为儒学发源地,因此当地士族注重女性文化教育,更以深厚的儒学为基础。王照圆《读孝节录》讲述了她自幼在母亲的教导下学习《孝经》《毛诗》等儒家经典,女性通过阅读"四书五经",不仅能以"仁""孝"等儒学观念来提高自身修养与德行,还可以经典来教导子孙,承担起家庭文化启蒙者的责任;甚至可以靠讲授经典来谋生度日。如张廷叙之妻于氏,在与夫家决裂后依归母家,"方城先生与外王父交善,命舅氏苏山从于氏授经"②。

二、儒学与山左女性"德"之培养

儒学并非一种孤立的学说或思想形态,而是对中国式生活

---

① (东汉)班昭:《女诫》,(明)吕坤:《闺范》,《女诫 闺范译注》,第17页。
② (清)王培荀著,蒲泽校点:《乡园忆旧录》卷二,第93页。

的反思与教导。其中对于"礼""孝""仁"等理念的阐释致力于对女性德行的培养,也对女性的日常生活起到了指导和约束的作用。

《论语》中有大量关于"礼"的论述,如:"礼之用,和为贵。"(《论语·学而》)"道之以德,齐之以礼,有耻且格。"(《论语·为政》)儒家一直将"礼"视为评判社会风气与个人修养的重要标准。在女性问题的相关探讨上,《礼记》卷五《内则·第十二》云:"礼始于谨夫妇,为宫室,辨内外,男子居外,女子居内。深宫固门,阍寺守之,男不入,女不出。"司马光《居家杂仪》沿用《礼记》的规定,进一步解释云:"男治外事,女治内事。男子昼无故不处私室,妇人无故不窥中门。"[1]这些规定将民众的现实生活空间进行了"内外之别"的划分,也对男女分工作了明确规定。"但是,将女性限制在家内领域并不意味着女性天生比男性低下或从属于男性。相反,家内领域以及女性作为女儿、妻子和母亲的家庭角色是聚焦的中心和家外领域的基石"[2]。《礼记》等对男女内外之别的规定是儒家构建理想中和谐家庭的必要条件,使男女都能承担各自的责任。这种规定虽然限制了女性的部分人身自由,但并非刻意贬低打压女性的位置。女性在秉持"居家主内"的原则时,也可以凭借主理家政的机会施展自己的才能,行使"管家之权",为自己获得一定的家族地位和社会认可。在山左女性的文学作品中,符合儒家要义的高尚德行

---

[1] 转引自(清)陈宏谋:《训俗遗规摘钞》卷三,(清)陈宏谋:《五种遗规》,道光十九年芝阳兴善堂重刻本。
[2] (美)罗莎莉:《儒学与女性》,第101页。

一直是表现和颂扬的主题。如田雯之母张氏有书信一篇,拒绝儿孙乡党为其祝寿,内容引经据典,彰显谦逊有礼的儒家道德风范。

"孝"在中国历朝历代都是必要的教育内容。孔子曾曰:"孝悌也者,其为人之本欤。"(《论语·学而》)儒学所倡导的孝道已然成为现实生活中不可或缺的部分,"孝"的观念还可以上升到血缘的延续与家族的繁荣。对先祖的崇拜和对家族长辈的孝顺成为每个人必须要做到的行为。出身孔氏的孔祥淑"未嫁而孝于父母,既嫁而敬于翁姑。持家以俭,御下以慈,训子女以严正"[1]。孔祥淑《读史》组诗中强调为女要"孝","纲常弥宇宙,惟孝为至德"[2],并在诗中列举了大量以"孝"闻名的古人事迹,如其六中的姜诗之妇、其七中的杨香扼虎救父、其八中的叔先雄自沉救父、其九中的詹女诱贼救父兄等。孔祥淑通过列举这些"孝"事,来表达自己对儒家所提倡的"孝"的重视。"孝"在各个历史时期都是必要的教育内容,曲阜孔氏一族更是儒学的传承者。因此,孔祥淑将"孝"字放在显要的位置,通过咏史诗来体现与传播。

"仁"的理念是孔子学说的核心,对"仁"的重视,让历代儒生不仅致力于提高自身修养,更立命忧心社稷民生。"入则孝,出则悌,谨而信,泛爱众,而亲仁。"(《论语·学而》)"仁"的理念也影响着封建时代的女性。虽然多数时候困居家中,但对社会与民生的关注从未真正在女性的生活和著作中缺席。刘向撰

---

[1] (清)邹振岳:《韵香阁诗草·序》,(清)孔祥淑:《韵香阁诗草》。
[2] (清)孔祥淑:《读史》其八。

写《列女传》的最初目的是强调女性尤其是后妃的德行关乎天下安危,"向以为王教由内及外,自近者始。故采取《诗》《书》所载贤妃贞妇,兴国显家可法则,及孽嬖乱亡者,序次为《列女传》,凡八篇,以诫天子"①。在《列女传》中,刘向记载了女性的六种美德:母仪、贤明、仁智、贞顺、节义和辩通。但后世的列女传记只关注女性的守贞与贤淑,将她们的形象固定在"小家"之中,与现实世界有所隔阂。女性教育既以儒家经典为主,"仁"的理念必定会充斥在她们的心中,在儒家"仁"的理念影响下,山左女性对社会民生较为关注。这种关注让清代山左女性诗歌从传统的家庭空间与情感主题上升至社会空间与家国情怀;在诗歌内容和主题上,突破"小我",融入山左女性对社会与历史独到的见解和思考。

孔氏一族作为孔子的后人,将治学与修身结合起来,对女性的教育同样如此。邹振岳在为孔祥淑《韵香阁诗草》作序时写她不仅为人至孝,还具有"仁心"。她在随宦时既在内帏之中主理家政,解决日常生活之难;同时又关心民生,想方设法为百姓解难,"夫人随观察官畿辅前后,权天津清河道篆。既而清河即真两地皆有河工之责,又连年霪潦泛溢为灾。观察自春徂秋,河干奔走,公帑支绌万分,刍荛木土之费,往往不给。夫人悉心筹画,有时质簪珥衣服以佐兴作,俾数万生灵得以出波涛而登衽席。观察之功甚伟,而夫人亦与有力焉"②。在孔祥淑的帮助

---

① (汉)班固:《汉书·楚元王传》卷三十六,中华书局1962年版,第1957—1958页。
② (清)邹振岳:《韵香阁诗草·序》,(清)孔祥淑:《韵香阁诗草》。

下,当地民众得以免除灾祸,咸颂其德。对此,刘树堂在其传记中评价:"当家庭多事,势难兼顾,使夫人但知为己能,不抱憾于伦常。当洪水横流,迫不及待,使夫人少惜巨费,能不贻误于地方。惟其明大义、顾大局,得以公私无忝。"①除孔祥淑外,孔璐华的诗歌中同样充满着对民生的关怀。如孔璐华在江北看到当地百姓多以耕种为生,便想出养蚕之法为百姓增添收入。《江北不养蚕,因从越中取蚕种来,采桑饲之,得茧甚多,诗以纪事》一诗正是记录了其在江北推广养蚕的事迹。

又如女诗人写村居生活时,出于悲悯之心和实际生活的体验,往往会更关注到民生问题。如何氏《春霖》云:"万井风烟接茂林,春云欲坠掠清浔。萧萧韵响窗前竹,点点声沉石上琴。芳草泛池添绿满,落花浮岸带红深。村田遍处沾时润,喜称农家望岁心。"②此诗写春雨,却言及农事,认为春雨的到来不仅能呈现出一幅美景,更对农事有利。高密王氏虽生活富足,享受田园之乐,但经历村居生活,令其能更加体会农家的不易。《岁暮书怀》云:"东家无粟粒,西家乏柴薪。旬日苦难过,安问明年春。乡邻有赒恤,况多骨肉亲。肺腑非铁铸,如何不怆神。我虽无饥寒,何缘得不闻。竭力助升斗,沧海渺微尘。仰首呼穹苍,盍使贫富均。予年将六十,支离带病身。见急不能救,枉作在世人。"③诗中饱含悲

---

① (清)刘树堂:《孔夫人家传》,(清)孔祥淑著:《韵香阁诗草》。
② (清)卢见曾编:《国朝山左诗钞》卷五十八,《山东文献集成》第1辑第41册,第772页。
③ (清)王氏:《郭外楼诗刻》,中共山东省委党校图书馆藏清道光四年胶州高氏承裕堂刻同治元年补刻本,《山东文献集成》第4辑第29册,山东大学出版社2011年版,第642页。

天悯人之意,直言"虽无饥寒",却不忍看见乡邻处于饥寒交迫之中,在悲悯情怀之外更增添了对民生与社稷的关怀。

三、儒学对山左女性"才"之启发

《诗经》是儒家重要的经典,《论语·季氏》有孔子"诗礼庭训"的记载,认为"不学诗,无以言","不学礼,无以立"。"诗,可以兴,可以观,可以群,可以怨。迩之事父,远之事君,多识于鸟兽草木之名"(《论语·阳货》)。徐比玉《小莲花室遗稿后序》载:"戊戌春,犹子庆第入学,姒姊亲授毛诗,书声咿唔,篝灯续读。"①王照圆诗中写其与郝懿行成婚时作却扇诗,其二云:"挑灯最喜亲风雅,先说周南第一篇。"②可见王照圆对《诗经》尤其钟爱,乃至于新婚之夜都在与夫君畅谈《诗经》。王照圆《听松楼遗稿跋》进一步解释《诗经》之妙处,并与女子德行联系起来:"恭人《述训》《述略》诸篇,扬先德之余烈,媲徽音于周诗,盖自班惠姬以来,乃今复睹雅裁焉。……《女训》《妇职》诸篇,实闲有家之盛节,考亭尝论大家《女诫》未尽作者之意,恭人本风人之敦厚,撷礼经之华腴,宏通淹雅,皆可以垂闺范,树典刑。"③

孔子借助《诗经》表达了自己的审美追求和审美标准。"乐而不淫,哀而不伤"(《论语·八佾》)的标准造就了文学批评中

---

① (清)徐比玉:《小莲花室遗稿·后序》,(清)徐比玉:《小莲花室遗稿》。
② (清)郝懿行、王照圆:《和鸣集》,《山东文献集成》第2辑第49册,山东大学出版社2007年版,第68页。
③ (清)王照圆:《晒书堂闺中文存》,《山东文献集成》第2辑第48册,山东大学出版社2007年版,第646页。

关于"温柔敦厚"的阐释与表达。孔子"温柔敦厚"诗歌理念对后世产生了很大的影响。柴静仪《诸子有问余诗法者,口占二绝句直抒臆见,勿作诗观》其一云:"汉诗精义少人知,坐咏行吟自得之。更诵葩经与骚些,温柔敦厚是吾师。"①在这种理念的影响下,清代山左女性对情感的表达多趋于"端正"。王照圆《松岑诗草序》云:"余幼读毛诗,每叹风雅之作,感人深矣。夫其一往缠绵,温柔敦厚,闺阁之摘词也。含毫渺然,婉而多风,雅人之深致也。"②朱玙有《金粟词》,篇目不多但艺术成就较高。况周颐《蕙风词话》评曰:"篇幅无多,笔端饶有清气。"评其《极相思》后段云:"'欲寄鱼函情脉脉,擘花笺、下笔还迟。休言别恨,莫书憔悴,只写相思。'斯为林下雅音,有合温柔敦厚之旨。"③词本身即有含蓄蕴藉的美学风韵,适合表达缠绵悱恻的情意,但朱玙之词虽言及夫妇情意,却止步于礼法,合乎儒家所推崇的"温柔敦厚"之标准。孔丽贞出嫁不久即守寡,其诗中充满忧伤和孤独,但依然不失端正之态,其《藕兰阁草》"发乎情,止乎义,君子称之"④。赵执信之女赵慈以贫困终老,但其诗"哀而不伤,怨而不怒",亦符合"温柔敦厚"的标准。道光间济阳知县李若琳,因其母与郝簋有同样坎坷经历,故捐俸刊印郝诗,序中云:"醒堂殁后不数年,子可观继亡……《恤纬吟》

---

① (清)胡孝思辑:《本朝名媛诗钞》卷六,乾隆三十一年凌云阁刻本。
② (清)王照圆:《晒书堂闺中文存》,《山东文献集成》第 2 辑第 48 册,第 644 页。
③ (清)况周颐:《蕙风词话》,《词话丛编》第五册,中华书局 1986 年版,第 4610 页。
④ 《(乾隆)曲阜县志》卷九十四,乾隆三十九年刻本。

一篇,凄凄怆怆,如怨如慕,如泣如诉,而要不乖于怨而不怒之旨,谓非善持其志者欤。"①郝簋《命薄》诗中讲述了自己丧夫丧子孤苦凄清的一生。诗中用典繁多,通过典故委婉表达内心之哀恸,但诗人也并未一味沉浸于痛苦中,而是时刻铭记自己的责任,毕竟有慈亲尚在,需要奉养,"顾悉微躯在,忍教遗绪亏"②。同时也认为"古有为人后,今兼睦本支"③,于是在丧子之后从族中旁支过继孙儿,承担起了抚育孙儿的重任。"天恩留剩喘,茹痛且含饴",将孙儿的到来视为天恩,并以此作为生活下去的动力。

儒家对"孝悌"的强调使得中国文学的主题中不乏对亲情的描写,笃厚亲情的儒家思想极大地影响了女性的文学创作。终生禁锢于内庭之中,围绕家庭生活度过一生的女性更在意伦理亲情。父慈子孝、兄友弟恭、夫妻互相敬重的情景时时出现在诗人的笔下。

在女性诗歌中,思亲与思归的主题占据了很大的比重。女子出嫁后所面临的生活往往极其复杂艰难,与闺阁时代的无忧无虑形成鲜明对比,因此对母家亲人、对闺阁生活的思念尤甚。清代山左女性的诗歌中,如王碧莹的《思归》、单为娟的《忆家》、郝簋的《闻雁有怀》等诗皆是以思亲为主题。其中王碧莹《思归》云:"久欲归宁却未归,愁来且看杨花飞。於陵一望如千里,

---

① (清)郝簋:《碧梧轩吟稿》,《山东文献集成》第3辑第41册,山东大学出版社2009年版,第355页。
② (清)郝簋:《恤纬吟》,《山东文献集成》第3辑第41册,第388页。
③ 同上,第388页。

何处寻亲泪满衣。"①单为娟《忆家》其二结句云:"夜来时有归乡梦,犹听双亲唤小名。"②《思家》云:"离家半载近中秋,两地凄凉满目愁。雁序有群空注念,萱堂无树可忘忧。半天月色圆先缺,一度年华去不留。他日团圞重聚首,慈帏相慰更何求。"③郝簪的《闻雁有怀》因听鸿雁之哀鸣,想到家中唯有慈母,孤苦无依。《秋日寄怀君实弟》则是抒发手足之情:"秋老碧梧端,鸿飞清昼阑。山川同气隔,风雨异乡寒。我有思亲泪,君歌行路难。凄凉倚间望,谁为劝加餐。"④一出嫁,一远行,虽为手足,却不能相见,只能借诗歌抒发思念。《归宁》一诗用白描之法写归宁时的场景:"兄弟喜相问,姊妹欢逢迎。相将入旧室,环坐话离情。阿母把手问,缘何太瘦生。"⑤诗人从夫家归来,受到母家亲人的欢迎和问候,内心的喜悦与轻松不言而喻。面对母亲的询问"缘何太瘦生",诗人想到的却是母亲疾病未愈,不敢将消瘦的原因如实相告。"欲泣还复停",以免徒增母亲的烦忧。郝簪出嫁后,在夫家生活清贫,为家务琐事烦心,但想到"母安儿自安,母宁儿自宁",只要母亲安泰,那些在夫家的清苦与艰难又怎能让她知道呢!这首诗中不仅写出了女子归宁后的情景,还体现出中国式家庭成员间的相处模式,含蓄而温厚。郝簪另有《送女》一首,写给即将出嫁的继女,谆谆嘱咐,要"善体诸姑意,谨

---

① (清)王碧莹:《东篱集》,《山东文献集成》第3辑第36册,第742页。
② (清)单为娟:《女史碧香阁遗稿》,《山东文献集成》第3辑第44册,第337页。
③ 同上,第338页。
④ (清)郝簪:《蕴香阁诗钞》,《山东文献集成》第3辑第41册,第373页。
⑤ 同上,第381页。

防王母嗔。疏慵勿学我,恃赖北堂仁"①。这样的嘱咐在很多女诗人笔下如出一辙,是她们用自己的生活经验为出嫁的女儿作指点,将"孝"与"贤"的儒家理念通过诗歌传递给后人。

值得注意的是,在比较女性出嫁前后的诗歌时,会发现诗中所写的场景、所渲染的氛围、所传达的主题有很大区别。女子待字闺阁时期幽闲自在,诗中有着轻松的氛围,内容多以侍奉双亲、与兄弟姊妹同乐为主。如孔淑成《侍母点消寒图》:"堂上传呼停绣襦,慈颜看比掌中珠。鹤眠积雪三三径,猩点消寒九九图。月影清如今夜好,梅花香似去年无。眼前索笑随昇妹,博得萱帏韵不孤。"②在出嫁后的夫家生活中,诗歌主题往往围绕"德行"展开,诉说自己对翁姑的孝敬、与姒娌的和睦相处及对家庭责任的承担。诗歌氛围极其端重,少却闺阁时期的活泼与轻松。

科举考试对于清代男性极为重要,关乎个人的命运与家族的荣辱。姚澍《姚氏家训》甚至将读文行文之法附于家训之后,以告诫家族子侄辈务要勤学:"今略营数十亩以为后人读书之地,尔须闭户潜修,努力向上……只要粗粝自甘,一切量入为出,于以专精学业,易易也。"③男子十年寒窗苦读,女性在内庭予以精神上和物质上的支持。郝簪《生日感怀因寄君实于济南闱下》云:"廿年慈母青灯苦,卅载貌孤华发新。"④王碧莹《舍弟入

---

① (清)郝簪:《蕴香阁诗钞》,《山东文献集成》第3辑第41册,第377页。
② (清)张鹏展纂:《国朝山左诗续钞》卷三十,《山东文献集成》第1辑第42册,第618页。
③ (清)姚澍:《姚氏家训》,同治十一年刻本。
④ (清)郝簪:《蕴香阁诗钞》,《山东文献集成》第3辑第41册,第380页。

泮喜赠》云:"诗礼传家远,文章有凤毛。"①又夸赞弟弟志存高远,"实望占金鳌"②。待到应试时,也免不了牵挂。这种牵挂不仅是对应试结果的牵挂,更是对亲人饥寒与否的挂念。王碧莹在《送舍弟府考》中写严冬时节,行路艰难:"官桥千涧冻,霜雪几峰寒。"③家中亲友唯有望眼欲穿,遥遥相待,此时所念不是应试的结果,却是"朝夕念儿单"④。王照圆《戊申秋试寄兰皋二首》中对丈夫充满了鼓励之语:"会当得副青云志,静案幽窗莫辍功。""如君折得蟾宫桂,自尔高山听鹿鸣"⑤。郝懿行在妻子的鼓励下对应试充满了信心:"要须身作登瀛客,不负萤窗十载功。"⑥

女性出嫁后,承担起家庭责任,侍奉翁姑、教养子女、管理家政、负责家族内外的人际往来等,这些在女性诗歌中也有所反映。封建科举制度下的家庭生活里,丈夫的角色往往缺失,不是在备考,便是四处游学,出仕后又要为宦四方。因此,家中重担落在妻子的肩上。在女性写给丈夫的诗作中,常见其对自己恪守妇德、承担责任的描述。孔璐华的《寄外》诗中便向夫君阮元描述自己课子的情景:"书卷半开茶半熟,课儿岂厌二更时。"⑦

---

① (清)王碧莹:《东篱集》,《山东文献集成》第3辑第36册,第762页。
② 同上。
③ 同上,第761页。
④ 同上。
⑤ (清)郝懿行、王照圆:《和鸣集》,《山东文献集成》第2辑第49册,第71页。
⑥ (清)郝懿行:《步原韵》,(清)郝懿行、王照圆《和鸣集》,《山东文献集成》第2辑第49册,第71页。
⑦ (清)孔宪彝辑:《阙里孔氏诗钞》卷十三,《山东文献集成》第3辑第41册,第220页。

在科举制度下,教养子女尤为重要,课训诗便是反映这种生活的载体。受儒学影响,女性以儒家道德"仁义礼智信"等信条来教育子孙,提高个人修养。同时,也希望以"孝"来驱使子孙不忘先辈遗志,光耀门楣,将家学发扬光大,还以"仁""忠"等来规范出仕后的子孙。郝簠在儿子阿观抱怨饥寒之辛苦时,写诗告诫曰:"裋褐苟蔽形,无羡狐与貉。""体肤炼以坚,学识积而博。进能济苍生,退足乐丘壑"。又说起其夫早逝,自己为闺阁所束缚,将所有希望都寄托在儿子身上,"怜尔如雏凤,那可为燕雀",希望他能克服辛苦,勉励向前,体会母亲的一番苦心:"勉资熊丸苦,勿嫌缊袍薄。"[①]孔璐华《福祐孔厚诸儿夜读诗以示之》一诗中写深夜课子读书的场景:"沉沉宫阁小窗东,各自摊书烛影红。"希望诸子能勤于读书,"他年方守旧家风"[②]。孔祥淑的《训子》《训女》《训子侄》等诗篇,皆是从儒学角度出发,训诫家中子女等小辈要在德行方面加以完善,成为合格的儒生。其《训女》以"坤元况毓秀,柔顺有良规"[③],"举止身为度,端庄礼自持"[④]等诗句教导女儿知礼节,端庄持重。

在社会与家庭共同的教化下,对"德行"尤其是"贞节"和责任的坚守不仅成为当时女性的选择,且自愿以诗歌的形式进行传扬。在守节的清苦生活中,承担起侍奉双亲、抚育儿孙的责任是多数女性能够坚持下去的重要原因。蓬莱诸生吴如净之妻何

---

① (清)郝簠:《蕴香阁诗钞》,《山东文献集成》第3辑第41册,第378页。
② (清)孔宪彝辑:《阙里孔氏诗钞》卷十三,《山东文献集成》第3辑第41册,第218页。
③ (清)孔祥淑:《韵香阁诗草》。
④ 同上。

氏,夫殁欲殉,但因幼子在旁,只能以抚孤为重任,"脉邕幼时句读皆氏口授,稍长,约束严厉不少徇"①。任氏写有《孀妇行》一诗,借孀妇之口诉尽自己一生的凄苦:"松柏抱贞心,苦节励严秋"②,又说:"愿邀双日月,为照心悠悠。"③新城张亦宣室高氏自幼能诗,年二十八岁孀居,教子成名。其《闲居偶成》中写:"秋成收罢乐闲居,每岁仓箱幸有余。漫道闺中无大计,积钱多买课儿书。"④将一位寡居的母亲为教养儿子而辛苦攒钱买书的场景表达出来,虽然是以乐观的语调写有余钱可以买书,读来却令人心酸,反而更能体会这位寡母的不易。郝簋为城武县徐、宋二夫人作诗,序中详写二人守节抚孤之事,并说:"窃谓妇人之义,从一而终,非有奇行异能表异于世,然而世教衰靡,流风不古,再醮之行波及巨室。若两夫人者,艰难持节,之死靡他,良足伟矣。推其志操,虽与日月争光可也。"⑤宋氏之所以未能殉节,一是高堂尚在,二是幼子在怀。这种情况下,宋氏只能"忍死偷生存一息,抚孤兼以供子职"⑥。在诗中描写了课子的场景:"午夜鸣机清漏寒,凉宵课子深灯黑。漏寒灯地几十载,双亲已没孤儿在。"⑦好在最终儿孙皆成人,为其请旌,又请人写诗赞之。诗人也为其感到欣慰:"安得斯文光汗青,千年贞魂留朝野。"⑧如

---

① (清)张鹏展纂:《国朝山左诗续钞》卷三十,《山东文献集成》第1辑第42册,第617页。
② 同上。
③ 同上。
④ 同上,第620页。
⑤ (清)郝簋:《蕴香阁诗钞》,《山东文献集成》第3辑第41册,第382页。
⑥ 同上,第383页。
⑦ 同上。
⑧ 同上。

果将宋氏换成其他守节之人,其经历也大致相同。在这些为节妇所作诗歌中,女性所看到的情景更加细腻,所书写的情感更加动人;除去对坚守贞节的赞扬,还有对承担家庭重担的责任感的赞同。

儒家学说强调社会秩序和个人道德修养,在遵从伦理规范的过程中实现个人价值。清代女性强烈排斥明代流行的"女子无才便是德"等言论,力求寻找"德"与"才"的平衡。清代山左女性在儒学观念的影响下,多是积极面向现实社会与家庭生活,强调社会责任和家庭责任,注重德行的完美及对才华的合理运用。

第二章 清代山左女性的德才观

儒家经典中,对于女性"德"的定义,多指妇德。《礼记·昏义》载:"教以妇德、妇言、妇容、妇功。"郑玄注:"妇德,贞顺也。"妇德即指妇女贞顺之德行。班昭在《女诫·妇行》中解释:"清闲贞静,守节整齐,行己有耻,动静有法,是谓妇德。"①"才"的定义多指女性在文学、艺术等方面的修为。本章重在探讨清代山左女性文化教育中对"德"与"才"的界定和培养,同时考察"德"与"才"对女性家庭观念、人生轨迹以及社会形象的影响。

第一节 清代山左女性的"德""才"教育

通过对史书、地方志中记载的女性事迹分析,不难发现,清代山左女性所接受的教育基本以"德""才"为主。对"德"的教化贯穿女性的一生,以求提升女性的自身修为,最终服务于家庭。而在清代科考制度下,因母教的需要,对女性"才"的重视

---

① (明)吕坤:《闺范》,《女诫 闺范译注》,第25页。

也逐步展现出来。

一、清代山左女性教育概况

清代史书、地方志、墓志铭、传记、诗文、笔记小说等都为探究山左女性的生活状态提供了原始资料支持。其中史书、地方志记录女性多注重宣扬其"德"与"才",即贞烈孝贤的行为与文学艺术的成就。其中对"德"的重视更甚于"才"。《(宣统)山东通志》"人物志第十一·列女"云:"古无列女之目也。自刘向为之传,备载贤明、仁智、辩通诸篇,是妇人之行不专以贞顺节义见也。沿及后世,乃独称节孝,曰列女,盖与向传稍违异矣。"① 墓志铭、传记能在女性生平方面提供考证细节,诗文、笔记小说中文学色彩较为浓厚,有一定程度的夸张式艺术表达,但从中可反映出女性的心理感受与情感表达。

通过对史书、地方志、墓志铭、诗文、笔记小说的考察,清代山左女性的生活状态可分为待字闺中和出嫁之后两个阶段。待字闺中时,女性的生活环境相对幽谧,其接受的教育多来自父母及亲友,主要目的在于培养自身修为和才干,具体内容大致有三类:一是女红、管家等技能型教育,二是"德"的培养,三是"才"的教授。

《礼记·内则》曾对女子能力作出具体的规定:"女子十年不出,姆教婉娩听从。执麻枲,治丝茧,织纴组紃,学女事以共衣服,观于祭祀,纳酒浆、笾豆、菹醢,礼相助奠。"获得女红及主理

---

① (清)张曜、杨士骧修,孙葆田等纂:《(宣统)山东通志》卷一百七十八。

家事的能力是每个女性必须达到的目标,这些能力的培养多来自女性长辈尤其是母亲的亲身教授与熏陶。女红的学习可以使女性达到"妇功"的标准,在家计艰难的时期也可以此养家糊口。如王一相妻陈氏本欲殉夫,但有婆母幼子无人照顾,"乃誓守节,无恒产,以女红奉姑育子"①。史书、地方志、墓志铭等记载贤母课子时,子读书、母纺织,这样的场景几乎成为各列女传写作的固定模式。

家庭管理才能是衡量女性能力的标准之一,也有利于女性在家庭中获得一定地位。高彦颐《闺塾师:明末清初江南的才女文化》提到从地方志、私人作品和小说描述的社会城市生活中,可以看到女性的家庭和社会生活充满活力,明显享受有某种非正式的权力和社会自由,小说、戏剧所描写的一些家庭主妇拥有"钥匙权"等②。女性在家庭日常生活中起到了重要的作用,不仅要抚育、教养子女,还要主理家政。伊沛霞在研究宋代女性生活时说:"宋代男性文士认为一个好内助的正面特征不是被动的或辅助性的。聪明能干、足智多谋和精力充沛都被视为积极的性格。……长期以来只要她出场时表现得主要在帮助男人而不是追求自己的目标,她就会因胜任和高效而受人尊重。"③在清代,这种对女性贤内助的要求依然存在,这就意味着女性要拥有主理家政和辅助夫君的能力。女性主理家政的能力多数是

---

① (清)张曜、杨士骧修,孙葆田等纂:《(宣统)山东通志》卷一百七十八。
② 参见(美)高彦颐著,李志生译:《闺塾师:明末清初江南的才女文化》,第14页。
③ (美)伊沛霞著,胡志宏译:《内闱:宋代妇女的婚姻和生活》,江苏人民出版社2010年版,第129页。

承母教而来。颜小来诗中写其母:"生不出闺门,教我理刀尺。辛苦作人家,蚕桑劳计画。蛩鸣懒妇惊,眼花为人役。犹忆母在时,夜寒灯照壁。"①在女性长辈的教导、熏陶下,闺阁中的女子自然而然便学会如何维持家庭的运转。这些能力的培养使女性在父系家长制的封建社会家庭里也可以成为实际的"当家人",拥有一定的特权。而这种特权又能使女性在当时有限的生存空间里实现自我价值,为女性带来了一定的权利和自由:"在法律和经济对一个女人在婚内和婚外行为规定的限度以内,女人创建了自己的生活。"②

二、"德"之教化

综观清代女性的成长过程,女教占据重要位置。女教的最直接来源是家中女性长辈尤其是母亲的训导。值得注意的是,父亲这一角色在女性教育方面很少有发挥的余地。如果有所参与,多是从道德方面进行规束,更多的时候是指点女性诗文,加强女性的文化教育。如《国朝闺秀正始集》的编纂者恽珠少时由父亲教授古今体诗:"余年在龆龀,先大人以为当读书明理,遂命与二兄同学家塾,受四子、《孝经》《毛诗》《尔雅》诸书。少长,先大人亲授古今体诗,谆谆以正始为教,余始稍学吟咏。"③孔璐华《哭父》中提及父亲教授自己《诗经》的场景:"痛想父言

---

① (清)颜小来:《恤纬斋诗》,《山东文献集成》第1辑第43册,山东大学出版社2006年版,第748页。
② (美)伊沛霞著,胡志宏译:《内闱:宋代妇女的婚姻和生活》,第10页。
③ (清)恽珠:《国朝闺秀正始集·弁言》,道光十一年红香馆藏刻本。

犹在耳,提携亲授《国风》篇。"①

其次是家训。颜之推《颜氏家训》"治家"中阐释了女性在家庭中的责任及对其能力要求:"妇主中馈,唯事酒食衣服之礼耳,国不可使预政,家不可使干蛊。如有聪明才智,识达古今,正当辅佐君子,助其不足,必无牝鸡晨鸣,以致祸也。"②至清代,林良铨《麟山林氏家训》进一步阐释女性应遵循的规矩:"夫妇为人伦之首,夫妇和则父母安,儿女乐。""妇人女子不出闺门,踏青斗草,均非所宜。""妾妇之道,以顺为正"③。除家训书以外,还有各类家训诗。如孔璐华《六女于归口谕六首》以诗歌的形式详细描写了母亲对出嫁女儿的谆谆教诲:"未知姑性娇痴惯,愿汝于归妇道明。""鸡既初鸣待晓妆,晨昏侍膳奉高堂。""伉俪须和偕琴瑟,当从当谏自惊心。""相和妯娌性温存,第一闺中要慎言。奴婢宽严宜好待,休教人怕贵人门。""克勤克俭戒奢华,香伴诗书笔伴茶。整理庭除尤谨慎,他时方不愧吾家。"④希望女儿能够严格遵守"妇道",孝顺翁姑,与妯娌和睦相处,与丈夫相敬如宾;同时也要勤谨持家,善待奴婢等。

再次是官修、私修女教书。明代以前女教书以刘向《列女传》和班昭《女诫》为代表。刘向所著《列女传》分为母仪、贤明、仁智、贞顺、节义、辩通、孽嬖七个篇章,为105位女性列传。班

---

① (清)孔璐华:《唐宋旧经楼诗稿》卷六,道光间刻本,《清代诗文集汇编》第478册,上海古籍出版社2010年版,第112—113页。
② (北齐)颜之推:《颜氏家训》,明万历三年刻本。
③ (清)林良铨:《麟山林氏家训》,光绪五年刻本。
④ (清)孔璐华:《唐宋旧经楼诗稿》卷七,《清代诗文集汇编》第478册,第123页。

昭的《女诫》分为卑弱、夫妇、敬顺、妇行、专心、曲从和叔妹七篇，着重阐述女子立身处世的"三从之道、四德之义"。刘向《列女传》以具体的人物和故事作为女性学习的榜样。班昭《女诫》则直言女性应遵循的德行标准。唐代有郑氏的《女孝经》及宋若昭的《女论语》等。宋元时期有徐伯益的《训女蒙求》、徐熙载《女教书》等。明代官修女教书有解缙等《古今列女传》，徐皇后《内训》《贞烈事实》，蒋太后《女训》，李太后《女鉴》，郑贵妃《闺范图说》等。除官修女教书以外，民间私修女教书也在明清时期极为繁盛，"私修女教书的印行以万历朝为高峰期，其次则明末清初较盛；除男性作者编纂外，也有女性口述或编撰"①。主要有《温氏母训》、吕坤《闺范》、刘氏《女范捷录》等。清代女教读物多达几十种，影响较大的有蓝鼎元《女学》、任启运《女教经传通纂》、陈宏谋《教女遗规》、李清《女世说》、廖免骄《醒闺编》、冯树森《四言闺鉴》等。

单行本之外还有合集，如王相将其母刘氏所著《女范捷录》与东汉班昭《女诫》，唐代宋若莘、宋若昭合著的《女论语》，及徐皇后《内训》合刊为《女四书》。雍正年间的《古今图书集成》的"闺媛"总部辑录了从汉代开始的数百部女教读物。这些都促进了女教读物的普及传播。吴庆坻《曾氏女训·序》中总结说："自两汉以至前明，虽无明立女学之文，然六籍古训颁在学官，肄于士夫，留心内德之贤莫不取以教家；而历朝之所旌扬，载在彤史，尤足以风示闺门。至耆儒邦媛勤为撰著，援据圣法，搜采

---

① 李国彤：《女子之不朽：明清时期的女教观念》，广西师范大学出版社2014年版，第33页。

懿行,用以范当时而诫世者代不乏人,亦有裨于风教。若刘向《列女传》、曹大家《女诫》,其最著也,而后人为书之体亦无过此两类。采行实者宗刘,则吕新吾《闺范》、王节妇《女范》、蓝鹿洲《女学》之类是也;陈义理者宗曹,则蔡中郎《女训》、陈郑氏《女孝经》、宋若昭《女论语》、明文皇后《内训》、章实斋《妇学》之类是也;唯任钧台《女教经专通纂》、陈文恭《教女遗规》则兼之,皆远绍乎先王之遗教以立教、六籍之古训以垂训。是以历代以来妇德、妇职成为风俗,礼法典教罔有坠失,则累朝之纪纲与贤人君子赓续维持之效也。"①

历代女教读物尤以班昭《女诫》最为经典,明清时期也被多次重修注解。朱元璋曾令臣下修《女诫》,意在告诫后妃不得干政。神宗之母李太后命张居正作《〈女诫〉直解》。晚明赵南星有白话《曹大家〈女诫〉直解》,以俗语串讲为主。晚清劳纺有《〈女诫〉浅释》,裘毓芳有《〈女诫〉注释》,吴芙有《〈女诫〉注释》俚语本。

不管是哪种形式的女教,目的是一致的,即要求女性在闺中修身自好,贞洁幽静;出嫁后遵守妇德,维护夫家、母家利益。具体内容可归纳为三点:第一,孝顺父母公婆,与家人和睦相处。第二,夫妻和睦,同时担负起劝诫、辅助丈夫的责任。第三,教育子女,承担母教之责。吴汝纶在《韵香阁诗草》序中论及男女之责:"中国之法,贵丈夫,下妇人。丈夫妇人有常名无常行。丈夫之行也有三,妇人之行也亦有三:有职、有艺、有志。职也者,

---

① (清)吴庆坻:《曾氏女训·序》,转引自曹大为:《中国古代女子教育》,北京师范大学出版社1996年版,第267页。

丈夫、妇人分有焉。艺也者，丈夫专之而妇人兼焉。志也者，丈夫、妇人交致焉。"①山左女性中，孔宪彝之妻朱玙是贤能之人："维时阁学公综理西悦生堂、浙郡会馆诸务，兼以交游众多，座客常满，孺人代司内棳，井井无少紊，阁学公深赖之。"②嫁与孔宪彝之后，主理家政能力超群，孔宪彝感叹："吾家素贫而族大，姻众宾客酒浆束修之供馈，能内外支拄，不见罅漏，使吾无自失于人者。"③

三、"才"之重视

除去"德"的教化，对"才"的重视也是清代山左女性文化教育中的一大特征。孔祥淑六岁随兄弟从师学习，"课毕坐而听讲，人咸异之。先生未之奇也。越明年，访兄学诗，夫人亦诗，诸兄学文，夫人亦文"④。《晚晴簃诗汇》更记载了孔祥淑在学习上的端正态度，其师曰："尔读书只记姓名耳，不似尔兄博取科名也。"孔祥淑对曰："不为科名即不读书耶？"师曰："亦须晓义理。"复对曰："晓义理何分男女耶。"⑤女性出嫁之后，在闺中所学所知往往影响到其在夫家的生活状态。乾隆间才媛李晚芳云："女子自成童以后，所学不过十年，即于归而任人家政。事舅姑、奉宗庙、相夫子、训子女、和娣姒伯叔诸姑，齐家之务毕集，

---

① （清）吴汝纶：《韵香阁诗草·序》，（清）孔祥淑：《韵香阁诗草》。
② （清）孔宪彝：《继室朱孺人事略》，（清）黄秩模辑、付琼校补：《国朝闺秀诗柳絮集校补》，人民文学出版社2011年版，第212页。
③ （清）梅曾亮：《朱孺人墓志铭》，《柏枧山房全集》卷十四，咸丰六年杨以增、杨绍谷等刻，民国七年蒋国榜补修本，《清代诗文集汇编》第552册，第609页。
④ （清）刘树觉：《孔夫人家传》，孔祥淑：《韵香阁诗草》。
⑤ （清）徐世昌编：《晚晴簃诗汇》卷一百九十一。

皆取给于十年之学,故学于女子为尤亟。"①

女性接受文化教育还具有一定的实用性。章学诚《妇学》中提及:"太常韦逞之母宋氏,家传《周官》音义。诏即其家讲堂,置生员百二十人,隔绛帏而受业,赐宋氏爵号为宣文君。"②宋氏因熟知儒家经典而对外讲学,最终被认可,获赐封号。虽然多数女性未必能有这样的成就,但熟读儒家经典,可提高自身修养,更可教育子女。毕竟儿童启蒙的工作往往先是由母亲来做,"贤母课子"也是女性实现自我价值的一条途径。

明清时期的世家大族意识到母教成功与否,影响到下一代的学识和前途,甚至影响到整个家族的兴衰。家族女性在教养子孙、传承家学方面肩负着更直接更重要的责任。因此,"才"也成为女性教育的重要部分。王照圆《葩经小记叙》:"母氏督入女学,先授《毛诗》,茬苨三五,饬业女红。"③清代山左女性接受文化教育,一方面可以增强家族文学的凝聚力和影响力,一方面在日常管家、督教儿女方面更起到了重要作用。

历代女子启蒙教育大概包含两方面的内容:一是启蒙类读物,如《三字经》《百家姓》《千字文》《千家诗》等;二是女教读物,如《列女传》《女诫》等。除此以外,儒家经典更是女性修身养性必读之经典。山左为儒学发源地,因此当地士族注重女性文化教育,更以深厚的儒学为基础,所学经典主要是《孝经》《毛

---

① 转引自陈东原:《中国妇女生活史》,第212—213页。
② (清)章学诚:《妇学》,(清)章学诚撰、叶瑛校注:《文史通义校注》,第618页。
③ (清)王照圆:《晒书堂闺中文存》,《山东文献集成》第2辑第48册,第640页。

诗》《论语》《礼记》等。王照圆《读孝节录》讲述了她是如何自幼在母亲的教导下学习儒家经典的,"十年教读《孝经》《内则》,十二授《毛诗》,略通大义,幼不喜读,母令背讽,常至夜分。十五甫知励志,女红既饬,兼肄经史"①。高密王氏《读四子书》一诗中认为读书不仅能明理,且可以治病:"日看三两篇,神疲意不舒。时得解一字,心畅病若无。……持此疗我病,良医竟不如。"②李晚芳曾总结女子接受文化教育的好处:"读书所以明伦理,养德性,而淑其身者也。古者男子十岁就外傅,自入学考校,以至小成大成之日,皆有良师益友为之诱掖切磋,故其淑身也易。女子独处深闺,既无执经问难之资,亦无他山攻错之益,其所淑身之具,止在取法于书。男子以文会友,女子则会友于文。举凡经史子传之文,沉潜诵读,俨听古圣先贤大儒硕彦提命肫切,其所劝者,就之唯恐不及;其所诫者,去之唯恐不亟。"③

在一些男性看来,女性接受文化教育的目的是知晓礼仪,明事理,重在德行的培养,像诗文与艺术的培养则是无关紧要,甚至会持反对态度。司马光《居家杂仪》指出女性可以读《论语》《孝经》《列女传》,但明确反对女子学诗。陈宏谋《教女遗规序》云:"疑女子知书者少,非文字所能教,而弄笔墨工文词者,有时反为女德之累。"④章学诚认为女性学诗词败坏了礼教传

---

① (清)王照圆:《晒书堂闺中文存》,《山东文献集成》第2辑第48册,第643页。
② (清)王氏:《郭外楼诗刻》,《山东文献集成》第4辑第29册,第642页。
③ (清)李晚芳:《李菉猗女史全书》,齐鲁书社2014年版,第202页。
④ (清)陈宏谋:《教女遗规·序》,陈宏谋:《五种遗规》,道光十九年芝阳兴善堂重刻本。

统:"嗟乎！古之妇学,必由礼以通诗；今之妇学,转因诗而败礼。礼防决,而人心风俗不可复言矣。"①在这样的保守思想下,许多才女虽然写诗作文,但仍视其为自娱之作,不可为外人道。如邢顺德工于诗而不欲以诗名,尝曰:"闺阁中以韵语外播,非所宜也。"②这种态度受到时人李基圻赞许:"每嘉其深识远见,卓然拔俗,视世之簸弄虚声、邀名闺秀以自诩为能诗者,奚啻霄壤耶。"③孔璐华回忆幼年读《毛诗》,"不能颖悟",其父却曰:"愿汝能学礼,不必定有才。吾家世传诗礼,汝能知其大意即可矣。"④孔璐华在出嫁后,因阮元喜诗,方才开始大量写诗。《续修四库全书总目提要(稿本)》评价孔璐华的才情:"就诗而言,学问修养,似尚未有逮耳。"⑤可见,如果孔璐华在闺中能得到更多学诗写诗的机会,想必其成就会更高。

相比章学诚等人,多数开明文人是支持女性学习诗文、展示才华的。如袁枚认为《诗》三百篇大半皆女子之作,故而诗学为女学正道。山左女性对于文学的接受多来自家中长辈的教导和前代诗文的影响。邢顺德八九龄时辄解书史,尤喜诗歌。其祖静园公便授以古诗。朱昌颐《小莲花室遗稿序》曰:"(朱玙)往往以所作诗字质余,余亦闲为导示。"⑥

---

① (清)章学诚:《妇学》,章学诚撰、叶瑛校注:《文史通义校注》,第622页。
② (清)李基圻:《兰圃诗草・序》,(清)邢顺德:《兰圃诗草》,《山东文献集成》第3辑第36册,山东大学出版社2009年版,第778页。
③ 同上。
④ (清)孔璐华:《唐宋旧经楼诗稿》,《清代诗文集汇编》第478册,第66页。
⑤ 中国科学院图书馆整理:《续修四库全书总目提要(稿本)》第21册,齐鲁书社1996年版,第136页。
⑥ (清)朱昌颐:《小莲花室遗稿・序》,(清)朱玙:《小莲花室遗稿》,道光二十五年刻本。

在这样的环境下，山左女性获得了学习诗文的自由。高密王氏有《郭外楼诗刻》一卷传世，卷中有《王宜人传》，称其喜为诗："幼于女红之事，入手辄工，然亦不竟学，唯耽玩文史。"①即使她出嫁后也没能忘却诗书，"自晨昏侍姑嫜外，手一编无少辍，刻厉过于儒生。当其注兴属思，下嗛垂幕，婢媪皆遣去，竟日不闻声。然脱稿不以示人，人亦罕有知者。既老，乃稍稍出以示子侄辈。"②郝簟《述怀》中写自己闺阁生活，女红之外，便以读书为主："刺绣有余功，读书解经义。"③孔璐华《冬日读书》中写自己早起省亲后便开始阅读："把卷看新雪，焚香校旧诗。"④王氏《无题》写其"不捻金针学著书，碧纱窗下读毛诗"⑤。《即事》写其春夜无事，以吟咏为乐："间整涛笺学赋梅。"⑥《春绣》中写闺阁内刺绣、作诗的生活细节，充满闲趣："题诗无兴难成句，且自开窗绣锦囊。"⑦

在学习诗歌创作时，清代山左女性常选择《离骚》《玉台新咏》及名家诗文等作为学习对象。王氏《偶成》写其读《离骚》之事："重门深院昼无聊，新起朱楼接碧霄。不卷珠帘凉自透，宝香焚罢读《离骚》。"⑧汪之蕙《初冬偶占》中写自己在寒夜诵读

---

① （清）王氏：《郭外楼诗刻》，《山东文献集成》第4辑第29册，第628页。
② 同上。
③ （清）郝簟：《蕴香阁诗钞》，《山东文献集成》第3辑第41册，第375页。
④ （清）孔璐华：《唐宋旧经楼诗稿》卷一，《清代诗文集汇编》第478册，第68页。
⑤ （清）王氏：《绿窗诗草》，《清代诗文集汇编》第30册，第217页。
⑥ 同上。
⑦ 同上。
⑧ 同上，第223页。

《玉台新咏》:"小阁初寒夜,红灯映砚池。鸳垆香乍爇,闲诵玉台诗。"①郝簋有《水仙效玉溪体》一诗,可知其日常应喜读李商隐之诗。

为提高作诗技巧,一些女性甚至主动向外界寻求帮助。不仅拜男性为师,一些知名女性诗人也成为拜师对象。朱玙与孔氏诸女都跟叶俊杰学诗,如徐比玉《小莲花室遗稿后序》曾回忆与朱玙随孔昭诚室叶俊杰学诗的时光:"乙未归里,偕余同受诗,学于柏芳叔姑贤母纱帷,横经问字,姒姊专力于诗,实始于此。"②这些女性后来都颇有成就,形成了文学群体。朱玙自己也成为这个群体文学交游的中心,《民国续修曲阜县志·人物志》载:"以其余功习诗词、绘画、隶楷,女姻好学者多从之游。"③

高彦颐在《闺塾师》中总结女性在"德"与"才"方面所受教育的情况,认为一方面对女性的道德教育始终非常重视,同时又将文化知识视为衡量女性优秀与否的另一个标准。在当时多元文化的影响下,女性的文化教育和道德培养在家庭教育中受到了同样的重视。而男性文人在妻妾、女儿、儿媳及其他女性亲属的文化教育上颇为用心,并开始赞助女性的文学活动。受文化教育的女性也被时人所肯定,在墓志铭、传记、序跋的写作中除了赞誉贤孝等德行外,还会不遗余力地赞扬女性在诗文书画等方面的才艺。

---

① (清)孔宪彝辑:《阙里孔氏诗钞》卷十四,《山东文献集成》第3辑第41册,第225页。
② (清)徐比玉:《小莲花室遗稿后序》,《小莲花室遗稿》。
③ 孙永汉修,李经野、孔昭曾纂:《(民国)续修曲阜县志》卷五,民国二十三年铅印本。

第二节　德与才的矛盾

对女子德行的讨论,自汉代就已盛行。郑玄为《周礼·天官冢宰》之"九嫔"注疏云:"掌妇学之法,以教九御:妇德、妇言、妇容、妇功。"班昭作《女诫》,更是直接点明女性应具备的德行:"女有四行,一曰妇德,二曰妇言,三曰妇容,四曰妇功。夫云妇德,不必才明绝异也;妇言,不必辩口利辞也;妇容,不必颜色美丽也;妇功,不必工巧过人也。清闲贞静,守节整齐,行己有耻,动静有法,是谓妇德。择辞而说,不道恶语,时然后言,不厌于人,是谓妇言。盥浣尘秽,服饰鲜洁,沐浴以时,身不垢辱,是谓妇容。专心纺绩,不好戏笑,洁齐酒食,以奉宾客,是谓妇功。"①至明代,吕坤作《闺范》,重申"三从四德"的重要性:"先王重阴教,故妇人有女师,讲明古语,称引昔贤,令之谨守三从,克遵四德,以为夫子之光,不贻父母之辱。"②这些讨论,将世人的目光聚焦于女性的德行问题上,使得女性在德行与才华之间的认知有一定的矛盾。

一、列女传与"德"的记录

昔刘向作《列女传》,分"母仪、贤明、仁智、贞顺、节义、辩通、孽嬖"七类,从不同方面对女性事迹进行记录;但后世的列女传记只注重女性的贤孝与贞烈。刘向《列女传》"辩通"一类

---

① (东汉)班昭:《女诫》,(明)吕坤:《闺范》,《女诫 闺范译注》,第25页。
② (明)吕坤:《闺范·序》,吕坤:《闺范》,《女诫 闺范译注》,第61页。

记载的"弓工妻"是一个聪慧有胆识、有辩才的女性,说服晋平公免去丈夫的罪责;但在吕坤的《闺范》中,不仅将其移至《闺范》中的"善行·妇人之道"中,还认为她的聪慧与辩才都是出于拯救丈夫,"真情至爱之所激也"①。"弓工妻"就这样从一个具有鲜明特征的女性形象转变为男性附属物。她的言行不再是个体智慧的呈现,而是为了丈夫才散发出光彩。这样的转变无疑是在抹杀女性作为个体的生动与自由,她们的才华逐渐让位于"德行"。"自唐以后,个性生动的禁欲主义者与神秘主义者的形象、大胆独立的孝女,都从历史记载中逐渐消退。取而代之的是千篇一律、数不胜数的公式化的叙述,反复讲述着女性以守贞的名义自裁或者在恪守节妇之道的名义下尽其一生侍奉公婆的故事"②。

史书《左传》《国语》中有不少因聪慧和才华而被记录下来的女性,如卫姑定姜、鲁季敬姜、楚武邓曼等;但到了明清时期,更注重的是女性的贞节与牺牲。至《清史稿》中的"列女传",则更着重记录"孝妇、孝女、烈妇、烈女"。史书、地方志记录并推崇这类贞洁贤德的女性,是顺应整个社会和时代的要求。"早期有德女性是智慧和美德的代言人,而后世女性之'德'则固化为特定的'性别'美德如孝顺、忠贞和母性等"③。据《儒学与女性》一书统计,东汉史书中只记载了80位有德女性,元代则增为

---

① (明)吕坤:《闺范》,《女诫 闺范译注》,第488页。
② (美)曼素恩著,定宜庄、颜宜葳译:《缀珍录:18世纪及其前后的中国妇女》,江苏人民出版社2022年版,第2页。
③ (美)罗莎莉:《儒学与女性》,第117页。

187人,在明代近300人,清代则超过400名。"一方面,明清时期女性传记数量的激增可以理解为帝国政策对于'有德女性'关注度的逐步提高;另一方面,对于孝顺的女儿、忠贞的妻子和自我牺牲的寡母的强调,迫使有德女性的形象固化在特定的女性美德上,即孝顺、忠贞和寡妇守节等"①。

山左地区的方志、墓志铭等也充满着对女德的赞扬。《(宣统)山东通志·人物志第十一·列女》即言:"我国家旌别巨典,下逮衡茅,故独至艰贞之会,蒙难而安与赴义而死者,数且什倍于前朝。固由表厥宅里,树之风声,亦以昭代教泽,涵濡入人心者,深也。惜乎郡县志乘不以时辑,其间年代旷阙,搜考无从征。特庸德之行易就湮灭,即大节昭著而姓氏翳如者,恐尚不可胜数也。"②地方志对女性生平的记录相对简略,且往往采用固化的写作模式,表现其如何贤德、孝顺、慈爱、友善、节烈等。在这种写作模式下,女性近乎完美的同时,也存在千篇一律的形象固化问题。如《栖霞县续志》写郝氏孝顺公婆,与丈夫相敬如宾,与妯娌和睦共处,善待妾室及庶子庶女,"生平温厚和平,为牟氏闺阃之冠云"③。如果将郝氏换成"王氏""李氏"等,事迹也是大略相同,依然是当时所推崇的完美女性的化身。还有大量赞扬守节女性的记载,在叙事模式上也是如出一辙,如写曹宜彬妻居氏"年二十七,宜彬殁。姑性严峻,居先意承志,得其欢心。病则侍汤药,稽首吁天,誓以身代。教子嘉猷读书,为名诸生。

---

① (美)罗莎莉:《儒学与女性》第115页。
② (清)张曜、杨士骧修,孙葆田等纂:《(宣统)山东通志》卷一百七十八。
③ 《(光绪)栖霞县续志》卷七。

家门雍睦，内言不出于阃，非婚葬大事，戚党罕睹其面。年七十二卒。"①《栖霞县续志》卷七所载邹氏、刘氏、王氏、牟氏、马氏、陈氏等人也都是夫死后守节抚孤，教子成立。除去细节上略有不同，这些节妇的生平记录大体一致。曼素恩《缀珍录》中曾评价："在盛清时期的传记著作中的女性似乎只是代表着'男性的凝视'下的对象要素。她们是为特定历史目的而建构的文学主题。"②

古代女性如果在德行尤其是"贞节"方面有突出表现的话，不仅可以被记载到史书地方志中，还可以获得现实中来自朝廷或地方政府的奖赏。《(宣统)山东通志》中记载王一相妻陈氏，夫殁守节，以女红奉姑育子，雍正二年(1724)旌表。沈德临妻李氏，夫亡守节，以孝敬翁姑而被旌表于嘉庆二年(1797)。对于守节，多数女性秉持强烈坚持的态度。上官富妻王氏曾曰："天夺我夫，又夺我子，独不能夺我志耳。"③在朝廷表旌的女性中，还有因"孝"而被旌的未嫁女。如《(宣统)山东通志》记载：陈志芳、陈信芳二女因父母无子，矢志奉养。父母卒后，相对投缳而死。杨孝女因母死，遂自缢。李孝女为母治病，剪左手中指入药，母卒后，悲痛之余，以指疮卒。曾衍纶以孝、贞来要求自己，乃至家中失火，衍纶不肯离病母而去，死于火中。此外，还有一类女性以"贞"被赞美。如《(光绪)栖霞县续志》卷七记载孙

---

① （清）张曜、杨士骧修，孙葆田等纂：《(宣统)山东通志》卷一百八十。
② （美）曼素恩著，定宜庄、颜宜葳译：《缀珍录：18世纪及其前后的中国妇女》，第3页。
③ （清）张曜、杨士骧修，孙葆田等纂：《(宣统)山东通志》卷一百八十。

氏、柳氏皆因遭遇战乱,为保贞节而选择自杀。唐氏因其夫外出不归,"严以防身,塞其户牖,止开一窦,仅可通食饮,独处三年"①。后因被狂徒调戏而自缢。宋氏夫亡后,被豪强逼迫,便持刀自刎。在此,自杀成为女性标榜道德的风尚。

在地方志中,还常有丈夫病重时,妻子不离不弃,侍奉汤药,丈夫过世后,妻子殉夫的事迹。孙芹阶妻刘氏欲殉其夫,夫家不允,刘氏坚决赴死,其父曰:"渠如此,可遂其志。"②没有即刻自尽的妻子要么为夫立嗣后自杀,要么被救下后再次寻死。王九成妻自缢后被家人救下,但苏醒后又以剪刀自刺其喉。在家人将利器尽数藏匿后,又乘隙以头簪自刺而死。林斯和妻牟氏怀有身孕,夫死时,未能殉夫,谓其姑曰生男当为林氏抚孤,生女则从夫于地下。后生一女,遂自缢。谢国璋妻苏氏守节四年,被母家逼迫改嫁,大怒,回夫家后自缢身亡。死时唯恐人怀疑是夫家逼迫,故用母家之红索自缢,以证清白。

那些选择活下来的女性大多是因为翁姑、子嗣无人照拂,不得不承担起养家重任。《(宣统)山东通志》卷一百八十记载王一相妻陈氏丧夫后,因婆婆的请求选择守节,以女红奉姑育子。郭思贞妻马氏,夫死之后亲操井臼,善事公婆,教子甚严,守节四十年。孙德胜继妻钱氏年二十九而寡,家境贫困到携子行乞的地步也不肯改嫁,生怕嫁后二子无法生存。《栖霞县续志》中的李氏"年十九,夫亡守节,抚四龄幼子。子亡,又育其孙,艰苦四

---

① 《(光绪)栖霞县续志》卷七。
② 同上。

十余年,生平言笑不苟"①。郝簦《恤纬吟》中有《不忘》一诗,解释自己为何选择守节而不是殉夫:"却缘白发慈亲在,咫尺黄泉未忍随。"②在地方志记载中,常常是几代寡居女性相互扶持生活,如王尚宾"一门之中二世三孀,《柏舟》共矢"③。又如张九如母赵氏与妻侯氏、侧室蒋氏"两世孤寡相倚为命"④。

还有一类女性未嫁而夫死的情况。在这种情况下,未嫁女性往往选择直接自杀,或是前往夫家守节。如《(宣统)山东通志》中记载李淳士之女,未婚而夫死,守贞三十二年,道光八年(1828)学使龚守正为其表彰。王化庭之女亦是未婚而夫死,至夫家守节。但值得注意的是,贞女的父母阻拦其自杀或者嫁入夫家守节,而夫家并不愿接受贞女的入住,因为经济的分配问题、家庭中的位置问题及对贞女的不信任等。

在战乱中,因守贞而选择自杀的女性更不在少数。咸丰同治间战乱波及平度县,"妇女抗节而死者尤众。烈焰障天,哭声震地"⑤。《栖霞县续志》卷七记载崔张氏抱女投井,于姜氏投井而死,柳氏投井死。范瑞林妻姜氏、娄值妻李氏皆自缢而亡。孙氏举家被擒,骗贼人放其家人后,以刀自刺死。柳氏被虏,虽然被救,但无法忍受谣言,以剪刺心而死。甚至有全家女性集体自尽者,如张文元妻栾氏逃难遇贼,骂贼被杀;媳牟氏、次媳栾

---

① 《(光绪)栖霞县续志》卷七。
② (清)郝簦:《恤纬吟》,《山东文献集成》第3辑第41册,第390页。
③ (清)张曜、杨士骧修,孙葆田等纂:《(宣统)山东通志》卷一百八十。
④ 同上。
⑤ 丁世平、刁承襄修,尚庆翰纂:《平度县续志·政治志·兵匪之祸》卷六,民国二十五年铅印本。

氏同时骂贼,被焚身死;孙媳王氏,携其女及孙女投井而死。张仁妻吴氏与其长媳栾氏、次媳吴氏、孙媳栾氏及女五人,同时缢死。张涛《被肯定的否定——从〈清史稿·列女传〉中的妇女自杀现象看清代妇女境遇》云:"据粗略统计,《清史稿·列女传》中记载了559名妇女的生存境遇,其中有294名妇女是以自杀结束了自己的生命,也就是说有一半左右的妇女是通过自杀的形式,表现了自己的节烈,才在一代史书中占据了一席之地。"①该文统计殉夫者有59例,战乱中为保贞节而死者达104例。

对节妇、贞女故事的撰写与颂扬一直持续到晚清民国时期。近代报刊对"列女"事迹有所反思,柳亚子《中国第一女豪杰女军人家花木兰传》:"炀于重男轻女之恶俗,而所谓'列女''节女'之篇,皆奄奄无生气,且位置不足以占全史百分之一,女界伟人,乃群在若明若昧之间矣。"②对以往"列女传"的反思,使近代报刊也开始刊载国外女杰的事迹,或以此推动女性力量的发展。晚清民国因社会的巨大变革,文化也发生转变,"与《后汉书》始设《列女传》重在表扬'哲妇隆家人之道,高士弘清淳之风,贞女亮明白之节'相异,私德完备已非入选的首要条件,晚清作者更看重的是其人对于国家和民族的贡献。"③这对于女性生平的记录来说,无疑是进步的。

---

① 张涛:《被肯定的否定——从〈清史稿·列女传〉中的妇女自杀现象看清代妇女境遇》,《清史研究》,2001年第3期,第40页。
② 《女子世界》第3期,1904年3月,第26页。
③ 夏晓虹:《晚清女子国民常识的建构》,北京大学出版社2016年版,第49页。

二、制度与儒家性别价值观下对"德"的重视

国家、社会、家族共同在孝、贞两大方面对女性提出了严苛的要求,而当时的女性也遵从这种要求,恪守孝道、保持贞烈成为一种社会风气。尤其是旌表制度的实行,为女性守节提供了精神和经济上的双重保障。元朝开始为表彰节妇而修建牌坊。在元朝的表彰制度下,寡妇守节成为平民女性实现自我价值的一种有效方式,可以凭借自己的力量而非借助父亲、丈夫、儿子获得荣耀。明朝延续了元朝对寡妇守节的表彰。《明史》列传第一百八十九记录"大者赐祠祀,次亦树坊表,乌头绰楔,照耀井闾,乃至僻壤下户之女,亦能以贞白自砥。其著于实录及郡邑志者,不下万余人,虽间有以文艺显,要之节烈为多"①。清代除表彰外,还建立牌坊及节孝祠,使节妇、孝女与正统儒士有相等的地位。朝廷通过推行表彰制度,使节烈观在民间逐步完善,而旌表和建祠,则成为推行这一秩序的有效措施。

儒学关乎伦理和社会关系,强调个人的道德与修养,以及与社会、国家之间的责任。"儒家正统的性别价值观贯穿于国家法典、家训族规、教化作品,甚至通俗文学中,不仅对规范精英阶层而且对规范普通百姓的行为也起到了作用"②。儒家思想的渗透也在推动女性坚守"贞节"的脚步。在这种背景下,明代的

---

① (清)张廷玉等编:《明史》,中华书局1974年版,第7689—7690页。
② (美)卢苇菁著,秦立彦译:《矢志不渝:明清时期的贞女现象》,江苏人民出版社2022年版,第4页。

守寡女性在数量上远超前代。清初统治者一开始反对节妇自尽,如雍正曾反对寡妇殉节,认为殉节是逃避家庭责任的卑怯行为;但如同缠足禁令未能在汉族女性中真正施行一样,这种反对也随着时间的推移而失去了效力,清代依然有大量的"贞节"事例。以地方志为例,在记录女性守节事迹时,常在最后写明该女性受到了朝廷怎样的奖励。如田生苞妻曹氏年至百岁,因其"早年孝事舅姑,治家勤俭,有司请于朝,建坊旌表,曰贞寿之门"①。

从国家到社会再到宗族,都在极力规劝女性重视德行,尤其是"节烈",已然是时代和社会的共同规则。国家和社会提供的表旌制度之外,女教书的大量产生,也在不遗余力地为女性灌输德行的重要,尤其是"贞节"的重要性。如唐晚期的《郑氏女孝经》重复了男子可再娶,女子不能再醮的规则。明末刘氏《女范捷录·贞烈篇》云:"忠臣不事两国,烈女不更二夫。故一与之醮,终身不移。男可重婚,女无再适。是故艰难苦节谓之贞,慷慨捐生谓之烈。"②清代乾隆间李晚芳《女学言行纂·四德篇》云:"妇能守礼,则能持节,能守礼持节,自能立志,志立,则可生可杀而不可夺。此匹妇所以气凌山岳,义亘乾坤也。"③在这类书籍的引导下,女性将守贞之事视为理所当然。

---

① (清)张曜、杨士骧修,孙葆田等纂:《(宣统)山东通志》卷一百八十。
② (明)刘氏:《女范捷录》,(东汉)班昭等著:《女四书》,团结出版社 2017 年版,第 238—239 页。
③ (清)李晚芳著,刘正刚整理:《李菉猗女史全书》,第 247 页。

女性"德"的问题被反复深化讨论,除去国家政策的干预外,也体现了士大夫的社会危机感,以及女性自身的责任感。人们普遍认为女性的忠贞与男性的忠诚相对应,为夫守节和为国尽忠是履行同一道德信念的两种方式。"忠臣不事二主,烈女不侍二夫",忠臣可杀身成仁,而烈女可守节或殉夫。卢苇菁曾注意到:"贞女现象在13世纪初现端倪,且均出自精英阶层。从15世纪晚期至16世纪,贞女现象在受到广泛关注的同时,带上了为未婚夫殉死的极端特征。到了17世纪,这种极端行为达到顶峰。"①在当时人看来,女性同样肩负道德责任,可作为"忠贞"的代言,尤其是明末清初时,在国家面临危机的大背景下,"守贞"的女性正好可以被用来体现民族气节,与"贰臣"形成鲜明的对比。以自杀来实践道德观念的女性给时人提供了精神上的寄托,现实中的"忠贞"被等同于政治忠贞,通过记录和赞美女性守贞的故事,可以借机抒发内心压抑的情感,确认自己的道德信念和政治选择是高尚的,是正确的。"赞美贞女,为深受精神创伤的儒家精英宣泄明亡的伤感、绝望和政治信念,提供了独特通道"②。因此,在文人笔下,贞女与节妇都是被赞美和宣扬的对象,尤其是女子在未嫁而夫死的情况下,女性主动承担起本不该属于自己的责任,体现出的情义与道德更令人敬佩和尊重。

明清之际对节妇与贞女的颂扬多数是文人借机体现自己的忠贞观与政治立场,但后期的弘扬则祛除了很多政治色彩,转而关注女性恪守"德行"的行为展现。受社会责任和个人责任感

---

① (美)卢苇菁著,秦立彦译:《矢志不渝:明清时期的贞女现象》,第9页。
② 同上,第10页。

的驱使,不少文人撰写亲族、地方的贞烈故事,如明代山左名士李开先等记载山左地区的节妇事迹。清代"燕台七子"之一的施闰章也曾为解氏烈妇作序,讴歌其节烈。招远烈妇项氏、陈氏,皆是夫亡自缢,文人吟咏二人节烈事迹,汇为《肜管录》《流芳集》二集。李向荣之女,未嫁夫亡,自缢以殉,四方为之歌咏,邹振岳为之编《悯烈集》。黄县焦烈女未嫁而殉夫,众人歌咏,成《士乡烈女诗文略》一卷。栖霞县牟岐死,妻张氏决意殉夫,儿女绕膝亦不顾。牟岐叔牟曰筠赞其节烈:"抗节蹈义,须眉犹鲜。氏以巾帼,扶坤持乾。烈性刚肠,如火斯然。义可以取,生可以捐。妇兮从夫,漆固胶坚。追随夜台,含笑黄泉。"① 郝答在《秋岩姊〈恤纬吟〉诗叙》中首先肯定的是郝簋的守节之事:"盖闻女子善怀,故化兴于《樛木》。妇人从一,亦操励乎《柏舟》。唯大节之无亏,斯遗文之堪托。是以离鸾寡鹄,操曲者不忘其悲;而截发誓肌,载笔者必明其志。洵足重矣,良有以也。"②

古代对女性"德"的要求,及女性对"贞节"的坚守,在今人看来是一种腐旧的现象;但如果仔细观察,会发现当时女性对国家、社会共同提倡的妇德和节烈观多具认同之感,且会自发地维护宣扬这种思想。"女性不再被视为受害者或男性的明确压迫对象。相反,她们甚至加入了支持和传播男权至上理念的活动——遵循中国社会既定的文化理念"③。《名媛诗话》卷五记载余杭陈炜卿借助《诗经》阐释妇德:"矧能阐发经旨,洋洋洒洒

---

① 《(光绪)栖霞县续志》卷七。
② 见(清)郝簋:《恤纬吟》,《山东文献集成》第3辑第41册,第384页。
③ (美)罗莎莉:《儒学与女性》,第4页。

数万言,婉解曲喻,援古诫今,嘉惠后学不少,洵为一代女宗。"①卷十一记载汪雅安太宜人:"学力宏深,词旨简远。且能阐发经史微奥,集中多知人论世经济之言,洵为一代女宗。"以《闺训篇》宣示妇德,"足与曹大家《女诫》并传"②。王照圆《听松楼遗稿跋》赞扬陈恭人:"《述训》《述略》诸篇,扬先德之余烈,媲徽音于周诗,盖自班惠姬以来,乃今复睹雅裁焉。……《女训》《妇职》诸篇,实闲有家之盛节,考亭尝论大家《女诫》未尽作者之意,恭人本风人之敦厚,撷礼经之华腴,宏通淹雅,皆可以垂闺范,树典刑。"③郝簋作《陈烈女诗》,叙述陈烈女所许配之人去世,陈烈女不顾劝阻,自缢而亡。在此,诗人高度肯定烈女之贞,将其与春秋时的季札和西汉苏武相比,总结说:"贞女坚操亦若此,芳心誓比古井水。"④郝簋为节妇作《城武陈氏两节妇诗》,序中云徐氏及其孙媳宋氏皆是苦节数十载,陈家不仅向朝廷请求旌表,还四处征诗,唯恐二人之事湮没无闻,辜负几十年茹苦含辛的岁月。郝簋对二人的行为非常赞同欣赏,同为寡居之人,对守节的艰辛更能深刻体会,因此称赞:"若两夫人者,艰难持节,之死靡他,良足伟矣。推其志操,虽与日月争光可也。"⑤此诗后被选入《齐河县志》中。秋岩还为郁氏作《海盐贞女行挽郁太孺

---

① (清)沈善宝:《名媛诗话》,王英志主编:《清代闺秀诗话丛刊》,凤凰出版社2010年版,第426页。
② 同上,第530—531页。
③ (清)王照圆:《晒书堂闺中文存》,《山东文献集成》第2辑第48册,第646页。
④ (清)郝簋:《蕴香阁诗钞》,《山东文献集成》第3辑第41册,第371页。
⑤ 同上,第382页。

人并序》,称其"未婚夫亡,誓不醮,乃以处子称未亡人焉。……若太孺人之与王赠君也,一言为定,百折不移,而生无一面,死隔天涯,斯亦可哀极矣"①。秋岩有《历下韩氏双孝女诗并叙》,称许韩氏二女誓不嫁人,孝养父母,"永怀乌鸟意,不咏鹊巢篇。……窈窕身孤在,伶仃志益坚"②。李长霞有《烈女吟为福山烈女包氏淑作》一诗,叙述包氏随母避乱,骂贼而死,坚贞节烈的事迹。"滨死寡憪色,詈贼多烈词。金石无懦响,玉碎将安辞。""自古谁无死,人生鲜百年。所死贵合义,一死焉足叹。"③孙会祥咏高氏殉夫:"贞姿原莫比,烈性竟无侔。"④蓬莱县诸生吴如净之妻何氏,年十八而夫殁,其舅父陈葵南勉以保孤,方不殉夫。何氏亲教幼子读书,有《孀妇行》一诗,叙述守节之心坚定不移,"精卫衔枯石,期填沧海流。松柏抱贞心,苦节励严秋"⑤。翟柏舟《却弟月樵将与亲朋为举节孝之作》一诗认为守节是理所应当之事,不应被拿来博取虚名,"平生无一德,空孀有何长。奉愧姜诗妇,哭惭储福房。母犹厌虚誉,姊敢爱浮光。孝节千秋事,敢教妾以当"⑥。孀妇之间最能彼此共情。孔丽贞与颜小来同为曲阜人,人生际遇也大抵相同,孔丽贞守节40余年,颜小来守节达60余年。因同病相怜且皆有才华,二人交往甚密。孔丽贞

---

① (清)郝篸:《恤纬吟》,《山东文献集成》第3辑第41册,第395页。
② (清)郝篸:《恤纬吟续抄》,《山东文献集成》第3辑第41册,第401页。
③ (清)李长霞:《锜斋诗选》,《山东文献集成》第4辑第32册,第249页。
④ (清)孔宪彝辑:《阙里孔氏诗钞》卷十四,《山东文献集成》第3辑第41册,第225页。
⑤ (清)张鹏展纂:《国朝山左诗续钞》卷三十,《山东文献集成》第1辑第42册,第617页。
⑥ (清)翟柏舟:《礼佛轩诗钞》,《山东文献集成》第4辑第31册,第782页。

出嫁后一年,丈夫去世,由济南回到曲阜母家居住,同在曲阜的这段时间里,二人时常唱和。《晚晴簃诗汇》卷一百八十四"孔丽贞"记载:"蕴光夫亡,守节四十余年,与恤纬老人颜氏相唱和。"①孔丽贞离开曲阜时,曾将诗集赠送颜小来留作纪念。颜小来在《赠别藕兰主人归济南并序》中记载此事:"遣老婢来赠余画笔一、《藕兰阁》诗刻全册,用留别,且索余作诗","余自夫君亡后四十余年,茹荼集蓼,与蕴光同其凄楚,而蕴光之天亲骨肉凋零欲尽,则视余为更烈。晚窗脱稿,遂成悲风怨雨之音。素纸寄将,谁和别鹄离鸾之调"②。并用"萧条君与我,邂逅友兼师"之句表达惺惺相惜之情。颜小来有《点绛唇·题孔蕴光女史〈藕兰诗〉后》评价孔丽贞诗:"黄鹄吟余,声声字字俱呜咽。素心凄绝,鸾镜悲残缺。　　点笔窗间,树树鹃啼血。冰心洁,冷如寒雪,皎似天边月。"③

总的来说,对女性"德"的讨论尤其是"贞节"的讨论是根植于文化和社会经济体系中的,"很多历史因素都可以塑造年轻女性的心灵,比如对道德英雄主义的文化迷恋,强调道德修养的理学教化,政府和文人对女性贞节的大力弘扬(表现为公开表彰贞节女性的祠、牌坊、墓、碑),这一切都建构了意识形态的、既实体又象征的环境和氛围,有力影响到年轻女性如何看待世界和社会性别角色"④。在这些因素的共同作用下,女性对"德"

---

① (清)徐世昌编:《晚晴簃诗汇》卷一百八十四。
② (清)颜小来:《恤纬斋诗》,《山东文献集成》第1辑第43册,第750页。
③ (清)徐乃昌:《小檀栾室闺秀词钞》卷九,宣统元年刻本。
④ (美)卢苇菁著,秦立彦译:《矢志不渝:明清时期的贞女现象》,第187页。

的重视和对"贞节"的维护就自然而然地形成了。

三、女性视角下的"德""才"矛盾

在国家、社会、地方、宗族等力量的共同要求和规劝下,女性"德行"的重要性远超"才华"。"女性之'内'领域就是实用型的家务管理领域,在这个领域内,妻子受到劳役并对父系家族保持着忠诚。""对于女性的性别身份而言,杰出的文化才能是多余的、无关紧要的,女性的性别身份首先或主要依据于功能性的家庭亲属角色来定位"①。因此,清代女性对"德"与"才"的态度充满了矛盾:一方面以诗才自珍,另一方面又认为读书识字带来了无尽烦恼与苦痛。夏玉珍《和姑示玉珍书》云:"绣余频荷金针度,却恨今生始读书。"②袁机,幼许配如皋高氏子,高氏子长而有恶疾,其父请离婚,袁机却说女子须从一而终。高氏子暴戾佻荡,凌虐袁机。袁机只能归母家居住。即便如此,高氏子死后,袁机还是大恸,越一年而卒。袁树有诗《哭素文三姊》云:"少小三从太认真,读书误尽一生春。"③

清代山左地区的女性在儒学影响下,更加遵循着内外有别,贤良温顺的伦理规范,以教养子女、主理家政为主要人生目标。莱阳周淑履"于归后夫妇如师友,然荫栎早殁,家尽落,母家亦落。贫无依藉,织纴以生。教三子读书成名,下士远近以女师尊

---

① (美)罗莎莉:《儒学与女性》,第133页。
② 光铁夫编:《安徽名媛诗词征略》,黄山书社1986年版,第154页。
③ 见(清)袁树:《红豆村人诗稿》卷四,国学书局民国十九年刊本。

之"①。田雯父亲早逝,回忆起母亲张氏曾说:"一室之内,十年之间,午夜篝灯,纺绩声、读书声、哭声三者而已"。②江兰《夫子读书九峰,赋此志勖》云:"家事虽纷纭,无劳君筹画。君读万卷书,妾织七襄帛。"③家庭经济的收入开支之事一般也由妇女负责。孔祥淑有治家理财之能力,当时夫家家计窘甚,孔祥淑却有解决之道,其曰:"窘非难处。窘为难,不量出入,取窘之道也。"而后"综理筹运,可汰者汰之,可减者减之,有息之债典妆奁偿之。三年可敷用矣,五年有余蓄矣"④。但女性主理家政并非易事,济宁女诗人史筠《寄外》中展示了女性持家之艰辛:"客子游千里,门庭妾独支。典衣奉姑膳,带病课儿诗。憔悴无人问,凄凉有影知。几时重话旧,生死莫相离。"⑤许多女性因受困于家务琐事,而渐渐失去作诗的时间与精力。沈善宝《名媛诗话》卷七引邱云漪语:"近则米盐累人,即间为之,亦随作随弃,自知无足存。"⑥袁枚女弟子骆绮兰《听秋馆闺中同人集序》云:"迄于归后,操井臼,事舅姑,米盐琐屑,又往往无暇为之。"⑦邱心如在《笔生花》第五回借戏中人之口道:"一自于归多俗累,操持家务费周章。心计虑,手匆忙,妇职兢兢日恐惶。哪有余情拈

---

① (清)徐世昌编:《晚晴簃诗汇》卷一百八十四。
② (清)陈廷敬:《张太恭人传》,陈廷敬:《午亭文编》卷四十二,张玉玲、张建伟整理:《阳城历史名人文存》第3册,第826页。
③ (清)恽珠:《国朝闺秀正始集》卷三。
④ (清)刘树堂:《孔夫人家传》,(清)孔祥淑:《韵香阁诗草》。
⑤ (清)恽珠:《国朝闺秀正始集》卷十七。
⑥ (清)沈善宝:《名媛诗话》,王英志主编:《清代闺秀诗话丛刊》本,第469页。
⑦ 胡文楷:《历代妇女著作考·附编》,第939页。

笔墨,只落得,油盐酱醋杂诗肠。"①清代山左女诗人中,孔璐华出身大族,仍不免要受家庭琐事的烦扰,其《秋夜》云:"虽计米盐犹把卷,为忙儿女少吟诗。心怀常忆当年事,回首思亲唯自知。"②邢顺德出嫁后"伉俪甚相得,鬷是相夫子,事孀姑,代理内政,诗思亦渐减矣。又数年迭遭大故,劳瘁日深而病以作"③。王清兰嫁入任家后,家境贫寒,常亲操井臼,"中年以后,吟怀顿减。尝搜其遗稿,盖仅有存者。呜呼,士有砥志绩学而困于所遇,不克自振者矣,况巾帼也哉"④。郝簠《述怀》云:"一从谐凤卜,十载劳中馈。芳谢笔端花,忧生爨底桂。"⑤可见相夫教子,家务繁累占据了女性绝大部分的精力,是女性出嫁后才气锐减的重要原因。

陈东原《中国妇女生活史》认为,"女子无才便是德"的说法在明代开始兴起,至清代,这样的论调依然在流行。对德行的重视使女性无法跨越时代的局囿,相夫教子是唯一能走的道路。尽管孔祥淑既有德行,又有才华,但邹振岳《韵香阁诗草序》中称赞孔祥淑多是从"德行"出发,"孔子删诗,隐以为政在人,示天下后世,而其泽首被于家庭,以故历二千余年而流风未沫。今读景韩观察夫人之诗,而益信夫人圣裔也。未嫁而孝于父母,既嫁而敬于翁姑,持家以俭,御下以慈,训子女以严正,凡女道、妇

---

① (清)邱心如:《笔生花》,中州古籍出版社1984年版,第222页。
② (清)孔璐华:《唐宋旧经楼诗稿》卷三,《清代诗文集汇编》第478册,第86页。
③ (清)邢顺德:《兰圃诗草》,《山东文献集成》第3辑第36册,第779页。
④ (清)王氏:《郭外楼诗刻》,《山东文献集成》第4辑第29册,第628页。
⑤ (清)郝簠:《蕴香阁诗钞》,《山东文献集成》第3辑第41册,第375页。

道之宜尽者"①。

在重德轻才的社会风气下,不少女性一味追求德的完美而忽视了才的重要性,甚至走向弃才之路。梁兰漪《课女》云:"汝母薄命人,偿(尝)尽诗书苦。""四德与三从,殷殷勤教汝。婉顺习坤仪,其余皆不取。"②周映清《娇女诗》云:"闺门尚德不尚艺,四诫初不夸词章。"③山左才女郝簋经历丧夫丧子之痛,其一生的不幸竟被当时人归结为才华太盛的缘故。于清泮《题郝秋岩诗钞》一诗序中道:"雅音哀韵,堪与《断肠集》《漱玉词》并传。唯命途多舛,既赋《柏舟》,又伤伯道,极人生不幸之事萃于一身,不知者遂误信诗人少达多穷之说,咸以女子有才相戒。"④恽珠少时通晓《孝经》《毛诗》《尔雅》诸书,但后来以贞静自持,"年来更耽静养,案头所存,唯性理数册、《楞严》一卷而已"⑤。其《正始集·弁言》对入选女性的德行尤为看重:"昔孔子删《诗》,不废闺房之作。后世乡先生每谓妇人女子职司酒浆缝纫而已,不知《周礼》九嫔掌妇学之法。妇德之下,继以妇言。言故非辞章之谓,要不离乎辞章者近是。则女子学诗,庸何伤乎?独是大雅不作,诗教日漓,或竞浮艳之词,或涉纤佻之习,甚且以风流放诞为高。大失温柔敦厚之旨,则非学诗之过,实不学之过也。""凡篆刻云霞,寄怀风月,而义不和于雅教者,虽美弗录。

---

① （清）邹振岳：《韵香阁诗草·序》，（清）孔祥淑：《韵香阁诗草》。
② （清）恽珠：《国朝闺秀正始集》卷十二。
③ （清）周映清：《梅笑集》，《织云楼诗合刻》三种三卷，乾隆刻本。
④ 《（民国）齐东县志》卷六，《中国地方志集成·山东府县志辑》第30册，凤凰出版社2004年版，第583页。
⑤ （清）恽珠：《国朝闺秀正始集·弁言》，恽珠：《国朝闺秀正始集》。

是卷所存,仅得其半,定集名曰《正始》。体裁不一,性情各正,雪艳冰清,琴和玉润,庶无惭女史之箴,有合风人之旨尔。"①《国朝闺秀正始集》所选诗歌大多蕴含教化意味,体现出恽珠对女性之"德"的刻意关注。"至少对于部分读者而言,她们采用的都是一种'俯视写作'(write down)的教化姿态——也就是说,将读者视为宣讲自我智慧的'消费对象',并且居高临下地传送信息。与这种优越感并存的,还有她们将闺秀群体(实际或潜在的)构建为一种诉诸书本寻求日常行为建议的'顾客'……"②恽珠对出版自己的作品十分抵触,其子麟庆曾将其丢弃的作品保存出版,恽珠却说不必刊刻她的作品,而是要尽力访求闺中佳作,汇选刊行,以广其传。魏爱莲评价说:"倘若《红香馆诗词草》没有印行,她会更加快乐。这种印象源于恽珠在公众面前对'道德仲裁'(moral arbiter)和'教化使命'(civilizing mission)领导者的刻意扮演。"③

在这样的环境下,女子学诗,有时是为家庭服务的,尤其是在教育子女方面。"更确切地说,沈德潜赞成将诗歌作为培养女德的一种途径——因此,他强调女性的家庭角色,而不是才学文名或自我表现的公众角色。我们可以看到,那些经由他编辑或作序的女诗人,基本只活跃于家庭范围之内"④。

---

① (清)恽珠:《国朝闺秀正始集·弁言》,恽珠:《国朝闺秀正始集》。
② (美)魏爱莲著,马勤勤译:《美人与书:19世纪中国的女性与小说》,北京大学出版社 2015 年版,第 126 页。
③ 同上,第 127 页。
④ 同上,第 147 页。

虽然"重德轻才"是主流,但也有一些女性对"德"与"才"的矛盾提出了新的见解。清初王相之母在《女范捷录·才德篇》中对才与德的关系进行了分析:"男子有德便是才,斯言犹可。女子无才便是德,此语殊非。盖不知才德之经与邪正之辩也。夫德以才达,才以成德,故女子有德者固不必有才,而有才者必贵乎有德。德本而才末,固理之宜然,若夫为不善,非才之罪也。"①"古者后妃夫人,以逮庶妾匹妇,莫不知诗,岂皆无德者欤?末世妒妇淫女,及乎悍妻泼媪,大悖于礼,岂尽有才者耶?"②这段话可谓中肯,在一定程度上为女子有才作了辩护。有德者固然受敬重,但有才也未必是坏事。恽珠《兰闺宝录》仿照《列女传》体例,辑录了不少杰出女子的生平事迹。"此书的最大价值,是让恽珠成为女性才华和品位的'裁断者'"③。孟留喜研究屈秉筠,认为"她的诗才有助于而非损于她的德。她的生活没有因为有才华而变得悲惨,相反,变得更加幸福"④。而屈秉筠的经历反驳了"才损德"的观念,证明了才与德能够兼容,既是"德女",又是"才女",只会让女性变得更加完美,可以融入群体中去,且能最大限度地发挥自己的才华。张淑莲《孙女辈学诗书示》云:"汝虽非男儿,期于名姓扬。亦须传素风,世业诗书长。务使才与德,相成毋相妨。"⑤从山左女性的生平经

① (明)刘氏:《女范捷录》,(东汉)班昭等著:《女四书》,第305—307页。
② 同上,第309页。
③ (美)魏爱莲著,马勤勤译:《美人与书:19世纪中国的女性与小说》,第120页。
④ (加)孟留喜:《诗歌之力:袁枚女弟子屈秉筠》,江苏人民出版社2020年版,第165页。
⑤ (清)恽珠:《国朝闺秀正始集》卷十五。

历来看,"德行"虽然重要,但"德才兼备"更是当时人对女性的期望。尤其是像曲阜孔氏这样的世家大族,"光耀门楣"不再只是男子的责任,女子有德有才同样可以为家族带来好的声誉,还能承担起教育后代的责任。孔氏对诸女的教育皆重视女子的德行与才学,通过女教、学堂、宦游、交游等途径尽可能增长女性的才干与见识,使她们拥有盛名。婚前为家族带来荣耀,婚后在管理家庭、相夫教子方面成为女子中的佼佼者。因此,即便再艰难,很多女性也会在家务之余为自己另辟一方读书天地。像高密王氏"自晨昏侍姑嫜外,手一编无少辍,刻厉过于儒生"①。郝簦在寒冷冬夜,依然通宵读书。其《冬夜观书》云:"篝灯夜读史,摊书盈绮栊。批阅未终卷,杳杳闻晨钟。"②

虽然在制度与儒家性别观的影响下,清代山左女性对"德"与"才"的认识有一定的矛盾,但无论是从实际需要出发,还是从自我意识表达的立场出发,她们都努力地去平衡两者的矛盾,以求能更好地实现自我价值。

第三节 德与才的平衡:清代山左女性自我价值的实现

清初蓝鼎元《女学》云:"天下之治在风俗,风俗之正在齐

---

① (清)王学博:《王宜人传》,见(清)王氏:《郭外楼诗刻》,《山东文献集成》第4辑第29册,第628页。
② (清)郝簦:《蕴香阁诗钞》,《山东文献集成》第3辑第41册,第375页。

家,齐家之道当自妇人始。"①汪辉祖《双节堂庸训》之"治家"亦强调:"齐家须从妇人起。"②家庭与社会责任感是中国古代女性实现自我价值的驱动力。受"无才便是德"的观念制约,女性在文学与学术上的发展潜力与空间受到较大的压抑。但在科举制度下,女性寻找到了一条平衡"德"与"才"的道路,即用自己的学识教授子女,为家族繁荣做出贡献,从而实现自己的价值。

一、女性自我价值的实现途径:母教

何为母教?《说文解字·女部》道:"母,牧也。"段玉裁注:"牧者,养牛人也。以譬人之乳子。引申之,凡能生之以启后者皆曰母。"母教以母亲的教导为主,还包括家族中的女性长辈如祖母、外祖母、姑、姨、嫂等。西汉刘向《列女传》开卷即是"母仪传",其中如邹孟轲母、鲁之母师、魏芒慈母、齐田稷母等都是"母仪"的典范。唐代《女孝经》专列《母仪章》,解释称:"夫为人母者,明其礼也。和之以恩爱,示之以严毅。动而合礼,言必有经。"③《女论语》云:"大抵人家,皆有男女。年已长成,教之有序。训诲之权,实专于母。"④明代刘氏《女范捷录·母仪篇》云:"父天母地。天施地生。骨气像父,性气像母。上古贤明之女有娠,胎教之方

---

① (清)蓝鼎元:《女学·序》,(清)蓝鼎元:《女学》,光绪二十三年京师刻本。
② (清)汪辉祖:《双节堂庸训》,天津古籍出版社2016年版,第64页。
③ (唐)郑氏著:《女孝经》,团结出版社2017年版,第98页。
④ (唐)宋若莘、宋若昭:《女论语》,(东汉)班昭等著:《女四书》,第181页。

必慎。故母仪先于父训,慈教严于义方。"①

历代世家大族都十分注重家庭教育,如颜之推《颜氏家训》卷一云:"父母威严而有慈,则子女畏惧而生孝矣。吾见世间,无教而有爱,每不能然……"②女性的才能在出嫁后也体现在母教上。刘鉴为曾国荃次子曾纪官之妻,通经史,善诗文,工辞赋书画,有才女之誉。丈夫离世时,刘鉴年仅三十岁,因其督导子女有方,曾国荃令她督课两房孙辈,著有《曾氏女训》。顾若璞为当时知名才女,夫亡后,其翁黄汝亨支持她学习《周易》《诗经》《庄子》等经典,以便用来教导子孙。"于是,酒浆组纴之暇,陈发所藏书,自四子经传,以及古史鉴、皇明通纪、大政记之属,日夜披览如不及"③。孔继瑛工书画,善诗,"课子严而有法。家贫不能购书,令长子启震借书抄读,时复代为手缮。尝有句云'手写儿书供夜读,身兼婢职佐晨餐'"④。孔昭蕙工诗,其妹昭蟾、昭燕及从妹昭莹都从其学诗。

山左地区自魏晋以来母教事例甚多。史载"清河房爱亲妻崔氏者,同郡崔元孙之女。性严明高尚,历览书传,多所闻知。子景伯、景先,崔氏亲授经义,学行修明,并为当世名士"⑤。清代山左女性遵从贤明大义的妇德,主理家政,注重子孙教养,促进了家族的发展与兴盛。如《栖霞县续志》卷七记载王照圆:

---

① (明)刘氏:《女范捷录》,(东汉)班昭等著:《女四书》,第219—220页。
② (北齐)颜之推:《颜氏家训》,明万历三年刻本。
③ (清)顾若璞:《与弟》,(清)周亮工著,米田点校:《尺牍新钞》,岳麓书社2016年版,第248页。
④ (清)施淑仪:《清代闺阁诗人征略》卷三,施淑仪:《施淑仪集》,第120页。
⑤ (北齐)魏收:《魏书》,中华书局1974年版,第1980页。

"生而慧颖,幼孤,母林氏教之读,十岁通《孝经》《内则》。十二通《毛诗》。长渊博,擅著述。"①单为娟,单可玉长女,户部侍郎王玮庆之妻。"少以孝闻,与弟为鏓同学切劘数十年。善记悟,通琴理,喜摩赵文敏书。于归后尝以文史课其子侄,每日焚香,一室图书,列座讲析,清皎一如严师"②。

母教的重要性被时人认可,甚至被认为是家族繁荣的基石。杨模《董母杨太夫人八十寿序》中提及:"从来家道蔚兴,固由硕哲高贤奠苞桑而建柱石,功垂弗替,而溯远源之攸始,实根柢于母教之宏昌。古来贤妇人高德昭垂,振提宗阀,以跻巨族而飨宏誉者,盖綦夥矣。"③李毓清《妇诫》曰:"贤母笃义训,心殚志自舒。熊丸佐苦读,褵戒申芳模。上可答宗祖,下可光门闾。"④可见,母教对于子嗣的成长及整个家族的兴旺都起着重要的作用。张惠言的祖母、母亲、妻子、侄女连续四代都是寡母教子。张惠言《先姒事略》曰:"夜则燃一灯,先姒与姊相对坐,惠言兄弟持书倚其侧,针声与读声相和也。漏四下,惠言姊弟各寝,先姒乃就寝。"⑤顾若璞在书信中讲述课子情景:"二子者,从外傅入,辄令篝灯坐隅,为陈说吾所明,更相率咿唔,至丙夜乃罢。"⑥身为母亲,不仅要为子女创造好的家庭环境,还要教育子女明辨是非,并传授经典

---

① 《(光绪)栖霞县续志》卷七。
② 《(光绪)高密县志》卷八上,光绪二十二年刻本。
③ (清)杨模:《董母杨太夫人八十寿序》,杨蕴辉:《吟香室诗草》,胡晓明、彭国忠主编:《江南女性别集三编》上册,黄山书社2012年版,第671页。
④ (清)黄秩模辑:《国朝闺秀诗柳絮集校补》卷三六,第1690页。
⑤ (清)张惠言:《茗柯文二编》卷下,《续修四库全书》第1488册,上海古籍出版社2002年版,第538页。
⑥ (清)顾若璞:《与弟》,(清)周亮工著,米田点校:《尺牍新钞》,第248页。

与文艺。张纨英《仲远弟四十寿序》中提及闲暇时教授子女读书的场景:"每得余暇,辄相与作诗文,课子女读书为乐。侄晋礼、女侄祥珍,并端谨娴雅,余三女采蘋、采蘩、采藻,叔姊女嗣徽,皆教之为诗词,习篆隶,写花鸟,手自评说,虽至忙迫,不以为烦也。"①孔璐华《冬夜》云:"思亲唯有三更梦,教子频翻数卷诗。"②《寄外》云:"已教儿女习勤苦,还指诗书说佞贤。"③郝簋《奉和醒堂春日闲居》云:"五纹刺绣怜娇女,七字吟诗教幼男。"④

二、科举制度与母教

受儒家影响,在传统家庭"男主外,女主内"的模式下,男子为求取功名或谋生奔波在外,女性便承担了管理家务、侍奉高堂、教养子孙的任务。"从象征意义来看,'男耕女织'的性别分工塑造出由勤劳、奋进、孝顺等美德所构成的自我道德特质。""标准的性别分工不但是为了满足人类有序社会的需求而采取合作的必要行为,它更是礼仪和性别得体的标志,即在家庭经济中男性和女性所扮演的既分工又互补的生产角色"⑤。《丹徒县志·列女传》记载鲍皋长年远游在外,其妻不仅要侍养媪姑幼

---

① (清)张纨英:《餐枫馆文集》,胡晓明、彭国忠主编:《江南女性别集三编》下册,第1386页。
② (清)孔璐华:《唐宋旧经楼诗稿》卷六,《清代诗文集汇编》第478册,第119页。
③ (清)孔璐华:《唐宋旧经楼诗稿》卷七,《清代诗文集汇编》第478册,第122页。
④ (清)郝簋:《蕴香阁诗钞》,《山东文献集成》第3辑第41册,第370页。
⑤ (美)罗莎莉:《儒学与女性》,第93页。

叔,还亲自教授子女诗书。在鲍妻的教导下,鲍氏三女成为当时颇有名气的才女:"三女之兰、之蕙、之芬皆善吟咏,唱和成集,题曰《课选楼合稿》。"①鲍之兰适何澧,因何澧游幕在外而同样承担起子女的教育责任。鲍之芬亦有《夜课示儿》一诗,曰:"书窗刀尺伴深更,仿佛当年侍母情。"②阮元母亲林氏"通史书,明古今大谊,间为韵语,辄焚不存稿"③。阮元《诰封光禄大夫户部左侍郎显考湘圃府君显妣一品夫人林夫人行状》中忆及儿时母亲的谆谆教导:"不孝口吃,读《孟子》'孟施舍守气'等章,期期不能上口,从塾归,自愤泣。先妣置低几于檐前,教不孝曰:'尔坐,毋急遽。尔姑从我口缓缓读之。'一夕,得其理,乃背诵如流水。"④清代山左女性如孔昭杰之母陈氏,学养颇深,子孙多在其教养下成才。孔昭杰《三世授经图》中写幼时丧父,是母亲陈氏担起家庭重担,教养子女成才,为乡邻称赞。淄川高增绪之女高氏,为新城县张亦宣之妻,自幼能诗,二十八岁孀居,教子成名。其《闲居偶成》云:"漫道闺中无大计,积钱多买课儿书。"⑤

明清科举制度下,社会和家族对女性承担母教这一职能日渐重视。钱志熙《士大夫文化视角中的中国古代女性诗歌发展史》一文就认为女性虽然无法参加科举,但士大夫家庭的女性并非与科举制度绝缘,她们以自己的方式在此制度下活动,即通

---

① （清）黄秩模编辑,付琼校补:《国朝闺秀诗柳絮集校补》卷一,第442页。
② （清）鲍之芬:《三秀斋诗钞》,胡晓明、彭国忠主编:《江南女性别集三编》上册,第366页。
③ （清）阮元:《揅经室集·二集》卷一,中华书局1993年版,第374页。
④ 同上。
⑤ （清）张鹏展纂:《国朝山左诗续钞》卷三十,《山东文献集成》第1辑第42册,第620页。

过母教与科举建立联系。通过考察明清女性生平可知,当时女性即便无法直接参与科考,也可以通过主理家政给子孙创造好的学习环境,如新城王之翰妻于氏品性温惠,有较高的主家能力,能让家中大小事务井井有条。在她的主管下,家中和睦融洽,王氏一家生活无忧,为家族中子弟科考创造了良好的环境。而像孙会祥、朱玙、孔祥淑等人则直接教授家中子弟儒家经典。《阙里孔氏诗钞》卷十四记载孔昭杰之妻孙会祥"通书史,尝口授宪彝兄弟经传"①。孔宪彝之妻朱玙在家务之余,便课子女读经。

科举竞争的日趋激烈,反而为女性接受良好的文化教育提供了支持。为确保家族中的男性能够持续获得功名,延续家族的荣耀,家族格外重视子孙教育,而母亲在儿童早期教育中扮演着重要角色,母教在一定意义上成为决定家族兴衰的关键因素,对女性"才"的培养也就显得极为重要了。"古代科举社会对妇女的母教角色日渐重视,文人家庭的女教将诗书声韵和内则箴规并重,寄望她们能教子以书香继事"②。知书达理的女性还是家族文学的传承者,承载着一个家族的文化底蕴,可以将家学传授给夫家子弟,在婚嫁中更被看好,也更具价值。孔宪彝《继室朱孺人事略》写朱玙:"尝读史传、汉唐人诗,皆有心得。口授子女经传及书,俱有法。"③

---

① (清)孔宪彝辑:《阙里孔氏诗钞》卷十四,《山东文献集成》第3辑第41册,第225页。
② 李国彤:《女子之不朽:明清时期的女教观念》,第3页。
③ (清)孔宪彝:《继室朱孺人事略》,黄秩模辑:《国朝闺秀诗柳絮集校补》,第212页。

清代母教兴盛的背景下,还出现了大量歌颂贤母教子的诗文。沈善宝曾言:"古来贤母教子成名者颇多,而无诗文著述见于后世。唯国朝贤母之诗流传颇盛。"①济阳侯李公之母何太孺人,家贫,携孤居于外家,"丸熊课读,师以母兼,卒能教子成名,显扬于世"②。其子克承母训,为表彰其母苦节,写图征诗。郝簋也写有《拟题何太孺人寒灯课读图》一诗:"义方仰慈训,贤母为经师。讲授岂云倦,织作不言疲。宵读伴夜织,咿唔答鸣机。星河秋耿耿,钟漏夜迟迟。虚窗斜月堕,孤灯明素帷。山移心不转,寒尽春风归。"③儿子夜读时,母亲在旁纺织伴读,是清代诗文、小说中常见的情景,甚至可以说构成了一种固定叙事的模式。如孔继瑛诗中云:"窗下看儿谈鲁论,灯前教婢拣吴棉。"④郝簋《城武陈氏两节妇诗》中提及节妇课子情景:"午夜鸣机清漏寒,凉宵课子深灯黑。"⑤

女性课子,一是完成母教的家庭责任,二是可以将自己的志向和道德观传授给子女,实现理想的投射。"一个已婚妇女的快乐和慰藉来自这样几方面:一是被她在诗词中一遍又一遍重构的回忆;一是与那些她眷恋而不在面前的人以及'诗歌朋友'(诗友)们相互通信和交换诗作;还有一个就是与她自己一样也

---

① (清)沈善宝:《名媛诗话》卷二,王英志主编《清代闺秀诗话丛刊》,第379页。
② (清)郝簋:《恤纬吟》,《山东文献集成》第3辑第41册,第396页。
③ 同上,第397页。
④ (清)恽珠:《国朝闺秀正始集》卷八。
⑤ (清)郝簋:《蕴香阁诗钞》,《山东文献集成》第3辑第41册,第383页。

将长大成人而后结婚的孩子们"①。孔祥淑《公正严明治家要道,贻尔子女守而勿失》说:"愧我相夫犹有憾,权留遗范与儿孙。"②王士禛《渔洋山人自撰年谱》中记载其母孙氏课训之情景:"山人兄弟每自家塾归,孙夫人从窗闻履声,辄呼而问之:'儿辈今日读何书,为文章当祖父意否?'命列坐于侧,予之酒食。或读书塾中,夜分不归,则遣小婢赐卮酒饼饵慰劳之,率为常。兄弟四人每会食,辄谈艺以娱母,夫人为之解颜。"③在王氏兄弟出仕过程中,其母时时寄语儿辈服官清白。士禛作扬州推官时,其母更是告诫他要以曾任扬州官员的先祖为楷模,务尽职守,"人命至重,汝但存公恕,升沉非所计也"④。王士禛受此教诲,遇冤狱多有平反。

在科举制度下,母教也会为女性带来实质性的利益。儿孙高中后的女性往往会"母以子贵",因其子获官职而被封诰。德州田绪宗之妻张氏,课子极严,名为慈母,实比严师。一室之内,唯有纺绩声、读书声、哭声三者而已。后二子中进士,张氏数受皇封、两受诰命。其《丙午喜次儿秋捷》中就记载了次子高中的场景:"得意秋风八月槎,门多好事任喧哗。"⑤

在母教的需求下,清代山左女性得到学习儒家经典、文学与

---

① (美)曼素恩著,定宜庄、颜宜葳译:《缀珍录:18世纪及其前后的中国妇女》,第15页。
② (清)孔祥淑:《韵香阁诗草》。
③ (清)王士禛:《渔洋山人自撰年谱》卷上,康熙间吴县惠氏红豆斋刻本。
④ (清)王士禛:《诰封宜人先妣孙太君行述》,袁世硕编:《王士禛全集》,齐鲁书社2007年版,第1683—1684页。
⑤ (清)卢见曾编:《国朝山左诗钞》卷五十八,《山东文献集成》第1辑第41册,第766页。

艺术的机会，而出于家族的长远考量和自身的责任，又会将自己的所学传授给子孙。可以说，在科举制度下，女性获得了受教育的机会，并在家族的支持下，承担起教育子女的责任。在遵从"内外"分工的原则基础上，清代山左女性寻求到德与才的平衡之径，以母教的形式实现了自我的价值。

三、母教背景下的课训诗

曾礼军《清代女性戒子诗的母教特征与文学意义》一文中认为清代以前的女性戒子诗极其稀少，"即便是闺秀诗人开始兴盛的明代，女性戒子诗仍然不多。因此女性戒子诗是清代独特的文学和文化现象"①。以"示儿""教女"为主题的课训诗是在母教这种背景下产生的，同时也成为清代山左女性诗歌的一大特色。

清代山左女性课训诗大致可分为三类，基本围绕儒家理念而展开。第一类强调读书为立身之本，重在提高自身道德修养；第二类为儿孙出仕时的劝告，强调为官须清正爱民，不忘尽忠；第三类为家训，强调子孙要继承家业，不辱先人。

在道德教育上，课训诗以儒家"仁义礼智信"为中心。孔祥淑《公正严明治家要道，贻尔子女守而勿失》一诗中强调："典章为范礼为罗，玩法端由亲幸多。"②《训子》云："童蒙慎无忽，养正

---

① 曾礼军：《清代女性戒子诗的母教特征与文学意义》，《文学遗产》，2015年第2期，第74页。
② （清）孔祥淑：《韵香阁诗草》。

圣所基。"①《训子侄》云:"但使就将勤补拙,古人端合是吾师。"②告诫子侄辈要时刻以礼法为重,立身需正,勤能补拙。郝簋《阿观归自师所,索糕饵,且诉夜寒,恻然抚之,因戏示以诗》:"体肤炼以坚,学识积而博。进能济苍生,退足乐丘壑。"③劝慰幼子不要因一时的寒苦而放弃读书与磨炼,希望他能有"济苍生"的进取心,也有安贫乐道的达观心态。这样的期许与儒家所说"达则兼济天下,穷则独善其身"的理念是一致的。"清代女性戒子诗所表现的母教内容与父教具有高度的同质性。这种同质化的教化内容保证了家族子孙即便是在父教缺位的情况下仍然能够沿着'修齐治平'的儒家晋身序列成长起来,既能齐家又能治国,成为家国皆需的圣贤人才。"④

除了为人之道,母亲还会对已步入仕途或即将步入仕途的儿子进行忠、勤、慎等为官之道的劝诫。如左锡嘉《闻岷儿捷南宫赋以勉之》云:"人生忠孝为根本,我今于汝无他求。"⑤杨琼华《德豫之官两浙诗以示之》云:"应思将母情殷切,莫使贫民徙故乡。"⑥从"仁、忠、孝"的角度出发,希望德豫为官时能体谅百姓之艰难。新城耿鸣世之妻徐氏,时称女学士。徐氏十七岁嫁耿鸣世,婚后随夫宦游,处事干练,有丈夫气,经常辅佐丈夫处理政

---

① (清)孔祥淑:《韵香阁诗草》。
② 同上。
③ (清)郝簋:《蕴香阁诗钞》,《山东文献集成》第3辑第41册,第378页。
④ 曾礼军:《清代女性戒子诗的母教特征与文学意义》,第74页。
⑤ (清)左锡嘉:《冷吟仙馆诗余》卷八,胡晓明、彭国忠主编:《江南女性别集二编》下册,黄山书社2010年版,第1393页。
⑥ (清)黄秩模辑:《国朝闺秀诗柳絮集校补》卷一八,第804页。

务。作为继母的徐氏将耿家四子抚育成人，其中耿庭柏最为知名。耿庭柏升任浙江巡抚时，徐氏写《寄子诗》告诫他要为官清廉、尽忠职守："丝毫不用南中物，好作清官答圣时。"①徐氏的这首诗可与《世说新语·贤媛》所载东晋陶母退鱼的故事相辉映。

课训诗还包括督促儿孙继承先人遗志，光耀门楣。王继藻《勖恒儿》云："唯念祖泽存，庶几免邪侈。男儿当自强，立志在经史。或可光门闾，得以承宗祀。负荷良非轻，毋遗先人耻。"②鲍之芬《夜课示儿》云："敢期白屋生麟种，且喜丹山继凤声。"③梁兰漪《课端儿夜读》云："茹荼矢操吾何恨，励志登龙尔奋先。须记寒窗灯影下，金针和泪伴年年。"④郝簪《课子》云："深惭乏远猷，匡赞失所以。箕裘坠先业，几欲呼庚癸。……义方需严训，为山忌自止。愿儿戒嬉游，力学自兹始。"⑤孔璐华《福祐孔厚诸儿夜读诗以示之》云："能识书中滋味好，他年方守旧家风。"⑥在这些诗中，母亲多以孟母作为榜样，把所有的希望都寄托在儿孙身上。母亲寒夜课子的背后是无限辛酸与清苦，只希望儿子经历过寒窗苦读后，能使家族延续繁盛。

课女诗多集中在女性德行方面进行劝诫。周映清《娇女诗》云："温柔敦厚本诗教，幽闲贞静传闺房。但令至性得浚发，

---

① （清）黄秩模辑：《国朝闺秀诗柳絮集校补》卷二，第84页。
② （清）黄秩模辑：《国朝闺秀诗柳絮集校补》卷二五，第1125页。
③ （清）鲍之芬：《三秀斋诗钞》卷下，胡晓明、彭国忠主编：《江南女性别集三编》上册，第366页。
④ （清）梁兰漪：《畹香楼诗稿》卷一，胡晓明、彭国忠主编：《江南女性别集二编》上册，黄山书社2010年版，第98页。
⑤ （清）郝簪：《蕴香阁诗钞》，《山东文献集成》第3辑第41册，第372页。
⑥ （清）孔璐华：《唐宋旧经楼诗稿》卷六，《清代诗文集汇编》第478册，第119页。

勿务浮艳鸣荒唐。"①孔祥淑《训女》诗云："坤元况毓秀,柔顺有良规。"②道光二年(1822),孔璐华子阮孔厚与刑部侍郎彭希濂之女成婚。孔璐华劝诫彭氏与姒娌和睦相处、孝敬翁姑、相夫教子。孔璐华《示八儿妇》云："闺中姒娌能和睦,堂上翁姑有惠恩。""须谏汝夫学业深,君亲不负两同心。人言内助方无愧,只在持家不在吟。""井臼何须要汝操,且将书算习勤劳。能知稼穑艰难事,方称两家门第高。""授汝遗规数卷书,汝家法语久名儒。他年教子能严切,一片真心肯相夫。"③前文已分析过,清代对女性的"德"固然看重,同时也看重女性的才华。因此,课女时除了德行的劝诫外,还有对女性才华的教授与期许。王照圆《听松楼遗稿跋》提及："照圆少不嗜学,先慈林太安人恒督课之,读至夜分,不中程不得息,盖廿余年如一日。比少长,留心故训,又不能覃思穷其要眇。中更慈帏弃养,学遂荒落,以迄于今。"④王照圆《列女传补注叙》记载其母曾云："昔班氏注《列女传》十五卷,今其书亡,如能补为之注,是余所望于汝也。"⑤于是在母亲的希冀下,王照圆为《列女传》作补注。

虽然课训诗多以道德教育为内容,但有时也会将诗学作为其中一部分,希望儿女能延续家族诗学传统。沈善宝之母在教

---

① （清）周映清：《梅笑集》,《织云楼诗合刻》本。
② （清）孔祥淑：《韵香阁诗草》。
③ （清）孔璐华：《唐宋旧经楼诗稿》卷七,《清代诗文集汇编》第478册,第125页。
④ （清）王照圆：《晒书堂闺中文存》,《山东文献集成》第2辑第48册,第646页。
⑤ 同上,第640页。

育过程中注重诗学,不仅使其掌握诗学精髓,还影响了沈善宝的教授方式。"无独有偶,沈善宝对其从妹,也只是注重于诗学教育(主要教授唐宋五七言诗)。或许,沈善宝著《名媛诗话》,就是为了突出其家庭、家族的诗学传统教育,以显示其诗学基础的家学渊源。"①陆凤池在曹锡淑幼时即教其诵汉魏唐人五七言诗,每日退塾,辄授一诗,并细细为之讲解。后来曹锡淑又教导儿子陆锡熊学诗,其《灯下课大儿古诗》曰:"夜长灯火莫贪眠,喜汝翻诗绕膝前。汉魏遗风还近古,休教堕入野狐禅。"②曹锡淑的诗学观念对其子陆锡熊产生了重要影响,"其诗工而不秾,婉而能切","有冲和粹美气象"③。李长霞教子女以经史词章之学,曾深研《文选》,故其子女作诗皆有"选"风。其中受影响最大的当属柯劭忞。徐一士云:"劭忞所以成其学,家庭之关系匪鲜,盖良好之基础赖斯也。"④柯劭忞在其母影响下,学汉魏诗,拟古之作在早年的诗歌中占据很大一部分,且成就颇高。除学汉魏诗、拟古诗外,柯劭忞对于杜甫诗的继承也深受母亲的影响。

综合以上内容来看,山左女性在德与才的矛盾中找到了平衡点,在父系家长制中规划自己的生活,同时又将理想与现实融合,将才华应用到实际生活中,以求实现自我的价值。

---

① 王力坚:《从〈名媛诗话〉看家庭对清代才媛的影响》,《长江学术》,2006 年第 3 期第 109 页。
② (清)黄秩模辑:《国朝闺秀诗柳絮集校补》卷一六,第 704 页。
③ (清)徐世昌编:《晚晴簃诗汇》卷九〇。
④ (清)徐一士:《一士类稿》,中华书局 2007 年版,第 159 页。

第三章 清代山左女性文学的特性

清代山左女性文学的特性体现在三个方面,一是借助诗歌来构筑自我的精神家园,追求闲雅的美学风格;二是在性情之作中抒写自我的真实感受,尤其是借思亲诗等表达对儒家所提倡的家庭和谐关系的向往;三是借助另类书写,试图跨越闺门的束缚,以女性独特的审美与视角,来体现女性文学的自觉与使命感。这些诗歌的出现,使清代山左女性的写作空间不再限于家庭生活,而是对战争、历史等问题都进行了关注与思考。

第一节　自我精神家园的构筑与闲雅美学的追求

　　虽然清代的科举制度、文学兴盛等为女性受教育提供了一定的支持,但"闺房"不是"书房",诗文创作终究不是女性精力的主要所在。"她们比男性写得更好,但是她们却无权占用工作的时间进行写作;她们必须受教育,但是从来也不应该将她们的学识派于家庭职责之外的用场"①。综观清代女性文学,会发现女性写作呈阶段性:她们在出嫁前学习作诗、与亲友唱和,此时也是创作繁盛期;出嫁后忙于家务,诗文创作的机会较少,甚至一度被搁置,待到儿女成人后才能重拾笔墨。女性作诗,往往受环境和见识所限,题材围绕着庭院生活展开,偶尔会有外出时的所见所闻。然而,在这样的局促环境中,女性仍然努力发挥着自己的才能,将真实的闺阁生活加以描摹,用诗词构建自我的精神家园。

一、内闱生活的描摹:吟咏时令

刘勰《文心雕龙》言:"若乃山林皋壤,实文思之奥府。略语则阙,详说则繁,然屈平所以能洞鉴风骚之情者,抑亦江山之助乎。"②文人作诗,灵感往往来自"江山之助",历代写景咏物之作不乏佳篇。但闺中女性作诗,得"江山之助"者并不多,更多时候是得"庭院之助"。因为空间的局囿,女性作诗往往以其所见为题材,内容不出闺门以内的花草树木与良辰美景。女性在写诗的过程中,除了展现自身才华之外,还会注重向传统文人式的审美意趣靠拢,在日常生活中发现美,用诗词记录美,整体表现出一种闲雅的美学风貌。

清代山左女性久居深闺,借助庭院中的花卉草木,感受时令之变化。孔丽贞《冬闺》云:"寒梅一树暗浮香,满地霜华月色

---

① (美)曼素恩著,定宜庄、颜宜葳译:《缀珍录:18世纪及其前后的中国妇女》,第22页。
② (南朝)刘勰:《文心雕龙》,上海古籍出版社2005年版,第151页。

凉。斜倚屏风成小立,不堪孤雁叫昏黄。"①以冬令之花——梅花作为写作的起点,衬着满地月色,耳听孤雁之声,小立屏风之人顿觉一种凄美之意。

王氏《秋闺》云:

> 寂寂深闺恰晚秋,萧条庭院懒登楼。菊花有意迎风笑,衰柳无情带雨愁。四壁蛩音声唧唧,几家砧杵韵悠悠。霜红满地幽窗静,尽日帘垂不上钩。②

这首诗中的秋天庭院是"萧条"的,有菊有衰柳,还有蛩音和砧杵之声,这些连同满地霜红,更显得深闺幽静。

这些写秋闺、冬闺生活的诗很难说是为哪种情感而发,更像是女性以诗人的身份去感知时节的变化,从内心深处萌生诗意,在诗歌里寻求美和意趣。

"尽管生活的诗意化可能是普遍的追求,但是,让琐细的生活真正进入诗中,是清代以来才出现的大趋势"③。在山左女性诗歌中,有大量对生活片段的记录。郝簠的《夏日即事》云:

> 碧海云浓日上迟,终朝常是雨丝丝。银铛茶沸人初起,金鸭香霏帘正垂。好菊新栽八九种,娇荷始放两三枝。苍

---

① (清)孔宪彝辑:《阙里孔氏诗钞》卷十三,第215页。
② (清)王氏:《绿窗诗草》,《清代诗文集汇编》第30册,第218页。
③ 张宏生:《日常化与女性词境的拓展——从高景芳说到清代女性词的空间》,《清华大学学报》,2008年第5期,第86页。

苔匝地书连屋,门外炎凉总不知。①

《夏日》云:

> 斜风细雨送微凉,帘幕沉沉夏日长。棋本怡情输亦喜,诗唯写意拙何妨。翠篁声里琴三叠,红芰香中酒一觞。逸兴无穷天欲暮,更看霁月下回廊。②

在这两首描写夏日光景的诗歌中,不难从中体察郝簋的日常生活细节,如烹茶、栽花、读书、弹琴、下棋、饮酒等。这些琐细的生活细节被安排到诗句中,除了对时令、风物的描写之外,更具有现实生活中的烟火气。

孔昭容的《新夏琐窗杂咏》:"偶向书窗启镜奁,剪来蕉叶试豪尖。点苔忽过疏疏雨,一阵枣花香入帘。"③同样是吟咏夏日时光,这首诗也是从细微处入手,写新绿的芭蕉、点点的青苔与幽幽的枣花香气,突出闺阁生活中的闲适与诗意。

此外像孔璐华《春闺八咏》《夏闺八咏》等皆是此类之作。其《冬日读书》一诗更是写尽这种冬日闲居读书之乐:

> 晓起省亲后,摊书倚绣帏。案头梅影瘦,檐外竹枝垂。

---

① (清)郝簋:《碧梧轩吟稿》,《山东文献集成》第3辑第41册,第361页。
② 同上,第362页。
③ (清)孔宪彝辑:《阙里孔氏诗钞》卷十三,《山东文献集成》第3辑第41册,第217页。

把卷看新雪,焚香校旧诗。晚来寒月上,更听漏迟迟。①

在书写庭院生活时,女诗人往往传达一种闲静的美学追求。邢顺德《赋得好句有情怜皓月》云:"皎皎蟾光满,清晖万里同。梅花来远笛,桂子落香风。林静乌啼夜,山深鹤泪空。徘徊情不尽,诗思渺无穷。"②写月夜作诗,此时有笛声,有桂花的香气。而困居庭院之内的诗人也可以借助想象,想到在山林之中有乌啼鹤唳。将庭院内的实景与庭院外的想象之景结合,女诗人借助诗思跨越出了闺阁的藩篱。

王碧莹《夏夜独坐》云:

独坐清宵下,薰风淡夕阳。浮云遮月色,团扇掩残妆。夜静蝉嘶树,亭空燕宿梁。物情皆有感,不觉几回肠。③

同样是写庭院内的夜景,只不过是夏夜。诗人可以看到夕阳西下,夜幕降临,浮云将月色遮住,在寂静的环境下蝉鸣之声更加清晰;可以看见燕子已宿在梁下,亭中空寂。面对这样的景色,诗人触动心肠,生出无边寂寞之感。这样的诗句还如王氏《春雨》:"日暮晴空新月上,烹茶活火汲新流。"④颜小来《送春》:

---

① (清)孔璐华:《唐宋旧经楼诗稿》卷一,《清代诗文集汇编》第478册,第68页。
② (清)邢顺德:《兰圃诗草》,《山东文献集成》第3辑第36册,第784页。
③ (清)王碧莹:《东篱集》,《山东文献集成》第3辑第36册,第757页。
④ (清)王氏:《绿窗诗草》,《清代诗文集汇编》第30册,第217页。

"细数飞花绝可怜,杜鹃啼血草如烟。"①于氏《惜春》:"一声杜宇催春去,红雨纷纷落海棠。"②《春暮感怀》:"柳絮才飞三月雨,梨花忽谢一枝春。"③《秋日闲咏》:"浮云渐散碧天空,欲步苍苔怯晚风。"④王碧莹《清秋》:"露湿天榆静,秋高燕子孤。"⑤《秋感》:"闻看疏帘风淡淡,细听砧杵日悠悠。"⑥郝簪《秋日有感》:"碧梧红豆秋容晚,纨扇桃笙夏景非。"⑦以上诸诗句从意象的选择到意境的塑造,都能展现出山左女性观察入微的才思与闲淡清雅的情思。

张宏生《日常化与女性词境的拓展——从高景芳说到清代女性词的空间》一文中曾指出女性作品中的"日常化"现象,认为"更多的时候,人们的生活是简单而平淡的,无大起大落的曲折,尤其对于妇女来说,如果婚前婚后都是在一个稳定的家庭,那么其生活也当然就是日复一日,按部就班。这是古代女性生活的某一种还原,其中也能够反映出人生的喜怒哀乐,以往的文学批评焦点对此缺少关注"⑧。女性的诗歌题材受限,只能从日常生活出发,写闺阁中的雅趣。就立意而言,无法与宏大题材的诗歌相提并论;但从现实出发,能将日常细节入诗,构建自我的

---

① (清)颜小来:《恤纬斋诗》,《山东文献集成》第1辑第43册,第752页。
② (清)孔宪彝辑:《阙里孔氏诗钞》卷十四,《山东文献集成》第3辑第41册,第220页。
③ 同上,第221页。
④ 同上。
⑤ (清)王碧莹:《东篱集》,《山东文献集成》第3辑第36册,第762页。
⑥ 同上,第770页。
⑦ (清)郝簪:《蕴香阁诗钞》,《山东文献集成》第3辑第41册,第373页。
⑧ 张宏生:《日常化与女性词境的拓展——从高景芳说到清代女性词的空间》,《清华大学学报》,2008年第5期,第84页。

精神世界,追求闲雅的美学意趣,也是作诗之法。

二、空间邦界的拓展:畅游山水

女性对庭院之外的空间邦界的接触多来自归宁、出游与随宦旅行。对女性来说,走出闺阁是难得的经历。王氏有《秋日雨霁楼眺》一诗:

> 一枰棋罢一杯茶,雨后登楼看晚霞。红叶霜清山骨瘦,碧天风急雁行斜。静听牧笛鸣深涧,细数归牛渡浅沙。四野秋林堪入画,疏篱茅屋几人家。①

这里的空间仍是在闺阁之内,不过是凭高远眺,视线可以超出闺阁之外。在四方天地之外,是更广阔的自然。在诗人眼中,秋日的郊野色彩浓重绚丽,可堪入画,充满了宁静闲适的山水田园之美,仿佛世外桃源。王氏又写有《春日游西野》一诗:

> 风细日微雨后天,山川如画锁云烟。桃芳满树簇红锦,草茂平湖铺翠毡。出谷莺簧声细细,傍花蝶粉翅翩翩。野棠飘玉香沾袂,坐爱停车人未还。②

可从中看出身居闺中的女性对自然之美的敏感与喜爱。春日踏青是女性难得的出游机会,可以真正走到自然美景中去。在女

---

① (清)王氏:《绿窗诗草》,《清代诗文集汇编》第30册,第222页。
② 同上,第223页。

诗人的笔下,山川如画、草长莺飞的郊外自然美景远远不是精致的庭院景观所能比拟的。

王碧莹《望白山》云:"晴岚积翠望中无,泰岱东分灵气殊。怒劈三峰穿碧落,神通五岳足元都。飞来瀑布光如接,叠嶂崚嶒势可呼。齐鲁文风兼绝顶,青天半落夕阳乌。"①白山在今泰安境内,故王碧莹说"泰岱东分灵气殊",在诗中将白山的雄伟气势以"怒劈三峰""神通五岳"概之,观其诗,白山如在眼前。最后的结句"青天半落夕阳乌",又给白山增添了厚重的历史感,诗风阔大。

归宁母家是古代女性出行的主要原因。在途中见到自然风景,女性往往会将其写入诗中。王氏为费县人,归兰山宋契学为妻。其《归宁遇雨》云:

> 云垂四野暗长空,草满泥深鸟道中。鹤唳松巢烟漠漠,猿啼翠岫雾蒙蒙。车轮碾碎梨花雨,马首披开柳絮风。行尽崎岖天已暮,祊河浪逐费城东。②

诗人在途中遇雨,按诗中所写"梨花雨""柳絮风",此时应是春季。虽然周边景色在雨中更显迷离之美,但春雨还是将道路变得崎岖难行,以致暮色降临才至费城东。此时祊河因雨而有风浪,滚滚流入沂河。诗人将归宁途中所见用诗句加以描摹,凸显

---

① (清)王碧莹:《东篱集》,《山东文献集成》第3辑第36册,第764—765页。
② (清)王氏:《绿窗诗草》,《清代诗文集汇编》第30册,第217页。

出与庭院生活完全不同的趣味。其又有《庙山道中》一诗："山苍水碧小桥斜,掩映柴扉三两家。高挂酒帘少过客,篱边唯见野棠花。"①诗中尽显一派天然野趣。

徐申为昆山人,嫁益都冯愿。其《南归省亲途次偶得》云："寒风凛冽夕阳斜,寥落孤村三两家。隔水行人惊宿雁,一声嘹唳起平沙。"②姚氏《临淄道中》云："素旌凌晨发,驱车过几山。眼看霜树色,尽是泪痕斑。"③这两首诗皆以景衬情,旅途中景象引起诗人的伤感情绪,面对荒野,触目皆萧条。

《阙里孔氏诗钞》载孔丽贞与出游相关的诗歌其有三首,分别为《途中作》《泰安道中》《晚行》。《途中作》云："乱山拥处似途穷,无限伤心一望中。哀雁数声残照里,孤村灯火隔林红。"④《泰安道中》云："岳色秋光远沉寥,离家一日即为遥。高堂此际应相忆,知渡汤汤汶水桥。"⑤《晚行》云："寒山入暝色,四望失崔嵬。马倦征尘细,林疏木叶稀。孤钟鸣野寺,小犬吠柴扉。古道伤心极,何堪去复归。"⑥据颜小来所作《赠别藉兰阁主人归济南》诗序:孔丽贞归历城戴文谌为妻,但成亲一年后,其夫即亡。孔丽贞一度归居曲阜母家,至父母去世后才又回到夫家居住。在这三首诗中,《泰安道中》应是其返济之作,此时父母应还在

---

① (清)王氏:《绿窗诗草》,《清代诗文集汇编》第30册,第221页。
② (清)张鹏展纂:《国朝山左诗续钞》卷三十,《山东文献集成》第1辑第42册,第617—618页。
③ (清)余正酉辑:《国朝山左诗汇钞后集》卷二十七,《山东文献集成》第1辑第43册,第330页。
④ (清)孔宪彝辑:《阙里孔氏诗钞》卷十三,《山东文献集成》第3辑第41册,第215页。
⑤ 同上。
⑥ 同上。

世。而《途中作》与《晚行》虽不知作于何时,但从诗中所用"哀雁""孤村""寒山""孤钟""野寺"等意象,以及悲凉萧寒的诗风,可猜想二诗有可能作于孔丽贞最后一次离开曲阜返回夫家度日的过程中。因亲人皆丧,无所依靠,诗人眼中的风景皆是伤心之景,所发之语也皆为伤心之语。

除了偶尔的出游与归宁外,随宦出行也是古代女性走出闺门的途径。陈宝四为文登王者政之妻,曾随王者政入蜀地,因此有《蜀道停绣草》一集。集中有大量描绘当地胜景的诗歌,如《草堂祠》《剑阁》《广元道上》《朝天关》等,皆是描绘蜀地风光。这些诗歌吟咏蜀地山水,为山左女性的诗歌增添了新的题材。其中不少作品写得气势磅礴,如《朝天关》云:"山作朝天势,松梢有径通。水奔双峡窄,云抱一关雄。怪石蟠虬骨,晨霜饱锦枫。回看经过处,秋色远蒙蒙。"[1]周乐《联辔集》序中曾给予其极高评价:"恭人《停绣草》,春舫本不欲付刻,余谓两诗人旗鼓相当,足称吟坛健将,而娘子军自成一队,固不妨别为一卷殿后,以为艺林佳话云。"[2]

值得注意的是,在出行中,女性往往极力描写景色之美,而很少将旅行之苦累付之于句中。在这种带有美化出行色彩的记录中,能够想见山左女性极力要将难得外出的新奇经历留于纸上,以待日后回忆。

---

[1] (清)余正酉辑:《国朝山左诗汇钞后集》卷二十七,《山东文献集成》第1辑第43册,第329页。
[2] (清)张曜、杨士骧修,孙葆田等纂:《(宣统)山东通志》卷一百四十六下。

三、旁观与真实体验：田园村居

中国古典诗歌自《诗经》中的"国风"起，便多有描写田园生活的诗句。至陶渊明，田园诗成为诗歌的一大类型。到了唐代，大量田园诗和田园诗人出现。此后，田园诗在历朝诗人笔下都占据一席之地，女性文学中也常见它的身影。在清代山左女性的诗歌中，描写田园村居生活是比较重要的主题。在这些诗歌中，一类是带有田园牧歌或隐逸色彩的游赏，并借此抒发安贫乐道的精神；一类是身处其中，真正体验乡村生活，关注社稷民生。

古代女性难得走出闺门，偶尔在旅途中见到乡村风物，会令这些久居城中庭院的女性感到新奇。同时，受陶诗的熏染，乡村生活在女性眼中有着淡泊的意境，能引起她们的归隐之意及对安贫乐道精神的认同。纪映淮《即景》云："李花一孤村，流水数间屋。夕阳不见人，牯牛麦中宿。"①这首诗里有典型的乡村风景——"李花""流水""牯牛"，借这些意象的展示，突出了乡间生活的宁静安适。郝蘉《秋村即景》云："帘卷西风秋气凉，小村景物淡斜阳。山从雨后新添翠，菊到秋深别有香。一抹碧烟依静渚，几林红叶醉清霜。云边鸿雁翩翩去，亦向人间谋稻粱。"②这首诗写秋日乡村美景，透露出几分清闲的氛围。而"碧烟""红叶"以颜色的强烈对比为乡村增添了秋丽的色彩。尾联写"鸿雁"向人间谋取稻粱为食，"雁谋稻粱"典出《文选》，在这里

---

① （清）卢见曾编：《国朝山左诗钞》卷五十八，《山东文献集成》第 1 辑第 41 册，第 767 页。
② （清）郝蘉：《碧梧轩吟稿》，《山东文献集成》第 3 辑第 41 册，第 364 页。

为静谧的乡村风景增加了烟火气和灵动之美。郝簟另有《秋日道上书所见》,同样写秋日乡村之景,前六句例行写秋天景象,尾联云:"村墅人家千百户,篱垣尽在碧烟中。"①显示出乡村生活的安宁与闲适。

女性诗人写田园诗,大多是以旁观者的视角来看待乡村生活。孔丽贞有《村居即事》一诗:

> 别墅东郊外,浓阴接草堂。残花飞野径,落日坐匡床。扫叶缘烹茗,开窗看筑场。鸣蝉声渐急,远树起新凉。②

"残花飞野径""扫叶缘烹茗"皆有乡间趣味,可见诗人在别墅村居时尽情享受乡村风光的惬意。

又如孔璐华《路过傍花村偶成三首》云:"肩舆路过傍花村,遥望疏篱种菊园。又是黄花好时节,一番秋色试霜痕。""萧瑟秋光九月天,种成百亩菊花田。几家买得归城去,可为吟诗不惜钱。""几间茅屋向溪开,溪上西风拂袖来。冷艳晚香看未定,匆匆未解重徘徊。"③坐在肩舆上的诗人遥见菊园,想到的是欣赏菊之美,可以为了吟诗而买菊,体现的是旁观者眼中乡村生活的诗意之处。

诗人眼中的乡村拥有天然之美,是文人归隐的绝佳选择。

---

① (清)郝簟:《碧梧轩吟稿》,《山东文献集成》第3辑第41册,第366页。
② (清)孔宪彝辑:《阙里孔氏诗钞》卷十三,《山东文献集成》第3辑第41册,第215页。
③ (清)孔璐华:《唐宋旧经楼诗稿》卷三,《清代诗文集汇编》第478册,第87页。

孔璐华《田家》也是此类代表作：

> 塘上开柴门，四野颇清肃。西见甘泉山，清光绕林木。交交黄鸟鸣，声如弄机轴。登楼望平畴，良苗已满目。田家好风景，不陋亦不俗。一片白鹭飞，点破溪边绿。农妇更何如，葛衣倚修竹。牧童卧牛背，清歌自成曲。老农种桑榆，闲来坐茅屋。仕宦如转舍，南北殊碌碌。息影今归来，依此墓庐北。仲长乐志篇，所求亦难足。我家无台池，所居唯俭朴。宜此松楸间，观耕展书读。①

在孔璐华笔下，田家好风景体现在"一片白鹭飞，点破溪边绿"，更体现在"老农种桑榆，闲来坐茅屋"。对比夫君所处的官场，乡村既有天然之美，也有闲适之趣，是理想之所在。孔璐华虽出身望族，却依礼自持，对操守相当重视。描绘乡村的美景的同时，不忘表达居简度日，以书自娱的精神。

田园风物、耕读生活、安贫乐道的精神，是构成田园诗的要素。田园风物与耕读生活仅是诗歌写作的基础，其中反映出的安贫乐道之精神才是重中之重。从田园诗中可以看出山左女性清远闲放的意绪，对淡泊生活的向往，这与儒家所提倡的安贫乐道精神相一致。如郝簋《春日小饮呈醒堂》云："愿言保令德，努力安清贫。"②《奉和醒堂春日闲居》云："烈士襟怀君自许，贫家

---

① （清）孔璐华：《唐宋旧经楼诗稿》卷二，《清代诗文集汇编》第478册，第82—83页。
② （清）郝簋：《蕴香阁诗钞》，《山东文献集成》第3辑第41册，第375页。

风味我能甘。无须怅望貂裘敝,十亩农桑亦足耽。"①其《喜雨》后四句云:"禾苗漠漠新垂颖,豆叶青青欲作花。幸得丰穰完国课,无妨贫贱是生涯。"②是将村居作为留存淡泊精神的栖息之地。

除去旁观者游赏的角度外,还有一类女性对村居生活进行了实际的体验。如高密王氏和颜小来二人。高密王氏晚年随夫徙居县北郭之柳塘,有诸多描写乡居生活的诗作。王氏家境尚可,虽移居郊外,但并非以耕种为生。其田园诗中有对农事的描写,但更多的是赞美乡村风景,给村居增添了诸多诗意。如《晓兴》写夜雨过后,在晴朗的早晨携筇行至郊外,诗人看到:"乱霞明野水,浓树隐孤城。已见田间叟,叱牛烟际耕。"③大有王维笔下辋川山庄的闲适意趣。在王氏的田园诗中,很明显是把乡村生活理想化,认为村居是感受自然之美、享受宁静氛围的绝佳去处。其《怀赵氏山庄》云:"生羡是山家,逍遥吟兴赊。白云连碧嶂,秋叶胜春花。鹤迹遍幽径,钟声出乱霞。如何近城市,空怅海云遮。"④充满了对乡村生活的渴望。而真正移居到郊外时,诗人觉得理想已经实现。王氏的田园诗与其他女性田园诗的不同之处在于其实际的乡村生活,诗歌具有烟火气,使其诗中充满村居的野趣。如其《寄赵表嫂》云:"城连苍树远,村抱碧溪流。菘菜令人种,萱花时自收。"⑤是登高望远所观赏到的乡间美景,

---

① (清)郝簪:《蕴香阁诗钞》,《山东文献集成》第3辑第41册,第370页。
② 同上,第372页。
③ (清)王氏:《郭外楼诗刻》,《山东文献集成》第4辑第29册,第634页。
④ 同上,第635页。
⑤ 同上,第634页。

"菘菜""萱花"的出现是富有野趣的。这类富有农家生活气息的诗句在王氏的诗集中极多,如《田家》云:"微风杨柳岸,细雨豆棚花。"①《西园》云:"枣花香气远,蕉叶雨声多。""野畦春雨霁,风暖菜花香。"②《秋日即兴》云:"清风吹紫豆,白露滴红蕉。"③而其《四时吟》更是令四季村居的意趣跃然纸上。《四时吟·春》云:"溪村烟树里,山果雨声中。"《四时吟·夏》云:"雨过蝉声急,天晴水影空。"《四时吟·秋》云:"虫声秋色里,蝶影晚香中。"《四时吟·冬》云:"野老送新荠,寒畦收晚菘。"④通过对乡村风物的细致观察,引以入诗,语言淳朴隽永,风格清新自然。其《雨过》云:"雨过西塘满,高林带落晖。晚歌近闾巷,种豆野人归。"⑤《春日村居》云:"东邻榆荚放,南陌杏花多。溪鹭衔鱼落,村姑携菜过。"⑥《西村》云:"依依三两家,野趣望来赊。场圃晒红枣,儿童钓绿蛙。沤麻引潢潦,剧棘护篱笆。樵牧归来晚,林端日影斜。"⑦不仅写野趣,也写村居的热闹,有着鲜活的泥土气息,颇有范成大之风。

值得注意的是,从旁观者的角度看来,乡村生活代表着安宁、闲逸,四时风景为其作衬托,更显田园之美。农家的劳苦则很少为诗人所注意,多数田园诗都带有"滤镜"。但高密王氏因久居乡村,对农事有所了解,其《禾中蒿》一诗,便写出了稼穑之

---

① (清)王氏:《郭外楼诗刻》,《山东文献集成》第4辑第29册,第635页。
② 同上,第639—640页。
③ 同上,第641页。
④ 同上,第640—641页。
⑤ 同上,第637页。
⑥ 同上,第633页。
⑦ 同上,第636页。

艰:"农夫力稼穑,种禾非种蒿。禾发蒿亦出,蒿长比禾高。锄蒿恐伤禾,粪禾反资蒿。叹彼蒿日长,痛此禾日凋。禾凋可奈何,旁观亦牢骚。"①对禾与蒿的关系,非亲身观察不能得知。选择村居,融入乡村生活,以个人视角观察描摹乡村风物,这是王氏田园诗的特色。

同样移居乡村的还有颜小来。颜小来的田园诗与王氏相同之处在于能将村居生活付诸笔端,无"隔","无滤镜"。不同之处在于王氏生活富足,村居带来的是宁静美好,而颜小来经历坎坷,家境贫寒,在村居生活中更添一层来自现实的愁苦。

颜小来的田园诗,一类写村居之美,且能将生活细节置于笔下。如其《村居》云:"好静离城市,移家住远村。饲蚕三两簇,分菊十余盆。细雨还栽竹,清风自闭门。日长无个事,课仆牧鸡豚。"②写"饲蚕""分菊""栽竹""课仆"等,将生活琐事用带有诗意的笔法摹绘出来。《秋兴》云:"晓闻啼鸟催浇圃,夜趁书灯看绩麻。"③《春尽遣怀》云:"闲将针线教孙女,检点筐箱到夏衣。"④可见,在村居生活中,颜小来并不是衣食富足的旁观者,只需欣赏田园之美,她是实实在在的生活者,需要动手劳作,因此,其笔下的生活琐事尤为动人。

颜小来田园诗的另一类型是写村居生活的清苦。《秋暮》云:"门前霜叶落,古柳集寒乌。仆为年丰傲,儿因业废愚。贫

---

① (清)王氏:《郭外楼诗刻》,《山东文献集成》第4辑第29册,第637页。
② (清)颜小来:《恤纬斋诗》,《山东文献集成》第1辑第43册,第749页。
③ 同上,第750页。
④ 同上,第751页。

知亲冷淡,老奈世崎岖。索漠东篱下,花黄映药炉。"①读来颇有萧索之感。诗人笔下的东篱之菊不再代表甘于淡泊的心境,而是与药炉为伴,映衬出诗人的凄苦心境。其《秋夜将晓枕上口占》后半段写道:"贫来但觉心情改,老去常教鬓发知。为圃呼儿须早起,井旁清露折朝葵。"②在寒冷的秋夜里,诗人无法入睡,满怀愁绪。这种愁苦大半来自生活的窘迫。"为圃呼儿须早起,井旁清露折朝葵。"此句读来,更令人为之心酸。王维《积雨辋川庄作》中云:"山中习静观朝槿,松下清斋折露葵。"在王维笔下,折葵是风雅之事。但在颜小来的诗中,此处折葵更像是"采葵持作羹"式的清苦与辛酸,从中可想见颜小来在移居乡村之后,其生活更加贫寒,并无高密王氏田园诗中的富足安闲。其《村居步乐清侄韵》一诗更是道尽乡村生活辛苦的一面:"拮据经年秫豆空,农人就食各西东。数声塞雁凄凉里,一院黄花寂寞中。比户啼饥官告匮,空场无穴鼠嫌穷。伤心不奈村居苦,懒见山青柿叶红。"③在颜小来的笔下,能够看到村居生活的另一面,即多数农人的日子是贫苦的,甚至食不果腹,终日奔波劳碌。颜小来在《自怜》诗中总结感慨:"自怜咏絮描兰手,底事荒村学种田。"④颜小来切身体会到了村居的艰难,看到了农家的饥寒之苦,因此在其田园诗中注入了更深刻的感受:"伤心不奈村居苦,懒见山青柿叶红。"⑤此时此刻,在他人眼中的田园之美并不

---

① (清)颜小来:《恤纬斋诗》,《山东文献集成》第1辑第43册,第749页。
② 同上,第751页。
③ 同上。
④ 同上,第752页。
⑤ 同上,第751页。

会再引起诗人的注目,因为生计的艰难已经将那份带着诗意的"滤镜"彻底打碎。

总的来说,山左女性生活的平淡与模式化,导致其在诗歌创作方面无论是题材还是笔法都大同小异。但女诗人们仍然在努力地用笔墨去描绘自己的闺中生活,无论是小小一方庭院,还是仅仅出行时看到的乡村风物,都寄托了女性对生活的热爱和对美学的追求,并以此来构筑自己的精神家园。

第二节 性情之作与书写自我的追求

在女性文学的发展过程中,书写自我是其重要的转变标志。中国文学史上男性作品占多数,女性的形象、生活及感情是作为男性诗文中所描写的对象而存在的,男性为女性代言的现象也不在少数。尤其是一些格调不高的艳情诗词中,女性更是被娱乐与被消费的对象。自女性开始有意识地进行写作,改男性代言为自我书写,使女性文学的发展迈出了极大的步伐。至明清时期,参与诗文创作的女性逐渐增多,女性的才情也逐步为社会所认可。女性文学甚至成为家族文学、地域文学的重要标志。在这种情况下,女性诗歌更加注重叙写自身,将实际生活中的细腻感受付之于笔下。

一、思亲、寄外、悼亡:情之吟咏

在传统诗歌领域,男性文人往往借女性形象表达情感,如"思妇""怨女"等。女性写作同类情感主题时,在表达方面会更为细致真实。"一些女诗人的作品在表现女性生活与情感世界方面,形成了较男性诗歌作品更为细腻、真切的特点,在以往主要是由男性代言的女性角色的塑造方面实现了真正的女性抒写,这也成为后世女性诗歌最有价值的发展方向"①。在严格的"女德"规束及儒家诗学理念的影响下,清代山左女性诗歌在抒发情感方面有着"哀而不伤"的风格,不失"温柔敦厚"之旨。

因生活范围的狭小,多数女性一生所见唯有亲人。清代山左女性诗歌在抒发情感时多以思亲、归宁之作为主。如单为娟《思家》云:"离家半载近中秋,两地凄凉满目愁。雁序有群空注念,萱堂无树可忘忧。"②王碧莹出嫁后,写有思亲诗数首。如《思归》写久未归宁,愁思满怀:"於陵一望如千里,何处寻亲泪满衣。"③《思家》写其思念家中母弟:"隔里虚惆怅,逢人问借居。高秋时有雁,无日不踌躇。"④《思归母家》云:"卧床愁不寐,辗转忆於陵。"⑤《思归》云:"思亲步月踏花影,忆弟敲诗近笔床。"⑥皆是思念母家亲人之作,展现诗人对母弟的挂念和对原生家庭的依恋。归宁的时光虽好,但终将离别,其《将归与弟妹西房夜话》云:"谁知明日事,别意恨迢迢。"⑦王碧莹性至孝,在母亲病逝后不久而亡,她的思亲诗中亦是充满了浓厚的思念与眷恋之

---

① 钱志熙:《士大夫文化视角中的中国古代女性诗歌发展史》,第100页。
② (清)单为娟:《女史碧香阁遗稿》,《山东文献集成》第3辑第44册,第338页。
③ (清)王碧莹:《东篱集》,《山东文献集成》第3辑第36册,第741页。
④ 同上,第763页。
⑤ 同上,第758页。
⑥ 同上,第768—769页。
⑦ 同上,第758页。

情。郝簋《闻雁有怀》云:"鸿雁暮南征,哀鸣凄且婉。言念我同父,羁居在迢远。凝霜陨草木,时节忽复晚。孀慈正倚门,思子未能返。"①由雁声之哀婉,想象在深秋时节,慈母倚门而立,未能见子返家而生出忧思的场景。那种孤独凄清是远在千里之外的女儿能想到却无法为之排遣的,诗中无一句言及思亲之痛,读之却令人无限伤感。其《母使至有感》云:"从知生女了无益,推解依然慈母心。"②在女儿心中,远嫁后有女不如无,但在母亲心里,却永远在牵挂着女儿。

生活在大家庭之内的女性会用诗歌与他人建立关系,将每位家庭成员置于诗中。除去对父母的思念,还能看到女性与兄弟姊妹及其他亲人的情感互动。如孔丽贞《留别嫂氏》:"盼得君来倏又去,未知何日是从容。"③《暮春怀刘氏表妹》:"不识清宵立,还思小阁无。"④都是怀念家中亲人之作。郝簋有诗赠兄弟,如《平原春日寄家兄竹林》云:"清时豪客竞弹冠,宦海应知归棹难。季子幸余田二顷,无须车马入长安。"⑤《秋日寄怀君实弟》云:"秋老碧梧端,鸿飞清昼阑。山川同气隔,风雨异乡寒。我有思亲泪,君歌行路难。凄凉倚闾望,谁为劝加餐。"⑥感叹手足之间无法常相见,只能彼此挂念、彼此安慰。高密王氏与表嫂赵氏关系较好,诗集中有数首诗为其所作,如《送赵表嫂》:"早

---

① (清)郝簋:《蕴香阁诗钞》,《山东文献集成》第3辑第41册,第371页。
② 同上,第375页。
③ (清)孔宪彝辑:《阙里孔氏诗钞》卷十三,《山东文献集成》第3辑第41册,第215页。
④ 同上,第214页。
⑤ (清)郝簋:《碧梧轩吟稿》,《山东文献集成》第3辑第41册,第358页。
⑥ (清)郝簋:《蕴香阁诗钞》,《山东文献集成》第3辑第41册,第373页。

起整行李,归心不可留。庭昏霜气重,林暗曙星稠。齿长兼多病,路遥增远愁。何堪南浦望,红叶正深秋。"①《寄酬赵表嫂》:"阶下西风急,萧萧吹败荷。故人几年别,衰病入秋多。半载空相盼,中元看又过。再期寒食后,切莫更蹉跎。"②虽然这些诗作在立意和题材上并未有特别突出的地方,但作为深居家中的女性,其写作过程中未受追名逐利之风的影响,所以能对情感作出比男性更加细腻自然的表达。

"情"之主题也包含夫妻之情。在山左女性的传记中,往往会写其如何有才,出嫁后又如何与丈夫互相敬重,甚至在共同兴趣的驱使下进行诗词唱和。如章丘胡静淑"通书史,工吟咏。归诸生彭璨。唱和之作,词多清丽"③。安丘李兰坡与丈夫陈植"村居多暇,夫妇唱和"④。李氏"幼承庭训,工书能诗。夫伯麟亦名家子,雅相爱重"⑤。王碧莹"年十九归邑赵载庭,雅相爱重"⑥。李长霞嫁于胶州柯蘅,夫妇在因战乱避居潍县孝子里期间,创作了大量诗歌,刊刻为《春雨堂诗选》和《锜斋诗选》。郝簠虽为张醒堂继室,但张醒堂非常珍视郝簠的才华,曾为其录诗成帙。郝簠《醒堂录余诗成帙口占二首》记录了张醒堂为其录诗的情景:"夫君雅好事,为我写新诗。窗下拈毫久,灯前校字

---

① (清)王氏:《郭外楼诗刻》,《山东文献集成》第4辑第29册,第633页。
② 同上。
③ (清)张曜、杨士骧修,孙葆田等纂:《(宣统)山东通志》卷一百四十六。
④ (清)常之英修、刘祖干纂:《潍县志稿》卷三十二"人物志·侨寓",民国三十年刻本。
⑤ (清)倪企望修、钟廷瑛、徐果行纂:《长山县志》卷十一"人物志·列女·才女",嘉庆六年刻本。
⑥ 同上,卷十四"传"之"才女王碧莹传",嘉庆六年刻本。

迟。"其二最后感叹:"知音感夫子,相对一忻然。"①

还有一些女性在文学上得到丈夫的指点,甚至在才华方面胜过丈夫。这样的二人虽为夫妇,却更像师友。如莱阳周淑履与胶州高荫栿被称为"夫妇如师友"。刘育仪为同邑李图南继室,李图南尝自叹不如妻者三:诗不如妻,词不如妻,画不如妻;且将书斋命名为"三不如斋"。郝懿行、王照圆二人婚后时相唱和,以诗答问,郝懿行录之为《诗问》七卷。且二人有相同的学术爱好,郝懿行《尔雅义疏》间取王照圆之说,二人在生活中伉俪情深,学术上互为良师益友,成就颇高,人称"高邮王父子,栖霞郝夫妇"。二人唱和的诗集被郝懿行命名为《和鸣集》。王照圆作诗甚至胜过郝懿行,曾指定题目限时令郝懿行作诗,郝懿行"自惭钝拙,仅完二首,……其后二首,异日方足成之。……他日瑞玉乃属和焉"②。

高密单为娟嫁与诸城王玮庆,二人在新婚之夜以诗词定情,此后谈诗论词常常每至漏下三鼓犹觉不倦。二人之间是夫妻,更是文字友。单为娟去世后,王玮庆写了40首悼亡诗,并为之整理遗作。单为娟写了很多与丈夫有关的诗歌,如《寄外》云:"一朝不见似三秋,寂寞妆台无限愁。未识郎心今夜里,青灯孤对忆侬不。"③《寄夫》云:"独坐空庭对晚晖,秋风瑟瑟逼单衣。生憎连理枝头鸟,偏向离人比翼飞。"④《喜夫病愈》其二云:"情

---

① (清)郝簠:《蕴香阁诗钞》,《山东文献集成》第3辑第41册,第377页。
② (清)郝懿行、王照圆:《和鸣集》,《山东文献集成》第2辑第49册,第69页。
③ (清)单为娟:《女史碧香阁遗稿》,《山东文献集成》第3辑第44册,第335页。
④ 同上,第336页。

深好比鸳鸯鸟,双宿双飞不羡仙。"①从这些诗中可以看出,单为娟对丈夫感情深厚,直言希望能与其白头到老、永不分离。

在女性的婚后生活中,无法避免的一种情况就是丈夫为了功名或者养家之责需要长年在外游历,女性操持家务之余,常以诗歌寄托对丈夫的思念,如李氏《庚午寄外》云:"思君客路冒风霜,独上妆楼望帝乡。最是离人肠断处,长堤衰柳挂斜阳。"②王碧莹《念远》云:"念远悲时序,风霜草木凋。凄凄寒鸦渡,渺渺白云飘。""枯木寒风转,空山落日斜。回看离别地,咫尺是天涯。"③在道德的约束下,女性对丈夫的感情很少会写得大胆直白,多是含蓄委婉,在浓厚的思念中寄托自己的情思。

在中华"孝悌"文化及宗族制度下,对亲情的看重、对家人的重视始终是女性诗歌永恒的主题。亲人在世时,写诗抒发自己的想念;亲人离世后,依然会用诗歌来进行悼念。孔丽贞《哭亡兄》云:"悲风萧瑟起愁云,骨肉何堪生死分。几载囊萤成往事,无端触痛是遗文。抛残药裹封蛛网,冷落书帷聚鸟群。庭宇荒凉肠欲断,泪和霜叶下纷纷。"④《哭亡夫》云:"亲老妾心悲,哭君无尽期。月圆分镜日,雨滴断肠时。生死魂难聚,幽明路已歧。纵为华表鹤,留语复谁知。"⑤《哭幼弟》云:"堂上双亲鬓已

---

① (清)单为娟:《女史碧香阁遗稿》,《山东文献集成》第3辑第44册,第337页。
② (清)卢见曾编:《国朝山左诗钞》卷五十八,《山东文献集成》第1辑第41册,第773页。
③ (清)王碧莹:《东篱集》,《山东文献集成》第3辑第36册,第763页。
④ (清)孔宪彝辑:《阙里孔氏诗钞》卷十三,《山东文献集成》第3辑第41册,第214页。
⑤ 同上。

丝,膝前赖汝慰愁思。那堪无故摧残甚,哭婿时兼哭子时。"①《九日过先父书斋》云:"竹树依依在,严亲何所之。床书从蠹饱,几砚任尘资。石冷蛩声咽,庭空鸟语悲。那堪逢九日,血泪洒东篱。"②孔丽贞虽出身大族,家境优渥,但亲人相继离世,在其诗作中,不乏悲苦之音。因此,陈芸《小黛轩论诗诗》中评价:"堤边芳草自枯荣,触目伤心孔丽贞。"③

孔丽贞的好友颜小来同样是命运凄苦之人,"至亲半凋落,余生多艰危"④。其在《恤纬吟》中有大量悼亡之作。如《哭母》一诗将母亲的德行与一生劳苦写入其中:"念母犹力作,绵车还独纺。典钗买秋罗,为我裁鹤氅。""生不出闺门,教我理刀尺。辛苦作人家,蚕桑劳计画。蛩鸣懒妇惊,眼花为人役。犹忆母在时,夜寒灯照壁。"⑤颜小来不仅失去了母亲,还遭遇了"小妹三四人,徂谢剩一二"的不幸。其《七夕忆亡妹》云:"忆昔闺中同乞巧,至今楼上独穿针。伤心不忍看银汉,愁比天孙深更深。"⑥颜小来在《赠别藉兰阁主人归济南》诗序中写道:"余自夫君亡后四十余年,茹荼集蓼,与蕴光同其凄楚,而蕴光之天亲骨肉凋零欲尽,则视余为更烈。晚窗脱稿,遂成悲风怨雨之音。素纸寄将,谁和别鹄离鸾之调。当世不乏名媛,睇观此诗,庶知余两人

---

① (清)孔宪彝辑:《阙里孔氏诗钞》卷十三,《山东文献集成》第3辑第41册,第214页。
② 同上,第216页。
③ (清)陈芸:《小黛轩论诗诗》,王英志主编:《清代闺秀诗话丛刊》,第1541页。
④ (清)颜小来:《恤纬斋诗》,《山东文献集成》第1辑第43册,第748页。
⑤ 同上,第748—749页。
⑥ 同上,第751页。

之苦衷云尔。"①

长期生活在闺门内,女性对"情"的感悟要比男性更加细腻和浓厚。在写作时,对家人的思念、对丈夫的爱重和对亡者的悼念,无不展现出山左女性对"情"之重视。同时,在表露感情时也会含蓄内敛,"哀而不伤",以此来符合儒家要义。

二、咏物与言志

咏物作为中国传统诗歌的重要主题,历来都为诗人所喜。写作咏物诗可以发挥女性观察细致入微及才思细腻灵动的长处,同时还可借咏物而言寄托。王碧莹曾言:"诗者,情景而已,景在天地,情在吾心,融而出之。天地,吾师也。"②因此,在山左女性诗歌中,咏物一体占据重要位置。

闺阁中的女性长年与庭中花木为伴,爱美之天性又令其对花木充满了喜爱与怜惜。汪之蕙《石竹花》颔联云:"簪来凤髻先增态,绣上罗衣最可怜。"③化用了李白《宫中行乐词》"山花插宝髻,石竹绣罗衣"句。李诗以花衬人,突显宫女之楚楚风姿,而汪诗则借李诗来直写石竹之姿态惹人怜爱。邢顺德有诗咏"石榴花",其句云:"带露若将呈艳冶,临风似欲斗婵娟。妆成娇态人应妒,点破烟丛花欲燃。"④将石榴花的明艳姿态以拟人

---

① (清)颜小来:《恤纬斋诗》,《山东文献集成》第1辑第43册,第750页。
② (清)王碧莹:《东篱集》,《山东文献集成》第3辑第36册,第734—735页。
③ (清)孔宪彝辑:《阙里孔氏诗钞》卷十四,《山东文献集成》第3辑第41册,第226页。
④ (清)邢顺德:《兰圃诗草》,《山东文献集成》第3辑第36册,第782—783页。

化的方式一一道来,"点破烟丛花欲燃",石榴花花红如火,被浓绿的枝叶衬得似欲燃烧一般,这句将石榴树的深红浓翠表现得淋漓尽致。南宋赵蕃《自桃川至辰州绝句四十有二》中云:"山青指问红何样,说是石榴花欲燃。"①同样是写榴花之明艳,却不及邢诗精妙。邢顺德咏玉簪花,谓"名著江南第一花",又赞"清芬未许梅先占,素质岂容雪独夸。簪影渐随秋月转,枝头时向晚风斜"②。将玉簪花与梅、雪作对比,突出其洁白芬芳之美。其中"簪影渐随秋月转"二句被集中评点赞曰:"直绘玉簪之神,结语亦巧。"③同样是咏玉簪花,生活于嘉庆时的单为娟写道:"深闺妆罢下阶行,阵阵幽香暗自生。六出银葩如玉剪,一枝素萼似钗横。轻簪鬓上光偏润,斜插瓶中晓更清。淡极始知花逾艳,盈盈庭畔画难成。"④将闺人与花并置一处,突出玉簪花可作簪花之用,与闺人日常生活联系紧密。值得一提的是,诗中"淡极始知花逾艳"一句容易让人联想到《红楼梦》中薛宝钗咏白海棠时所写"淡极始知花更艳"。单为娟在诗中常常化用前人诗句,如《紫薇》一诗:"紫薇郎对紫薇花,共步庭前日影斜。"⑤即是化用白居易"独坐黄昏谁是伴,紫薇花对紫薇郎"诗句。

咏物诗中需有寄托是很多诗人的共识,女性咏物诗中也会暗含情感与寄托。颜小来《旧宅梧桐》云:"三十余年伴寂寥,弹

---

① (宋)赵蕃:《章泉稿》卷四,王云五主编:《丛书集成初编》,商务印书馆民国二十六年刊本。
② (清)邢顺德:《兰圃诗草》,《山东文献集成》第3辑第36册,第781页。
③ 同上。
④ (清)单为娟:《女史碧香阁遗稿》,《山东文献集成》第3辑第44册,第336页。
⑤ 同上,第335页。

琴调鹤渡清宵。别来休问人憔悴,只看梧桐已半焦。"①以梧桐为吟咏对象,实则抒发对旧日时光的怀念与眷恋。孔淑成《栗树歌》一诗,同样也是借咏栗树而生感慨。诗序中言其髫龄时随宦黔中,手植栗树一株。北归时无法带走,十八年后追思此树,作诗以纪之。诗云:"归来忆树思绵绵,梦魂时与相周旋。树影虽无三五亩,时光已阅十余年。"②不过,该诗除伤感时光飞逝、故梦难寻外,又希冀"乔木终成栋梁质"③。孔淑成另有《月下看菊》一诗:"苍苔踏遍访花行,晚近东阶看最明。秋气已从篱外得,冷香多在月中生。影看瘦处多丰格,品到高时见性情。酒送白衣应更好,闲吟沉醉十分清。"④"秋气已从篱外得,冷香多在月中生"二句将菊之清冷气韵充分体现出来,也以"影看瘦处多丰格,品到高时见性情"直接赞赏菊之高洁。在赞美秋菊之外,更表现出诗人对菊之气韵的欣赏和其所代表之品格的向往。

郝簋出嫁后,夫、子俱亡,晚年孑然一身,愁苦满怀,诗集名《恤纬吟》,诗风一改之前的清婉温厚,字字泣血。其中有多首诗都在感叹命运无常,《柳絮》组诗即是借柳絮而言己身。诗云:

灵和旧事已全非,斜日烟村絮又飞。南浦几回伤远别,

---

① (清)孔宪彝辑:《阙里孔氏诗钞》卷十四,《山东文献集成》第3辑第41册,第223页。
② (清)孔宪彝辑:《阙里孔氏诗钞》卷十三,《山东文献集成》第3辑第41册,第216页。
③ 同上。
④ 同上,第217页。

东风犹记糁春衣。真成薄命前因在,忍问香魂何处归。绝代风流付怅望,枝头结子意终违。

芳姿绰约拟当年,眠起春深剩惘然。望去浑疑珠有魄,拈来忽讶玉成烟。长眉任锁前时恨,青眼难期后世缘。缥缈海天无限思,雪霏霜冷总堪怜。

暮云亭榭洒初匀,别作人间黯淡春。谁意才华归道韫,也同蕙杜怨灵均。微芳不惜东埋海,骊曲休歌西入秦。临水登山试回首,石从化后亦沾巾。

风飘万点扑帘旌,终古伤心画不成。往日周旋悲梦蝶,残春情绪怯闻莺。波融楚水萍犹绿,人去隋宫草自生。凤辇龙旗迷处所,消沉可奈尔身轻。①

柳絮轻盈似无根,于春日中随风飘散,被视为薄命的象征。闺中女子出嫁前并不知今后要嫁去何处;婚后在夫家生活,也常有无所依靠之感,故多以柳絮漂泊无依只能随风而去来感叹自己自身命薄。郝簦晚年心绪凄凉,这组诗中引用了与柳絮有关的典故,也化用了不少前人诗句,在诗中借柳絮透露出无限怅惘。

在这些咏物诗中,虽然诗人有所寄托,但其弊端在于无法突破历来咏物诗所奠定的基调。如于桂秀《咏梅》云:"潇洒兰为友,坚贞竹作邻。襄阳多逸兴,冷处着精神。"②王照圆《梅花》

---

① (清)郝簦:《恤纬吟》,《山东文献集成》第3辑第41册,第391—392页。
② (清)于桂秀:《无梦轩诗》,《山东文献集成》第2辑第35册,第321页。

云：" 何处清香远,遥瞻岭上梅。不随群卉茂,独占一阳开。"①体现梅独放枝头之傲寒风骨。于桂秀《咏杨柳》云：" 春色着人多少恨,玉门关外一声声。"②体现柳与留别之联系。翟柏舟《赠阶前雁来红》云：" 秋深木叶脱,浓艳自胜春。纵令根枯死,丹心不染尘。"③体现此花不染尘俗、傲然于九秋的姿态。这些都与前人所赞叹并无二致,是历来咏物诗无法跳出固有窠臼的体现。

三、述怀与理想

述怀诗指抒发诗人身世之感的一类诗歌,多从自我角度出发,书写自己的理想、抒发人生的感慨等。早期的述怀诗有西晋张载的《述怀诗》、南梁萧衍的《撰孔子正言竟述怀诗》、北周庾信《和张侍中述怀诗》等。在这些述怀诗中,可以清楚地看到诗人的人生态度与抱负理想,也能令读者产生情感上的共鸣。清代山左女性的述怀诗主要是对人生遭际的感悟,尤其是书写女性的薄命之叹及讲述超越闺阁的人生理想。

郝䰘《岁暮书怀》写于出嫁之后,年关将近,与母家书信往来,互报平安。郝䰘出嫁之后,在艰难岁月里更能体会为人父母的不易,于是在岁末风雪中感叹："北堂日暮愁何许,寸草春晖欲报难。"④郝䰘晚年感叹自己一生凄苦,写出《命薄》一诗。"拚从鸾镜弃,可奈鹊巢危"等句写尽了自己丧夫丧子的悲苦人生,

---

① （清）郝懿行、王照圆：《和鸣集》，《山东文献集成》第 2 辑第 49 册，第 68 页。
② （清）于桂秀：《无梦轩诗》，《山东文献集成》第 2 辑第 35 册，第 322 页。
③ （清）翟柏舟：《礼佛轩诗钞》，《山东文献集成》第 4 辑第 31 册，第 779 页。
④ （清）郝䰘：《蕴香阁诗钞》，《山东文献集成》第 3 辑第 41 册，第 371 页。

到最后诗人只能感慨:"天恩留剩喘,茹痛且含饴。"①

还有一类述怀诗中,诗人将内心深处的苦闷以暗笔写出,缠绵悱恻的话语间情绪得以宣泄。这类诗歌往往朦胧晦涩,无法求证具体因何事而发,只能大致猜测诗人心中所想。如王碧莹的述怀诗便写得含蓄委婉,只能通过典故等去感受诗人所抒发的生命无常、岁月匆匆、人生苦闷、忧患缠身的无奈。其《自叹》云:"自叹余生苦,空经春复秋。逢人羞谢豹,带病感蜉蝣。"②在这些诗句中,只能通过所用典故来猜测诗人的遭遇与心境。如"谢豹"一词,一指杜鹃鸟,出自《禽经》张华之注;一为虫名,出自《酉阳杂俎·虫篇》所载:"小类虾蟆而圆如球,见人,以前两脚交覆首,如羞状。"③在此处,应取后者之意。诗人嫁后家境贫寒,晚遭苦饥,不免因此悲苦而消极度日,不愿见人;又因病而想到蜉蝣所代表的"朝生暮死"。另一首《自叹》云:"堪叹人生不自由,迩来事事总成忧。当年得意因文字,今日伤神对素秋。懒读诗书魂暗断,聊看灯烛泪清流。艰难未识情多少,万里西风一夜愁。"④虽然诗人一开始便点明"人生不自由",但并未写明是何事成忧。从下文"当年得意因文字,今日伤神对素秋"一句,结合其小传中所言:"生有异质,读书一过不忘。好为有韵之言,每得句,辄以质其舅翁东华先生。东华先生叹其清绝。以为

---

① (清)郝簟:《恤纬吟》,《山东文献集成》第3辑第41册,第388页。
② (清)王碧莹:《东篱集》,《山东文献集成》第3辑第36册,第754页。
③ (唐)段成式:《酉阳杂俎》前集卷十七,《唐五代笔记小说大观》,上海古籍出版社2000年版,第688页。
④ (清)王碧莹:《东篱集》,《山东文献集成》第3辑第36册,第771页。

非凤慧不能。"①再结合其所写"世上浮名何足问,眼前人事不堪思"等诗句,可猜想诗人或许是遭遇了现实生活中一些常见却又难化解的矛盾,无法化解心中的愁苦,只能默默独自对灯流泪,彻夜听风,因愁未眠。诗人虽然幼时因才华而被亲友赞许,出嫁后与丈夫雅相爱重,但从她的很多诗中可以看出或因长年处于病中,或因家庭琐事,或因亲人离世,她生活得并不快乐,故其《泪》后半段云:"隐忍真无奈,潺湲岂自由。生平多少事,尽向此中流。"②

与王碧莹述怀诗的悲苦不同,王照圆的述怀诗多言及自身理想。其《励志》云:"三十年来拂面尘,而今未改镜中春。平生要作校书女,不负乌衣巷里人。"③王照圆在其母的教授下熟读经典,婚后又与郝懿行共同治经,故其志也远大,其诗境也宏阔。《偶题》云:"君亲须孝也须忠,女子显扬男子同。气吐九霄光日月,裙钗端的是英雄。"④此二诗在诸多述怀诗中别具一格,气象豪雄。

因受困于闺中,在叙写自身生活时,女性诗词题材与境界往往受限,更注重描摹琐细事物与内心情感。但因全心倾注,故而别有风韵。郝蘁曾将自己的一生经历凝聚于三部诗集中,完整呈现了一位女性从待字闺中到嫁为人妇再到寡居的真实状态,其中情感的变化也充斥于其中。其弟郝答序云:"自三百篇蔚

---

① (清)王碧莹:《东篱集》,《山东文献集成》第3辑第36册,第771页。
② 同上,第775页。
③ (清)郝懿行、王照圆:《和鸣集》,《山东文献集成》第2辑第49册,第72页。
④ 同上。

为风始,《关雎》一篇即出于宫人之作,盖女子能诗,其天性然矣。……动于所不能已,发于所不自知,故其言多蔼然,从肺腑流出,不假修饰,而自具风华,昔固然也。"①李诒经评价王氏《郭外楼诗刻》云:"其诣力虽不逮古人,而独舒性情,词不妄敷,其识解过人远矣,诚不易得之于今也。"②可见,在时人眼中,女子作诗,最优之处在于能够真情流露。无论是抒情、咏物还是述怀,女性都能从自身感受出发,将自我的情感与意志付诸诗歌中,用细腻的笔触书写真情灵性,以求在闺门内开辟出一方小小的精神天地。方秀洁就认为女性是"通过复杂多样的文本形式或主题模式,这些女作家创造出希望与欲望的微小空间,开辟了自我情感与个人志趣的隐蔽地带,清楚地或不那么清楚地倾诉着自己的人格理想"③。

第三节　闺门内外:女性文学中的另类书写

清代山左女性文学中的另类书写,可分为疾病书写、战争书写、咏史书写等。疾病书写中可以看出女性独有的"纤弱式"审美与苦难讲述。疾病书写中透露出一种矛盾,即"纤弱式"审美成为女性对生活不满及自怜的体现,但在苦难讲述中又坚守本

---

①　(清)郝簏:《碧梧轩吟稿》,《山东文献集成》第3辑第41册,第354页。
②　(清)王氏:《郭外楼诗刻》,《山东文献集成》第4辑第29册,第629—630页。
③　(加)方秀洁:《绪论》,方秀洁、(美)魏爱莲:《跨越闺门:明清女作家论》,第12页。

心,不失高洁之气。战争书写让女性在战乱期间用诗歌来记录战况,从个人视角出发,将战争的残酷和对百姓的伤害描绘得淋漓尽致。同时,也会从公议角度出发,就战争的性质、官方的决策等抒发自己的意见。咏史诗中存在三种倾向:一种是具有普遍意义的历史感,没有什么具体指向(泛情);一种是借古喻今(共情);一种是将自己的感受代入到历史人物中(移情)。这些诗歌的出现,使清代山左女性用诗歌表达了自我的见识与思考,在文学的长河中发出了专属于女性的声音。

一、疾病书写与"纤弱式"审美

在清代女性文学中,疾病书写占据了很大篇幅。从这些书写中可以看出女性独有的"纤弱式"审美与苦难讲述。"可以肯定的是,男性文人也在他们的诗中写到疾病或是在病中写诗,但明清女性不仅将疾病变成她们诗歌中常见的一种题材,而且似乎还发展出一种将疾病与写诗联系在一起的书写模式,一种或许是女性特有的写作倾向。"[①]而女性的疾病书写中也透露出一种矛盾,即"纤弱式"审美成为女性对生活不满及自怜的体现,但在苦难讲述中又坚守本心,不失高洁之气。

综观古代女性的生平经历可知,疾病在女性生活中是不可忽视也无法逃避的因素。医疗水平相对低下的古代,很多女性自幼便身体羸弱,夭折的情况比比皆是,如沈宜修之女叶小鸾。即便成年出嫁,还要面对生育、操持家务甚至承担养家糊口的重

---

① (加)方秀洁:《书写与疾病:明清女性诗歌中的"女性情境"》,(加)方秀洁、(美)魏爱莲:《跨越闺门:明清女作家论》,第 21 页。

担所带来的压力,这些压力无形中损害了女性的身体健康。翻开任何一部女性别集,经常能看到"卧病""久病"等字眼,可以说,疾病对每个女性来说都是不可避免的,如王碧莹"怯怯浮生一病身""带病感蜉蝣""年年一病身"等诗句。

疾病尽管给人带来了身体和心理上的双重打击,但对古代女性文人来说,疾病也给她们带来了一定的创作契机。繁重的家务使多数女性诗人都无法集中精力写作,但病中休养能给她们创造独处的空间,也有时间将内心的感受付诸笔端。因此,清代山左女性诗集中有大量有关疾病书写的诗。高密王氏有《病忆东轩》《卧病秋晚》《卧病有感》《病中逢春》等诗,其《卧病有感》云:"病卧床头无一事,兴来唯改旧诗章。"[1]

人在养病期间,一方面可以有独处的安宁环境用以静心写作;另一方面,疾病也使人观感变得敏锐,容易产生灵感触动。因养病而摆脱家务时,女性终于有时间沉浸在阅读和写作的世界中。在这片难得的安谧环境里,女性可以从容思考,去关注生活、回忆过往、探究人生。"男性经常将疾病视为一种令人沮丧的阻碍,影响了他们对诸多目标的追寻以及离家的意愿——不论是为了求学、参加科考、经商,还是寻友访胜。与之相对,女性更多地固守于家庭内部的生活之中,她们经常将患病的体验描述为对另一种时空的体验"[2]。在此过程中,女性可以用笔墨记录下病情、感受、所思所想。邢顺德"劳瘵日深而病以

---

[1] (清)王氏:《郭外楼诗刻》,《山东文献集成》第4辑第29册,第642页。
[2] (加)方秀洁:《书写与疾病:明清女性诗歌中的"女性情境"》,(加)方秀洁、(美)魏爱莲:《跨越闺门:明清女作家论》,第32页。

作,然伏枕之余,览物增感,时复写意以自遣。故生平所作,于诗尤多"①。

就多数人的养病体验来看,病中之人尤其脆弱敏感。在女性诗歌中,更是借此来展现带有自怜的"纤弱式"审美。邢顺德《病中写怀》云:"风雪萧萧夜漏长,烛灰剔尽剩残光。题诗本欲消惆怅,谁道诗成意转伤。"②人在病中,所有感受可放大数倍。耳听屋外风雪萧萧,诗人在室内独对残灯。因病中不寐,连时间都变得格外漫长。在这种情境下,诗人想要借助诗歌来排遣,但写诗的过程中,反而让诗句勾起了更多的伤心。诗虽简短,但用"风雪""夜漏""残烛"等寥寥几个意象便将其孤独与伤感之音流溢笔端。人在病中,作息往往颠倒,又因病情最难熬的阶段便是深夜。故在诗人笔下,常写病中慢慢挨过长夜的光景。孙荺玉《秋夜对月》云:"病骨宵无寐,秋心漏共寒。卷帘邀片月,留照曲栏杆。"③夜深人静,因病未眠。诗人的孤独与无助之感袭来,只好卷帘邀月,希望能让月光照在栏杆上,当作对诗人的陪伴和安慰。颜小来的寡居生活相当清苦,又饱受疾病折磨,故在其诗中,常有疾病书写。如《病中不寐》云:"曙雁成行过,群鸡远近鸣。一灯明复灭,双杵断还清。眼倦花初合,肌寒栗欲生。拥衾难假寐,残漏咽荒城。"④整首诗同样是写深夜因病无眠,同样用"鸡鸣""残漏"等塑造着清寒孤苦之感。其《遣病》诗,前

---

① (清)邢顺德:《兰圃诗草》,《山东文献集成》第3辑第36册,第779页。
② 同上,第791页。
③ (清)孔宪彝辑:《阙里孔氏诗钞》卷十四,《山东文献集成》第3辑第41册,第223页。
④ (清)颜小来:《恤纬斋诗》,《山东文献集成》第1辑第43册,第749页。

半部分写"梦回芍药香相续,暖风吹雨梅子熟。阶下石榴驻晚霞,池边竹映湘帘绿"。春夏之交,景色明媚,越发衬托出诗人病中的悲苦。结句直接点出:"家贫无力种茯苓,病久应知疏骨肉。"①前后对照,诗人不仅是遭遇身体上的痛苦,还感受到人情冷暖的变化,不可谓不惊心。

诗人病愈后所写的诗歌大多聚焦在时光飞逝的哀叹上。如李氏《春日病起酌碧桃花下》云:"病里不知春几许,飞红已落玉樽来。"②长期在室内养病的人会与现实生活有疏离之感,病中光阴流逝,时间变得模糊,病好后只能靠落花感知时节的变化。孔祥淑《病起偶成》说自己"瘦到一身轻似叶,不知花已送春归"③。不直接写时间变化,而是以"花已送春归""楼头燕子飞"感慨伤时。

值得注意的是,在疾病书写时,女性诗人往往不会直言自己得什么病,而代以"小病""新病"等。这里需要探讨的一个话题是关于女性的缠足。晚清的反缠足运动中经常会提到缠足导致女性身体变弱和一些足部疾病的产生,对缠足给女性身体健康带来的损害有着激烈的讨论。但晚清之前,很少有这方面的表达,诗歌中更是未见有对缠足及女性足部疾病的讨论。在一些男性所作与缠足有关的低俗艳诗中,这种通过摧残女性身体带来的病弱之美及精神上的萎靡反而成为女性被怜爱的缘由。但

---

① (清)颜小来:《恤纬斋诗》,《山东文献集成》第1辑第43册,第750页。
② (清)卢见曾编:《国朝山左诗钞》卷五十八,《山东文献集成》第1辑第41册,第773页。
③ (清)孔祥淑:《韵香阁诗草》。

就女性本身而言,很少有人去讨论这个较为私密且沉重的话题,更不用说体现到诗词里。"缠足"是封建时代的畸形产物,将女性限制在闺帏之内,固化了女性受限制的、从属于男性的角色,体现出的是忠贞、顺从等保守性"美德"。但对于女性本身而言,这是一种痛苦的经历,不仅要承受身体上的痛苦,还要承受精神上的压力,尤其是要面对一些与"缠足"相关的艳情诗。多数女性对"缠足"一事讳而不言。因此,在女性作品中,基本不见有对"缠足"所引发的疾病的书写。

此外,更因为女性对于书写疾病的兴趣并非在于疾病本身,所以将疾病书写转化为一种生命体验,在诗中表达出经历过愁苦哀怨后对人生的体悟。颜小来关于疾病书写的诗歌有很多,但她并非一味沉浸于苦痛中,往往会想方设法替自己开解,其《病中》云:"渐觉年衰老,精神不似前。经秋多病腹,习静是归禅。案有君臣药,囊无子母钱。鸡埘斜景暮,便可枕琴眠。"①虽然病痛缠身,囊中羞涩,但诗人安于贫苦,以禅道自悦。在清苦的村居生活中依然以琴书为友,在不如意的生活中创造属于自己的乐土。

二、私人情感与公议空间:女性笔下的战乱诗

明末清初及清中叶以后,社会几番动荡,战乱波及百姓。社会变乱引起女性对家国和时事的关心,女性文学的自觉与使命感也在提升。女性在战乱期间用诗歌来记录战况,从个人视角

---

① (清)颜小来:《恤纬斋诗》,《山东文献集成》第1辑第43册,第750页。

出发,将战争的残酷和对百姓的伤害描绘得淋漓尽致,为后世留下了文字记忆。同时,也会从公议角度出发,就战争的性质、朝廷的政策等抒发自己的意见。

清代山左女诗人中,应以李长霞的战乱诗最有代表性。李长霞因避战乱举家迁至潍县,写下了大量描写逃亡艰辛与怀念故园的诗歌,构成了《锜斋诗选》中的主体。其《辛酉纪事一百韵》《赴潍县南留店寻儿》《乱后忆书》等诗,就反映出清代山左女性诗人对社稷和民生的人文关怀。李长霞所作《愍乱诗》一首,字字泣血,对当地民众的遭遇表达了深切的同情与悲悯。在作者眼中,"吾乡多善俗,人情非浇漓",但可惜天地不仁,以万物为刍狗,天灾人祸不断,给当地民众带来了诸多苦难。远在异乡的诗人想要重新踏入故土,但这愿望的实现遥遥无期。只能以作诗来表达"伤哉胶西民"①的感慨。

侍奉高堂、养育子女、承担家务占据了女性绝大部分的日常生活。当战乱来临时,女性所承担的忧虑与恐惧会更多。她们除了考虑家人的生命安全外,还要考虑劫后余生如何度日的问题。如李长霞《夜雨寄姚少夫人》一诗云:

倚枕留残梦,夜深寒入楼。风灯上帘影,雨叶近窗秋。盐米慈亲累,兵戈故国愁。几回缄锦字,曾否达炎州。②

《早秋寄夫姊杨二夫人》一诗云:

---

① (清)李长霞:《锜斋诗选》,《山东文献集成》第4辑第32册,第249页。
② 同上,第243页。

> 晚树寒蝉急,秋风来几时。单衣愁暑尽,多病忆姑慈。景物今如此,兵戈静未期。乡山何处是,惆怅雁书迟。①

文学史上向来不乏写秋天的诗,"秋士见阴而悲",秋天的风物在诗中一向是引起诗人愁思的来源。但在这两首诗中,李长霞不仅借"风灯""雨叶""晚树""寒蝉"写秋寒入骨,秋思愁人,还写了"盐米慈亲累""单衣愁暑尽",是从持家的角度出发去写战争带来的现实生活问题。

翟柏舟《礼佛轩诗钞》中有《辛酉仲秋即事》:

> 可怜佳节弃家人,饮泣茹酸各意真。夜半月高恒自拜,妇因夫婿子因亲。
> 女墙灯火烈如星,四野旌旗蔽月明。金鼓连天战马吼,何年万里静刀兵。②

中秋节本是家人团圆的日子,但战争打乱了百姓的日常生活,让他们骨肉分离。中秋拜月的习俗在这时更有了对战乱平息、家人团聚的期许。但可惜的是"女墙灯火烈如星,四野旌旗蔽月明"。居于家中的女性是无法看到战场的情况的,但可以听见连天的金鼓声、战马的嘶吼声。只通过这些声音,便可以想见战况的惨烈。在普通人心中,和平的生活永远是最期待的,因此诗人最终发出疑问:何时能平息战乱,不再有兵祸惨事?

---

① (清)李长霞:《锜斋诗选》,《山东文献集成》第4辑第32册,第249页。
② (清)翟柏舟:《礼佛轩诗钞》,《山东文献集成》第4辑第31册,第779页。

在史书和地方志中,涉及战争时,所记录的人物多是建功立业之人,发生在普通民众身上的故事很少会出现在官方记录中。但亲历战乱的女诗人会以同情和钦佩的态度将一些听闻故事写入诗中。如郝簠《杨花诗》记载了陕西孝义厅一名歌童杨花在战乱时因护主被掳,不屈而死的故事。杨花作为歌童,在当时的封建社会里属于身份低下之人,但诗人看到了他身上的"节义",为其赋诗。"戏下何人知大义,杨花独保主人身""主身宜为朝廷保,奴命轻微似蒿草"。可以让主人活下来继续为朝廷尽忠,己身死不惜,这种想法在今人看来未免迂腐,但能舍命保护他人,杨花此举却实令人敬重。杨花被俘、被杀,郝簠不仅赞杨花"虹气遏云忠不磨",还为其抱不平,"天家已定嫖姚赏,侧微谁赋杨花歌。"[1]这种不平也是对当时社会等级的一种控诉。在女诗人的眼里,身份并不重要,重要的是这个人身上体现出来的美好品德。

战乱使不少平民被迫离开家中,四处躲藏。女性遭受的灾难显然更为惨烈。受贞节观的影响,多数女性抱着自杀的心态。翟柏舟有诗云:"勿畏获死难,唯恐尔自促。自古詈贼人,几见死不速。"[2]可见,遇乱自杀已经成为当时女性公认的选择。李长霞所作《烈女吟为福山烈女包氏淑作》一诗,赞扬了包氏女的贞烈行径:"滨死寡惴色,詈贼多烈词。"这样的死法,完全符合封建时代对女性的期许,而生活在这个时代的作者也为之赞叹:

---

[1] (清)郝簠:《蕴香阁诗钞》,《山东文献集成》第3辑第41册,第369—370页。
[2] (清)翟柏舟:《礼佛轩诗钞》,《山东文献集成》第4辑第31册,第779页。

"所死贵合义,一死焉足叹。"①那些未能以自杀结束生命的女性免不了被掳掠的命运,苏弱妹《被难题任丘店壁》云:"马上摧残红粉香,故园东望泪千行。路人不识心中苦,犹自纷纷看换妆。""风吹哀雁近关门,此日重离倩女魂。梦到家乡凄绝处,寒烟野水苎萝村。"②这首题壁诗写于任丘西关店墙壁之上,落款是"山左女子苏弱妹"。虽不知此诗的真伪,但仍能从中看出女性被掳之后的凄惨命运。

处于战乱中的普通民众,当时很难用历史客观的眼光去看待战争的政治属性,他们将所有的希望都寄托在朝廷平定战乱上。嘉庆三年(1798)四川反清首领王三槐押解到京,这一事件郝簠作绝句二首以志,云:"五云高处紫宸开,万国夷王称寿杯。一纸奏章天子悦,将军生献王三槐。王师剪暴一方安,凤诏新颁帝泽宽。遥想军营受恩日,呼声动地万人欢。"③这是站在清廷立场上作出的歌功颂德之作,没有跳出封建统治的窠臼。但《闻西郡警有感》却道:"种田当纳赋,国课良所先。嗷嗷中泽鸿,得母困饥寒。厝火置积薪,高卧岂为安。愿言告良牧,戒兹前车翻。"④这是从现实生活出发,看到平民之家"辛苦多烦艰",也看到天灾与繁重赋税导致的"饥旱苦连延"等一系列问题才是民众造反的根源。作为闺中弱女,无法改变现状,只能期待那些"良牧"能以平民安危为重,避免官逼民反的现象

---

① (清)李长霞:《锜斋诗选》,《山东文献集成》第 4 辑第 32 册,第 249 页。
② (清)卢见曾编:《国朝山左诗钞》卷五十八,《山东文献集成》第 1 辑第 41 册,第 776 页。
③ (清)郝簠:《碧梧轩吟稿》,《山东文献集成》第 3 辑第 41 册,第 365 页。
④ (清)郝簠:《蕴香阁诗钞》,《山东文献集成》第 3 辑第 41 册,第 381 页。

再次发生。这是那个时代的女性在公议空间里所能发出的最大的声音。

虽然在战乱诗的写作过程中,个人视角和旧时代的大环境限制了她们看待历史的眼光,但清代山左女性仍然留下了关于战争的真实记录。基于平民传记在官方档案中缺失的原因,女性的这类诗歌给后人留下了多样性的史料。在战乱的苦难抒写时,也发出了自己对于时事的议论声音。

三、泛情、共情与移情:女性视角下的咏史诗

读史是清代山左女性日常功课之一。王照圆曾在病中读史,"余雅不读史,间亦命余钞录,用省记功也"①。刘耆仪自幼熟读史书,十六岁作《吊孔明》《叹马谡》等作,张学文称赏其才力华赡,见识宏富。孔璐华之子阮孔厚为其所撰《行状》云:"先妣读史有识,存杂文十数篇,今亦录《项羽论》《金日䃅论》等四篇。"②清代女性往往在诗文中引用历史典故,发表议论。而外出游历,登临名胜古迹,念及相关历史人物,更能激发女诗人的创作动机。

清代山左女性咏史诗中存在三种倾向:一种是具有普遍意义的历史感,没有什么具体指向(泛情);一种是抒发历史变革、沧海桑田之感(共情);一种是将自己的感受代入历史人物中(移情)。

第一种:"泛情"。女性将观看史书的过程和心得付诸笔

---

① 《(光绪)栖霞县续志》卷十。
② (清)张鉴等撰:《阮元年谱》卷七,中华书局1995年版,第176—177页。

端,如孔璐华《偶成》一诗写读史的感受:"史书流览最相宜,古事皆如一局棋。强手自能赢弱手,几人聪慧几人痴。"①其重点在于表达了一种跨越古今、通达世事的态度。郝簋《冬夜观书》写其彻夜读史书,其中感悟如下:"堪笑漆室女,居然类冬烘。夫子事简编,四十困黉宫。而我顾何事,流连铅椠丛。儒冠士多误,况乃脂粉容。专城未有分,文章难送穷。闺阃有礼法,在昔称郝钟。庶几步遗躅,或不惭宗风。蠹鱼有嗜好,蜡屐颇相同。聊以适吾意,谁宁图其功。"②可见,读史可以令女性视野开阔,辨是非,明大义。

第二种:"共情"。此类怀古诗多抒发历史变革、沧海桑田之感。如邢顺德《华清宫》云:"鸣鸾不复到华清,寂寞无人空月明。可惜当时歌舞地,年年春草路边生。"③感今伤古,被评价为:"深情远韵,直泜唐人之垄。"④于桂秀出游时,经今江苏一带,写有《姑苏怀古》《金陵怀古》《琼花台》《石帆亭怀古》等诗,抒发感慨。《姑苏怀古》云:"蘼芜生遍馆娃宫,兰径香销麋鹿踪。几度夫椒悲往事,青怜白浪哭秋风。"⑤《金陵怀古》三首:"星移物换六朝非,虎踞龙蟠王气微。唯有去来江上雁,秋风秋雨故飞飞。""采菱人散香归水,夹道烟花翡翠迷。燕鹊不知兴慨地,朝来暮去绿杨堤。""古木寒云六代宫,寂寥香径野棠红。

---

① (清)孔璐华:《唐宋旧经楼诗稿》卷六,《清代诗文集汇编》第478册,第115页。
② (清)郝簋:《蕴香阁诗钞》,《山东文献集成》第3辑第41册,第375页。
③ (清)邢顺德:《兰圃诗草》,《山东文献集成》第3辑第36册,第785页。
④ 见(清)邢顺德:《兰圃诗草》批注,《山东文献集成》第3辑第36册,第785页。
⑤ (清)于桂秀:《无梦轩诗》,《山东文献集成》第2辑第35册,第314页。

可怜玉尘风流尽,江水千回却向东。"①皆是以今景反衬史事,突出沧桑巨变、人世无常、无可奈何之意。《琼花台》末句云:"莫向雷塘寻旧迹,只今草木尚含羞。"②暗含对隋炀帝奢靡无度的讽刺。《石帆亭怀古》云:"一带荒烟暗古亭,夜深满地舞流萤。当年碧瓦埋芳草,终古青山敞画屏。春至莺声传树杪,秋来燕语向檐铃。渔洋胜迹犹传说,午夜摊经柳色青。"③石帆亭为王士禛偃息之处,王士禛曾作《石帆亭》一诗。于桂秀与王士禛同为新城人,经此亭前,仰慕乡贤,写下这首诗以作纪念。

山左女性的咏史诗会对朝代更替、帝王将相、英雄才子作出别样的评论。郝簋《咏史》写秦始皇为统一天下历尽艰险,但仍敌不过亡国之运,导致政权交替。诗人因此得出结论"人事无久停,盛衰难究推"④。《咏史》云:"邺架牙签信手开,英雄竹帛半尘埃。时来屠狗亦王佐,运去卧龙非将才。金马功名托诙谐,长沙心力寄悲哀。悠悠得失休重论,千古昆明有劫灰。"⑤认为历史随时光逝去,曾经的得失也早就不复存在。李长霞《和佩韦夫子题淮阴侯祠壁》,咏韩信事迹,末尾发出感叹:"追亡相国无始终,如何不救钟室死。故乡虽好不能归,自古功臣多如此。"⑥其《旅行杂诗》之四云:"昨发於陵城,今过伏生里。荒陇春不耕,残碑断犹峙。饥兔走陂陁,惊鼠缘松杞。缅怀祖龙时,

---

① (清)于桂秀:《无梦轩诗》,《山东文献集成》第2辑第35册,第319页。
② 同上,第320页。
③ (清)于桂秀:《无梦轩诗》,《山东文献集成》第2辑第35册,第322页。
④ (清)郝簋:《蕴香阁诗钞》,《山东文献集成》第3辑第41册,第381页。
⑤ (清)郝簋:《碧梧轩吟稿》,《山东文献集成》第3辑第41册,第363页。
⑥ (清)李长霞:《锜斋诗选》,《山东文献集成》第4辑第32册,第245页。

生也为博士。焚书识先机,遁迹归桑梓。却征甘草莱,传经赖女子。衰贱固云然,渝节亦所耻。鄙哉叔孙生,朝仪媚君旨。"①"於陵"在今周村及邹平东南,"伏生里"应指伏生故乡,在今邹平市。全诗以伏生之事传达出"衰贱固云然,渝节亦所耻"的宗旨。

由此可见,清代山左女性借怀古写兴亡,跳出个人生活的小圈子,具有历史反思性,给文学带来了新气象。

第三种:"移情"。诗人从自身性别角色出发,以女性视角吟咏历史人物,自有新见。"由于历史在广度与深度上的丰富内涵,妇女史研究成为女性主义精神投射到人类知识图景中的多棱镜,体现着女性与主流知识、人生交融的努力"②。山左女诗人在咏史诗中将目光聚焦在历史人物身上,以共情的心态作出了相对公正的评价,不乏新颖的观点。其中一些观念更彰显了女性自觉意识的觉醒。

历史上以才色著称的女性更能引起后世女性的同情和关注,为之作诗赞赏成为清代山左女诗人的普遍选择。对一些知名的女性历史人物,山左女诗人往往采用赞赏的态度,或称其贤德,或感其忠义。李长霞《班婕妤》诗云:"白日无留景,时序相代迁。秋风吹庭树,纨扇坐自捐。岂必倾国容,亮无阿世颜。蓼虫未觉苦,胡马不辞寒。苦寒讵弗历,所性保天然。"③赞叹班婕

---

① (清)李长霞:《锜斋诗选》,《山东文献集成》第 4 辑第 32 册,第 240 页。
② 王若君:《边缘族群的解读:女性主义视角下的历史哲学》,《辽宁师范大学学报》,2002 年第 2 期,第 105—108 页。
③ (清)李长霞:《锜斋诗选》,《山东文献集成》第 4 辑第 32 册,第 239 页。

好选择幽居终老,秉持气节,不作奴颜媚骨之态。冷玉娟《痛惜》一诗为昭君发惋惜之语:"痛惜恩光出汉家,红颜西去走龙沙。琵琶独发关山外,犹见长安旧月华。"①郝簋有咏史诗写梁鸿、孟光之事。孟光虽貌丑,却贤德有才,最终与梁鸿结为夫妻,简衣素食,安贫乐道。"佣书业既薄,旅食名非厚。俯仰百年间,余声亦不朽"②。诗人借此抒发女性德才尤其是"德"的重要性。田雯之母张氏通书史,以贤名称。曾助夫君田绪宗处理官中事务,为其排忧解难。在田绪宗去世后,又抚孤守节,课子读书。其有《咏古》一诗:"老头皮在何妨隐,爱酒吟诗兴可兼。杨朴妻贤留好语,女中亦自有陶潜。"③此诗化用杨朴及其妻的典故,借此表达对杨朴之妻的钦慕,认为其贤明通达,能与夫君安于贫贱,归隐山林,有陶潜之风。在另一层面,也体现出诗人的意向选择,认同杨朴妻的行为,有效仿之意。孔璐华《读明娄妃墓碑感赋》:"妙词无数吊贞魂,六尺丰碑今尚存。读罢真知明大义,凄凉长伴月黄昏。""贤妃虽死却如生,一片冰心似水清。惭愧宁王是男子,妇言不用反倾城。"④娄妃名素珍,明朝大儒娄谅孙女,明宁王朱宸濠之妻。娄氏不仅工诗善书画,更以贤德明大义著称。朱宸濠欲谋反,娄妃多次劝阻,无奈宁王不肯听其劝诫,最终失败,娄氏投江而死。明人蒋一葵《尧山堂外

---

① (清)卢见曾编:《国朝山左诗钞》卷五十八,《山东文献集成》第1辑第41册,第775页。
② (清)郝簋:《蕴香阁诗钞》,《山东文献集成》第3辑第41册,第381页。
③ (清)卢见曾编:《国朝山左诗钞》卷五十八,《山东文献集成》第1辑第41册,第766页。
④ (清)孔璐华:《唐宋旧经楼诗稿》卷六,《清代诗文集汇编》第478册,第116页。

纪》卷九十四记载宁王事败被废为庶人,曾感慨:"昔纣用妇言而亡天下,我不用妇言而亡家国。"①孔璐华感此而赋,一方面赞美娄妃贤德,另一方面也肯定女性通晓大义、敢于劝谏的行为。陈宝四《扶风怀班大家》咏班昭,赞其"大家才思总无伦"。此外,还高度评价了班昭在历史上的地位:"千秋史笔成巾帼,汉代文章有妇人。"②王氏有《读齐姜传》:"重耳当年醉梦中,主盟华夏本谁功。若非杀得桑中婢,衰偃终为田舍翁。"③赞美齐姜目光长远,能辅助夫君成就大业。《读如姬传》云:"死报深恩分亦宜,如姬有胆大如箕。请思无忌功成处,胜算元来却是谁。"④感叹如姬为报恩冒死助信陵君盗取虎符,是孝义之人。于桂秀《吊绿珠》云:"繁华消息竟如何,玉碎香销恨转多。唯有冰掺似江水,涓涓依旧漾清波。"⑤吟咏绿珠事迹,叹其节义。东晋苏若兰因织锦作回文诗《璇玑图》,巧思慧才,被历代女性称赏,以其入吟咏者甚多。郝簠即有《题苏若兰璇玑图后》诗:"宛转离鸾曲,光芒吐凤才。效颦欲有作,谁为寄泉台。""千秋传锦字,百叶有孙枝。不妨哀苦意,并许后人知。"⑥借感叹苏若兰之才而感怀身世,苏氏尚能寄诗于夫君;郝簠夫张醒堂亡,即便有此巧思,也无处可寄。

对一些历史上有争议的女性,尤其是西施、杨妃等,清山左

---

① (明)冯梦龙:《智囊》卷四,吉林大学出版社2009年版,第117页。
② (清)余正西辑:《国朝山左诗汇钞后集》卷二十七,《山东文献集成》第1辑第43册,第329页。
③ (清)王氏:《绿窗诗草》,《清代诗文集汇编》第30册,第221页。
④ 同上。
⑤ (清)于桂秀:《无梦轩诗》,《山东文献集成》第2辑第35册,第315页。
⑥ (清)郝簠:《恤纬吟》,《山东文献集成》第3辑第41册,第398页。

女诗人多能以不苟同成见之心理,为之争辩。王氏《读西施传》有云:"一入馆娃酬旧主,几回响屟恨长廊。椒华靧面为谁悦,珠幌香风只自伤。"①对西施的遭遇表示同情,而对其最终与范蠡归隐又抱有欣慰之意。如孔璐华《读长恨歌》:"尽可宫中宠太真,但须将相用贤臣。君王误在渔阳事,空把倾城咎妇人。""安杨将相仍如旧,未必渔阳不反兵。"②反对"红颜祸水论",为杨妃翻案,认为根底还在于君王不用贤臣,而安禄山起兵也是无法阻止的历史潮流。由此可见,山左女诗人不仅吟咏才女班昭、蔡文姬、左棻、谢道韫等,还同情西施、杨妃等带有争议性的女性,传达出包容与悲悯的态度。

相较于男性文人,山左女性文人社会阅历较浅,见解毕竟有限。但她们仍然创作了众多优秀的咏史诗,以女性视角,突出男性咏史诗的重围,表现了她们的才情与史识。

魏爱莲《17世纪中国才女的书信世界》中指出,上层女性中"文学技巧与家庭生活"出现了新的关联,那些妇女能够在家中创造一种鲜活的文学氛围。"这些女性诗作中,许多主题及主旨借鉴男性学者文人诗作。对她们而言,诗歌也是一种人际沟通和社会交往的方式。无论是在和平盛世的深闺之中,抑或是在社会政治动荡之际,作为难民躲避战争和叛乱,女性用诗歌记录特定的生活场景,用诗歌表达内心的冥思,记录自己的游历,

---

① (清)王氏:《绿窗诗草》,《清代诗文集汇编》第30册,第219页。
② (清)孔璐华:《唐宋旧经楼诗稿》卷一,《清代诗文集汇编》第478册,第70页。

为文集或画作题词,并书写自己对日常生活的体验"①。综上可知,清代山左女性的写作空间不限于家庭生活,对疾病、战争、历史等问题都进行了关注与思考。她们以女性视角为出发点,用诗歌表达了超越家庭以外的各类事件的看法,在文学的长河中发出了专属于女性的声音。

---

① (加)方秀洁:《绪论》,(加)方秀洁、(美)魏爱莲:《跨越闺门:明清女作家论》,第5页。

第四章　清代山左女性文学个案研究

清代山左女性佼佼者众多,本章选取较具代表性的孔璐华、郝懿与李长霞三位作为个案进行研究。孔璐华的诗歌以书写诗礼之家的日常生活为主,部分诗作在女性文学的题材范围上有所扩大。郝懿的诗歌创作贯穿一生,其诗歌题材、风格的变化反映出清代山左女性在狭窄生存空间中的成长经历,能体现出古代女性生活的多个层面。而李长霞拟古之作艺术成就颇高,其诗歌以描写战乱为主,反映出清代山左女诗人对时代和社会民生的人文关怀。

第一节 孔璐华与《唐宋旧经楼诗稿》

孔璐华出身曲阜孔氏,受过良好的儒家教育。嫁给阮元后,与家中女眷多有唱和,还参与曲江亭唱和等。孔璐华有《唐宋旧经楼诗稿》,描写了诗礼之家的日常生活,部分诗作在女性文学的题材范围上有所扩大,体现出雍容安闲、淳雅宏阔的风格。

一、生平与著述

孔璐华(1777—1832),字经楼,又称经楼夫人。七十一代衍圣公孔昭焕孙女,七十二代衍圣公孔宪培侄女,七十三代衍圣公孔庆镕女兄,仪征阮元继室。孔璐华幼娴诗礼,工诗善画,有《唐宋旧经楼诗稿》传世,诗风雍容安闲、淳雅宏阔。

嘉庆元年(1796)四月孔璐华嫁入仪征阮氏,为阮元继室。先是,阮父阮承信做媒,将毕沅之女许配第七十三代衍圣公孔庆镕,之后,毕沅遂将孔庆镕之姊孔璐华介绍为阮元继室。陈康祺《毕阮二公缔姻孔氏》云:"二公表章经籍,笃古崇儒,至求淑相攸,必属之东鲁圣人之裔,诚不愧儒雅风流矣。"[1]阮元(1764—1849)字伯元,号芸台,又号揅经老人、雷塘庵主,谥文达,江苏扬州人。乾隆五十四年(1789)进士,历乾隆、嘉庆、道光三朝,拜体仁阁大学士。阮元为官清正,且注重文化教育,奖掖人才,刊刻图书典籍,创办学堂"诂经精舍""学海堂"等。《清史稿》评价其:"身历乾、嘉文物鼎盛之时,主持风会数十年,海内学者奉为山斗焉。"[2]

孔璐华幼时读毛诗,"奈不能颖悟,笔性颇拙",其父叮嘱她"能学礼,不必定有才"[3],以至于孔璐华待字闺中时,并未有太多创作。婚后受阮元影响,孔璐华才于诗歌方面用心学习,不时与阮元相唱和,甚至还能为阮元代题诗作,如《代夫子为人题墓田山水卷子》《代夫子为人题中书菊隐图》等。

孔璐华之外,阮元尚有三妾:刘文如、谢雪、唐庆云,皆受阮

---

[1] (清)陈康祺:《郎潜纪闻》卷七,光绪十年琴州刻本。
[2] (清)赵尔巽等编:《清史稿》卷三百六十四"列传一百五十一",中华书局1977年版,第11424页。
[3] (清)孔璐华:《唐宋旧经楼诗稿》,《清代诗文集汇编》第478册,第66页。

氏影响,重视文才,有诗文传世。阮元堂弟媳、阮亨之妻王燕生,有《凝香阁诗钞》。长子阮长生之妻刘繁荣有《青藜馆诗钞》。次子阮福之妻许延锦为兵部主事许宗彦与梁德绳二女,许延礽之妹,有《鱼听轩诗草》。三子阮祜之妻钱德容亦有诗钞,惜佚。阮祜继室钱继芬曾同沈善宝、西林春等结成秋红吟社。孔璐华之女阮安幼聪颖,七岁能诗。著有《广梅花百咏》,阮元曾为其题跋。三孙女阮恩滦少聪颖,善鼓琴,被阮元呼为"琴女孙",有《慈晖馆诗词草》,收入《扬州文库》。阮氏一门风雅,孔璐华与阮元妾室刘文如、唐庆云等及女儿阮安、长媳刘繁荣、次媳许延锦、孙女阮恩滦等多有唱和,还参与曲江亭唱和等文学交游活动。

　　孔璐华诗作结集为《唐宋旧经楼诗稿》。《唐宋旧经楼诗稿》有两个版本,六卷本和七卷本。陈康祺《郎潜纪闻》云:"夫人习书礼,能诗文,有读史杂文数十篇,《唐宋旧经楼诗稿》六卷,世遂号经楼夫人。"① 六卷本为嘉庆二十一年(1816)刻,有"经楼居士"识:"遂删订嘉庆二十年以前者,勒为六卷云。"卷六末有"古霞唐庆云校字"一行。《续修四库全书总目提要(稿本)》《阙里孔氏诗钞》《山东通志》著录皆为六卷。孔宪彝辑《阙里孔氏诗钞》卷十三孔璐华小传中云:"有《唐宋旧经楼诗稿》六卷。……所著诗六卷,归安姚文僖公载入《扬州府志》。"②《续修四库全书总目提要(稿本)》云其"不以体别,亦不以年

---

① (清)陈康祺:《郎潜纪闻》卷七,光绪十年琴州刻本。
② (清)孔宪彝辑:《阙里孔氏诗钞》卷十三,《山东文献集成》第3辑第41册,第218页。

编……是编盖璐华手自删订者也"①。

七卷本为嘉庆刻道光续刻本。胡文楷《历代妇女著作考》所录为七卷本,并记载《唐宋旧经楼诗稿》:"嘉庆二十年乙亥(1815)刊本,前有总目。第六卷目后有经楼居士识,六卷末有'古霞唐庆云校字'一行,是初刊六卷,即《贩书偶记》所见之本,第七为续刻。(《重修扬州府志》作四卷)"②《扬州文库》影印此本,《清代诗文集汇编》亦影印此本。

孔璐华诗歌还分散于各类总集、地方志中。孔宪彝《阙里孔氏诗钞》选孔璐华诗21首,黄秩模《国朝闺秀诗柳絮集校补》选其诗19首,徐世昌《晚晴簃诗汇》选其诗8首,余正酉《国朝山左诗汇钞后集》选其诗3首,恽珠《国朝闺秀正始集续集》选其诗3首,《(民国)三续高邮州志卷七载诗》选其诗1首。

除诗歌外,孔璐华还有《项羽论》《金日䃅论》等读史杂文十几篇。

孔璐华身为孔氏后裔,出身优越,出嫁后又随夫宦游各地,见闻较广。孔璐华将随祖母阙里迎驾之盛事、衍圣公府之日常、随宦游历之见闻等写入诗中,拓展了古代女性诗歌的吟咏空间,从中可见清代上层女性的日常生活状态。《续修四库全书总目提要(稿本)》评价:"按是编所收咏事、咏物、即景、抒怀之作,兼而有之,收集之富,实为闺阁中罕见者。"③王豫《群雅集》卷三十

---

① 中国科学院图书馆整理:《续修四库全书总目提要(稿本)》第21册,第136页。
② 胡文楷:《历代妇女著作考》卷七,第219页。
③ 中国科学院图书馆整理:《续修四库全书总目提要(稿本)》第21册,第136页。

七云:"近代闺阁诗当奉为法则。"①

二、闺阁日常生活的体现

孔璐华展现诗礼之家的日常生活的诗歌大致可分为三类。首先是幽闲之作。孔璐华嫁入阮家后生活优渥,无须为生计发愁,日常与刘文如等妾室进行唱和,诗中多有富贵生活的闲适之感。《唐宋旧经楼诗稿》卷一有孔璐华与张因、刘文如、谢雪、唐庆云所作四时闺中八咏:《春闺八咏》《夏闺八咏》《秋闺八咏》《冬闺八咏》。卷三有《冬夜联句》,为孔璐华与刘文如等妻妾四人之联作。孔璐华这类诗歌着重描写日常细节,幽闲而富于诗意,写冬日长夜漫漫,以诗书消磨时光,如《夜坐》云:"闲坐幽居思悄然,博山香细带茶烟。冻云黯黯催人意,柏叶温温酿雪天。但觉围炉销夜永,更来剪烛破诗悭。疏梅欲放腊将去,残漏轻敲亦可怜。"②《夜坐即事》云:"深锁房栊天气冷,半因小坐半评诗。"③冬日漫长,闲居在室,最能细细体味生活的细节之美。如孔璐华《冬日》一诗:"最爱深冬共试茶,流光弹指度年华。卧遮帘幕炉烟聚,坐看窗棂日影斜。翠竹沉沉围小院,寒梅淡淡照轻纱。案头闲览多时节,比校诗书恐字差。"④写室内可焚香品茶,室外有翠竹寒梅,极具冬日之静美。富贵之家无须为衣食奔波,作为闺中之人,为了打发时光,便以读书校书为乐,充满闲适

---

① (清)王豫:《群雅集》卷三十七,王豫:《江苏诗征》,道光间刻本。
② (清)孔璐华:《唐宋旧经楼诗稿》卷一,《清代诗文集汇编》第478册,第77页。
③ 同上。
④ 同上,卷三,第88页。

之意。

阮家有积古斋、文选楼等地,藏书丰博。阮亨《瀛舟笔谈》云:"兄官学政、巡抚时,留意于东南秘书,或借自江南旧家,或购之苏州番舶,或得之书坊,或抄自友人。"① 据阮元《扬州隋文选楼记》所载,嘉庆九年(1804),阮元奉父命建藏书楼,以"文选楼"作名。孔璐华等人皆在此楼中流连读书,其诗稿中也有诸多提及"文选楼"的作品,如《题家乡图册八幅》之《选楼巷家庙》云:"门前森古柏,槛外立丰碑。唯望子孙好,读书知礼仪。"②《隋文选楼》云:"隋代旧楼基,重建新楼屋。缥缃六万卷,金石二千幅。胜日偶登临,风景颇清目。莫当小园看,唯应勤诵读。"③可见,阮氏一族极其注重藏书与读书。孔璐华《文选楼即事》云:"碧桃凝露发新枝,柳叶轻盈展翠眉。满院落英宜读画,半窗晴日耐评诗。权将玲石为茶灶,旋洗铜尊作砚池。帘外春寒浑未觉,龙团间看碧参差。"④将在文选楼中的闲适生活——呈现于纸上,展示了书斋生活的惬意与诗意。阮元祖父曾在公道桥东北购置田庄,"三十六陂亭"由阮元父亲建造。此处还有珠湖草堂、湖光山色楼等。孔璐华《三十六陂亭堂后高亭平畴湖水皆可见》云:"茅舍晴烟绕,轩窗面面开。山光齐缥缈,水影共徘徊。港曲波潆砌,风清月满台。鸳鸯三十六,应向此亭来。"⑤此

---

① (清)阮亨:《瀛舟笔谈》,嘉庆二十五年刻本。
② (清)孔璐华:《唐宋旧经楼诗稿》卷五,《清代诗文集汇编》第478册,第109页。
③ 同上。
④ 同上,卷二,第80页。
⑤ 同上。

诗咏亭间山光水色,写出阮家庄园生活之幽闲自在。

其次是闺中交游的展现。阮元继室孔璐华,妾刘文如、谢雪、唐庆云,儿媳刘繁荣、许延锦、钱德容、钱继芬,堂弟媳王燕生,女儿阮安,孙女阮恩溎,不仅日常相处融洽,且在诗歌词作方面有共同的爱好,在闺中时常唱和,如孔璐华《即事》云:"宦程来往亦多年,忙里惭无翰墨缘。幸有闺中诸女史,幽窗同检白云篇。"①孔璐华《题静春居诗卷》小注中称刘文如:"熟于史书,曾著《两汉书三国志疑年录》。"②《唐宋旧经楼诗稿》卷一有《杭州节院与书之宜人夜坐》,《立春日和书之宜人韵并呈净因夫人》,卷四有《寄书之宜人珠湖草堂》《偶成二首邀书之宜人和之》,卷五有《题书之宜人静春居图》《京邸春日寄怀书之宜人》等诗。谢雪师从张因学诗,善书画。孔璐华赞其"性情幽静……闺中唱和之作,宦迹游览之篇,得数百首"③。《唐宋旧经楼诗稿》卷四有《题月庄女史画扇》,卷五有《月庄女史寄诗依韵答之》《夏夜寄书之宜人、月庄女史》等。唐庆云著有《女萝亭诗稿》,在孔璐华的支持下刊刻成集,"其壬申年以前诗数百篇,余命其先为刻成。游踪宦迹,兼记时地闺中韵事。因乐序之"④。孔璐华有《古霞女史携五儿妇云姜游唐荔园归,携荔枝赠余以诗谢之,即和原韵》等诗。

---

① (清)孔璐华:《唐宋旧经楼诗稿》卷二,《清代诗文集汇编》第478册,第82页。
② 同上,卷六,第120页。
③ (清)孔璐华:《咏絮亭诗草·序》,(清)谢雪:《咏絮亭诗草》,《清代诗文集汇编》第478册,第129页。
④ (清)孔璐华:《女萝亭诗稿·序》,(清)唐庆云:《女萝亭诗稿》,道光间刻本。

家庭成员之外,孔璐华曾与才女张因有诗歌往来。张因(1741—1809),字净因,一字淑华,人称净因道人,扬州人。黄文旸妻。工诗善绘,为阮元妾室谢雪和唐庆云的闺塾师。孔璐华有《和黄净因夫人韵》《甲午二月,同净因黄夫人泛舟过半山看花》《题净因师张夫人画荷花纨扇》等诗。

孔璐华还曾带领阮氏女眷等与王氏女眷王琼、王乃德、王乃容游曲江亭,酬唱往还。王琼《曲江亭唱和集》序:"丙寅(嘉庆十一年,1806)春,大中丞阮芸台先生来访,家兄柳邨子爱种竹竿,竹木幽邃,建曲江亭于轩西,为遣夏著书之地。夫人孔经楼贤而才,不鄙弃琼,遂偕张净因、刘书之、唐古霞、家凝香诸子,与琼互相赓和以为乐,而江瑶峰、鲍茝香二子亦先后寄诗订交,暨侄女辈共得十有一人,均为一时闺阁盛事。"①可知曲江亭为王氏家中避暑之地,嘉庆十一年阮氏女眷来此游玩唱和。孔璐华《唐宋旧经楼诗稿》中常有诗作追忆曲江亭与诸女史游赏之事,如《忆曲江亭,寄答翠屏洲诸女士》《春日偕净因夫人、古霞女史过曲江亭》《和翠屏洲女史见寄原韵》《淮扬节署答曲江亭诸女史》《忆曲江亭春柳》等。其《曲江亭》一诗便记录了与女伴们畅游曲江亭、谈诗品茶的情景:"曲江对焦山,亭外万桃柳。黄鸟乱飞鸣,我昔偕诗友(谓黄净因夫人及王氏诸女史)。烹茗坐谈诗,日暮又分手。今日忆沧江,胜游惜难久。"②

曲江亭唱和主要成员以阮、王两家为主,包括孔璐华、刘文

---

① (清)王琼:《曲江亭唱和集》,嘉庆间刻本。
② (清)孔璐华:《唐宋旧经楼诗稿》卷五,《清代诗文集汇编》第478册,第110页。

如、谢雪、唐庆云,堂弟媳王燕生。王豫之妹王琼,女儿王乃德、王乃容,甥女季芳。此外,还有谢雪的闺塾师张因。王琼字碧云,晚号爱兰老人,王豫妹,诸生周维延妻室。著有《爱兰轩集》《名媛诗话》八卷,皆不传。王燕生为阮亨妻,王豫之妹,是联系阮、王两家的关键人物。王乃德,字子一,王豫长女,著有《竹净轩集》《竹净轩诗话》,皆失传。王乃容,王豫次女,著有《浣桐阁集》《浣桐阁诗话》,皆失传。季芳,字如兰,王豫外甥女,著有《环翠阁诗集》,与王乃德、王乃容有诗歌合刻《种竹斋闺秀联珠集》,亦佚。王豫《群雅集》记录当时参加者还有张因等人,由王凝香刻为《曲江亭唱和集》。法式善《梧门诗话》记载参与曲江亭唱和的人数更多:"一时名媛,如张霞城绚霄、毕智珠慧、孔经楼璐华、刘书之文如、江瑶峰秀琼、侯香叶芝、张净因因、鲍苣香之蕙、张小谢少蕴,皆寄声定交,赓和盈帙。"①

孔璐华有《拟元人梅花百咏之十七首并序》一诗,是其与亲友唱和之作。自序:"四库未收唐宋元遗书不少,夫子采访一百余种进呈御览。乙亥夏,在吴中钞得元板元韦珪《梅花百咏》一卷,前有杨铁笛序,读之,甚为可喜,但其诗皆是七绝。官斋清暇,约同闺友三人暨大儿妇、六女,共六人。依次分题,各咏五律十余首,共成百咏。诗成,又互相商量改正,抄写排成一卷,较之元人,未知能否相拟也。时安女学诗,初能吟咏,请名其书斋,即

---

① (清)法式善:《梧门诗话》,张寅彭、张迪艺:《梧门诗话合校》卷十六第三十七则,凤凰出版社 2005 年版,第 459 页。

名之曰'百梅吟馆'焉。"①可知此次唱和时间应为嘉庆二十年（1815），因抄得元人所作梅花诗，故约亲友一同作诗。孔璐华所作包括《庭梅》《溪梅》《探梅》《赏梅》《浴梅》《妆梅》《雪梅》《烟梅》《寒梅》《咀梅》《西湖梅》《东阁梅》《僧舍梅》《道远梅》《担上梅》等，其中《溪梅》一首较有韵味："但觉春风暖，溪梅破绿痕。人寻桥上树，鸟渡水边村。波影浸花影，冰魂绕梦魂。扁舟谁载酒，一棹散温麐。"②

再次是对亲情的描绘。同其他出嫁的女性一样，孔璐华对母家充满了眷恋和思念，如《春日偶成》云："多病多愁强自宽，鲁东千里见亲难。连朝春雨添人恨，几度思归倚画栏。""遥夜春寒梦不成，思亲心切与谁评。阶前风色知多少，相和离愁对月明。"③《有感》云："人生最是感流年，况又思亲倍黯然。"④远嫁千里，即便生活优渥，也难以抵消对亲人的思念。孔璐华曾画《椿萱并茂图》寄托对父母的思念："遥望行云思阙里，难将寸草报深恩。"⑤其《忆弟》云："手足分襟已数年，离愁两地寸心悬。梦魂常自依堂上，每听鸡鸣报晓天。"⑥《和南池二弟偶成原韵》云："千里辞亲别故园，京华姊弟复盘桓。"⑦《春日偶成兼怀阙里》："一年风景一番新，小住羊城忆

---

① （清）孔璐华：《唐宋旧经楼诗稿》卷六，《清代诗文集汇编》第478册，第117页。
② 同上。
③ 同上，卷二，第78页。
④ 同上，卷六，第113页。
⑤ 同上，卷一，第72页。
⑥ 同上，卷二，第80页。
⑦ 同上，卷五，第106页。

泗滨。寄语乡园诸弟妹,同枝可念远离人。"①《忆阙里兼怀甬东》云:"常为思亲意黯然,云山千里隔江天。昌平聚首知何日,姊弟分襟又数年。几度梦魂来枕上,一番诗思对灯前。连朝更望平安报(夫子在宁波督剿海寇),多少愁心两地牵。"②这些诗作皆是表达了对家中亲人的想念,手足之情跃然纸上。

孔璐华幼娴诗礼,行动以礼法为据。《阙里孔氏诗钞》卷十三言其"于归相国,以贤孝称。持家居丧,多引阙里礼法"③。孔璐华嫁入阮家时,阮母林太夫人已去世,为表孝心,孔璐华将扬州白瓦巷阮氏旧宅中阮元出生之所,用簪珥赎回,舍为海岱庵。并写有《海岱庵》一诗:"慈姑昔所居,我改海岱庵。夫子诞生处,思亲常忆谈。慈亲昔祷祀,一一修神龛。旁亦设亲主,焚香泪暗含(龛列碧霞元君、观世音菩萨、天后神位)。"④阮元性至孝,父母去世后,常至雷塘凭吊。孔璐华写有诸多与雷塘有关的诗,表达对舅姑的思念,如《雷塘墓庐》等。除对尊长孝敬之外,孔璐华对待家人也以贤惠慈爱著称。不仅与刘文如等人相处洽然,还时常以诗词唱和。在诗歌中,也能看到她对子女们的关爱和照顾。

---

① (清)孔璐华:《唐宋旧经楼诗稿》,卷七,《清代诗文集汇编》第478册,第126页。
② 同上,卷四,第101页。
③ (清)孔宪彝辑:《阙里孔氏诗钞》,《山东文献集成》,《山东文献集成》第3辑第41册,第218页。
④ (清)孔璐华:《唐宋旧经楼诗稿》卷五,《清代诗文集汇编》第478册,第110页。

三、诗礼之家的生活与女性诗歌题材的拓展

曲阜孔氏作为清朝备受重视的大家族,与朝廷有着重要联系。因此,孔璐华的闺阁生活有常人难遇之事。其《乾隆五十五年圣驾巡幸阙里,随祖母程太公夫人恭迎宫辇》诗云:"箫韶风暖净尘沙,缥缈炉烟吐绛霞。凤辇曾停携半袖,玉音重问赐名花(时宫车驻,问璐华年纪,并携手赐花)。千章宝炬春光晓,十里旌旗泗水斜。何幸随亲同被泽(璐华年十四,时伯母于公夫人、母封公袁夫人皆随侍),皇恩优待圣人家。"①写乾隆皇帝巡幸阙里,孔璐华随祖母恭迎宫辇,得赐宫花之事。七十二代衍圣公孔宪培去世时,因无子嗣,由孔璐华之弟孔庆镕袭封七十三代衍圣公。孔璐华作《哭伯父》诗,其中一首写年仅七岁的孔庆镕如何遵循居丧礼法:"哀哀尽礼寒双跣,阁第人怜小袭公。"小注中进一步解释:"余家居丧礼法最严,子有丧者,虽严冬,皆跣足三日。弟虽七岁亦如此,故人皆怜之。"②

阮元先后任山东、浙江学政,浙江、河南、江西三省巡抚,湖广、两广、云贵三地总督。为官之时,宦游四方,孔璐华等多随之游历。孔璐华随夫宦游,辗转杭州、扬州、京师、淮阴、南昌、开封、武昌、广州等地。《唐宋旧经楼诗稿》有《夜过姑苏二首》《渡江》《自杭归扬州作》《西湖十景诗》诸诗。在随宦过程中,孔璐华常有寄怀家人之作,如《京邸春日寄怀书之宜人》云:"小住京

---

① (清)孔璐华:《唐宋旧经楼诗稿》卷一,《清代诗文集汇编》第478册,第68页。
② 同上。

华忆选楼,十年踪迹雪鸿留。"①《月庄女史寄诗,依韵答之》云:"京华虽是风光好,但少扬州月二分。"②《中秋》云:"唯怜此夕通宵坐,回忆文楼仰面看。"③《留别西江节署》云:"如此光阴看不定,漫将离绪寄维扬。"④随宦多地的经历使孔璐华能够走出闺门,畅游天地间,因此视野开阔。如其《登黄鹤楼和古霞女史原韵》云:"玉笛吹残明月夜,梅花摇落汉江秋。"⑤而《过宝祐废城》又写出另一番景象:"草木荒原迥,风霜破庙寒。"⑥

在咏物诗方面,孔璐华也有诸多作品,如卷二咏《湘帘》《纱屏》《羽扇》《竹窗》《黑蝶》《白燕》等。卷三咏《新雁》《咏藕》《咏菱》《咏莲房》《咏芡实》,卷五咏《香绒花》《古槐》《新竹》等。除以寻常之物作为吟咏对象外,还有一些较为特别的风物。阮氏一族重视文学艺术,有大量文物、藏书、珍贵字画,这些都为孔璐华提供了其他闺秀无法窥见的题材。如《玻璃窗》《咏汉金釭》《咏真子飞霜镜》等诗中所提及的"玻璃窗""汉金釭""真子飞霜镜"等皆非寻常人家所能见到之物。而《题唐六如同心合意图》《题宋马远画江楼玩月团扇图》《题元王振鹏画楼台倒影图》《题文衡山秋林书屋图》《题蓝田叔蕉窗秋霁图,崇祯辛巳在广陵画》等诗,以传世名家字画作为吟咏对象,显示出阮氏一族

---

① (清)孔璐华:《唐宋旧经楼诗稿》卷五,《清代诗文集汇编》第 478 册,第 103 页。
② 同上,第 108 页。
③ 同上,卷六,第 116 页。
④ 同上,卷七,第 120 页。
⑤ 同上,第 121 页。
⑥ 同上,卷三,第 88 页。

收藏之盛与文化底蕴之深厚。阮元作为朝廷重臣,常得皇家赏赐,这些都出现在孔璐华的诗篇中,作为吟咏的对象。其《闻夫子被御赐蟒服四事,文房四事却寄》云:"天上遥知赐锦袍,凤池珥笔拥丰貂。官清耐得君恩重,一片冰心答圣朝。"①又如《御赐恽寿平画册十二幅之三·万横香雪》:"当日诗成亲被赐,调羹饱饫凤墀来。"②《敬题御赐杜琼溪山瑞雪图》云:"此图却是君恩赐,上有高皇御笔题。"③《癸未正月二十日,夫子六十寿辰,在两广节院,夫子兼开督抚盐关四印,又蒙恩赐福字加赐寿字》云:"开印逢祥四十年(夫子三旬开詹事府正堂印,四旬开浙江巡抚印,五旬开漕运总督印,即今六旬亦恰逢开印之日,时兼摄抚印),六旬福寿共团圞。子孙称献双章瑞,夫妇同偕百岁欢。岭表德风皆静好,海天化雨更平安。堂前才拜云龙笔,避客还寻竹万竿(开印拜赐毕,即避客自往抚署密竹林中煮茶)。"④

孔璐华诗中还常有感皇恩之作。《西湖十景诗》序中云蒙受皇恩,得住杭城,为表感激之心,作西湖十景诗,又令闺友、儿妇同作绘册。孔璐华还在诗歌中记录了阮元的若干政绩和对圣恩的感戴。《和夫子冬至雪窗原韵》云:"持节洪都日,官清耐岁寒。军威皆肃静,民业共平安。臣力原当用,君恩欲报难(夫子到任甫及一月,即发余干逆案,不致日久成事,多害生民。仰蒙圣恩赏加太子少保并赐花翎。又上谕内云:'去岁林清一案,如

---

① (清)孔璐华:《唐宋旧经楼诗稿》卷三,《清代诗文集汇编》第478册,第95页。
② 同上,第85页。
③ 同上,第83页。
④ 同上,卷七,第124页。

能似此早办,何致酿成大事。'圣谕谆谆,特此书志)。已消乖戾气,瑞雪压阑干。"①《岭南除夕立春》云:"海国波澜皆晏静,天家寰宇尽平安。年年沾得君恩重,正好风清度岁寒。"②

钱德容为阮元三子阮祜之妻,出身官宦世家。其父钱楷曾任安徽巡抚,工隶书,善绘,曾绘御制诗意及五台山图,写《文殊师利所说经》,呈递帝后,蒙受赏赐。皇帝巡幸五台山,钱楷蒙受召见达十六次,奏答皆无误,被赐玉珮。钱楷将此玉珮转赠于独女钱德容。孔璐华《题赐珮轩白玉珮,珮乃七儿妇钱德容被赐之物》云:"我闻天恩重,指玉为重语。九龄受圣慈,此事难以遇。淑女宜佩此,精洁感异数。……祜儿识金环,室中得内助。闲时共风诗,鸣璆有雅度。瑶琨珍重藏,相伴朝与暮。吉祥传子孙,庇荫永垂裕。"③该诗借赐玉佩一事,感激皇恩,希望儿媳钱氏能牢记恩泽,并将这份恩泽传承下去。

孔璐华的诗中将阮元参与的家国大事都写入了诗中。嘉庆五年(1800),阮元被任命为浙江巡抚。其时盗匪横行海上,民不聊生。"先是,嘉庆四年冬,盗船之在浙者,最大为安南夷艇,其次则凤尾帮、水澳帮、箬黄帮,共数百船,盘踞浙洋,各行劫掠。"④阮元自上任后,致力于剿匪,至嘉庆九年(1804)夏,先后剿灭安南、凤尾、水澳、箬黄、黄葵等盗匪帮派。后期阮元离浙,盗匪继续横行海上。阮元又断续承担剿匪一事。其中以蔡牵等

---

① (清)孔璐华:《唐宋旧经楼诗稿》卷六,《清代诗文集汇编》第 478 册,第 115 页。
② 同上,卷七,第 122 页。
③ 同上,第 124 页。
④ (清)张鉴等撰:《阮元年谱》卷一,第 23 页。

盗匪最为凶顽,来往浙、闽、粤之间,长期为祸海上。孔璐华写有《八月十八日蔡逆就歼于浙海温州,二十二日夫子交印,入京祝嘏。曲阜闻之却寄》一诗:"浙洋蔡逆忽成擒,山左遥遥听捷音。七载瀛舟今始慰,报恩方不愧于心。"①指嘉庆十四年(1809),蔡牵等盗匪被浙江提督邱良功等追歼于温州之事。其时阮元奉旨入京,但临行前仍挂念剿匪之事。到京后接到邱良功书信,始知此事。孔璐华时在曲阜,听此消息,也为匪患平定而感到欣慰。

其《广东新建学海堂》一诗云:

> 主人建节羊城久,案牍终朝不释手。余暇初登越秀山,择得一峰开数亩。略加修筑有高台,海阔天空眼界开。夏木千章梅百树,登临遥望兴悠哉。海山云水摇清目,雨过风生凉满竹。四面窗开日影微,云树相连满天绿。非为闲游设此堂,为传学业课文章。从今佳士多新作,万卷收来翰墨香。主人夙爱挈经史,欲振儒风有如此。更助膏薪劝读书,岭南他日留遗址。梓里尼山灵秀钟,遥映琼州好山水。②

指的是阮元在广州开办"学海堂"一事。阮元于嘉庆二十五年(1820)正月兼署广东巡抚印,三月初二日仿"诂经精舍"之例,开"学海堂",并亲书"学海堂"三字于匾上,悬挂于广州城西文澜书

---

① (清)孔璐华:《唐宋旧经楼诗稿》卷五,《清代诗文集汇编》第478册,第103页。
② (清)孔宪彝辑:《阙里孔氏诗钞》卷十三,《山东文献集成》第3辑第41册,第219页。

院。"学海堂"专课经史诗文,"欲振儒风"。同时,阮元下令"所有举贡生员奖给膏火一月者,折给银一两。佳卷渐多,学者奋兴,有佳文一卷而给膏火数月者"①。故孔璐华诗曰:"更助膏薪劝读书。"

四、对孔氏家族文学的承继

孔璐华出身曲阜孔氏,这是一个具有久远历史的诗礼家族,历来备受尊崇。在清朝,朝廷将孔子嫡长孙加封为"衍圣公",列文官之首。曲阜孔氏家族的女性后裔多受家传儒学的熏陶,德才兼备。如孔广棨长女孔德荣出嫁后以来不及奉侍舅姑为恨,祭祀时必极丰洁。母教方面,对儿子张钧课训极严。张钧夭折后,孔德荣长期居于曲阜母家,多次同其母何庆霄觐见孝圣宪皇后,被赐予恩赏。孔子第六十七代孙孔毓埏之女孔丽贞嫁给太仆寺卿戴璠之子戴文谌。孔丽贞工诗善画,有《鹄吟集》《藉兰阁草》诗集,"于归一载,夫亡守节,四十余年冰操檗况,见诸歌诗,与同邑颜氏恤纬相唱和,俱以苦节被旌"②。同这些孔门女眷一样,孔璐华自小学习诗礼,恪守儒家礼法,将其视为家族传承的重要之道。

嘉庆元年(1796)四月,孔璐华嫁入阮家,以《十三经》作为嫁妆。婚后,夫妻"相敬如宾,闺中和惠,理家政大端,动引阙里

---

① (清)张鉴等撰:《阮元年谱》卷五,第133页。
② (清)孔宪彝辑:《阙里孔氏诗钞》卷十三,《山东文献集成》第3辑第41册,第214页。

礼法"①。孔璐华作为孔府后人,在德行方面极尽恪守之责。除《六女于归口谕六首》《示八儿妇》等劝诫诗外,还有其他诗作体现其对"贤""孝"等思想的认同和支持。如《新妇于归,口占寄外》云:"新妇于归已二旬,从容处事更能吟。""始知女士多幽静,不愧诗书旧宦家。"②《哭净因黄夫人》云:"生来才德性从容,能俭能勤孰与同。比似孟光应不愧,古人诗礼旧家风。"③《题张净因黄夫人遗稿》云:"辛苦一生心并见,惠贤两字世皆知。"④《冬日墓庐有感》云:"未识我姑面……伤心不敢语,幸有椿堂存。视媳如弱女,义训谆谆言。凡为妇道者,德谦礼义纯。优然而待下,仆婢亦和温。克勤亦克俭,所闻敢不尊。"⑤《哭二弟妇康宜人》云:"试看高堂悲入骨,更知真是孝亲人。"⑥将当时女性的德行写入诗中,赞美她们对礼法的恪守,能做到"孝""惠""克勤克俭"等要求。

虽然母家、夫家颇得圣恩,但孔璐华为人处世并不骄矜,且在诗中常有自谦之意。如《初冬书室偶作》云:"唯有书斋闲坐可,一生常自愧无才。"⑦孔璐华在三十岁生日这一天为躲避众人庆贺,主动到阮氏在雷塘的墓庐避寿,写下《三十初度,避居

---

① (清)张鉴等撰:《阮元年谱》卷七,第175页。
② (清)孔璐华:《唐宋旧经楼诗稿》卷四,《清代诗文集汇编》第478册,第95页。
③ 同上,第96页。
④ 同上,第99页。
⑤ (清)孔璐华:《唐宋旧经楼诗稿》卷一,《清代诗文集汇编》第478册,第76页。
⑥ 同上,卷五,第103页。
⑦ 同上,卷四,第94页。

雷塘墓庐自述》一诗:"嗟余素失学,力不胜井臼。在家为弱女,于归为拙妇。诸子尚聪明,望之意颇厚。会须待他年,齐眉已白首。子辈或成名,言寿岂云后。"①诗中充满自谦之意,更借此对后辈寄予希望。孔璐华在《冬日》诗中先写屋中环境:"暖屋安排新纸阁,朝衣收拾旧薰笼。"对比屋内的温暖舒适,屋外却是风雪交加。作为习惯优渥生活的女性,却发出了"自愧深闺太安稳,留香小室地炉红"②的感叹。孔璐华虽然出身富贵,但性情淡泊,其《画牡丹寄奉严慈》一中直言:"莫吟富贵但吟香。"③《展先君封公墓》中又直言:"持家训节俭,虽贵守寒素。"④对淡泊精神的欣赏还体现在其代阮元所作题画诗中,如《代夫子为人题墓田山水卷子》云:"莫营园榭莫求田,但结庵庐傍墓阡。此是读书人本色,管教碑碣立千年。"⑤《代夫子为人题中书菊隐图》云:"主人虽官门下省,终日对花弄秋影。……古井无波花淡泊,主人唯有东篱乐。"⑥身处富贵中,却不贪图富贵,始终保持平常心,这也是儒家所倡导的。

孔璐华在江北看到当地百姓多以耕种为生,便想出养蚕之法为百姓增添收入。阮亨《瀛舟笔谈》卷六云:"予请于嫂乞录数诗。嫂持养蚕图卷谓予曰:'风云月露非妇人所重也。予尝自浙携蚕种归扬州,养之甚繁盛,可见水土亦颇宜蚕。扬州不乏

---

① (清)孔璐华:《唐宋旧经楼诗稿》卷二,《清代诗文集汇编》第478册,第82页。
② 同上,卷一,第69页。
③ 同上,第71页。
④ 同上,卷七,第121页。
⑤ 同上,第112页。
⑥ 同上,卷六,第112页。

桑叶,惜人家不知习养,因命月庄绘为卷共题之,叔录此可也。'"①其《江北不养蚕,因从越中取蚕种来,采桑饲之,得茧甚多,诗以纪事》记录在江北推广养蚕的事迹,起因是看到了百姓的不易,"静思吴越中,民妇实可怜。每到春夏交,育蚕胜力田。采桑不辞劳,陌上破晓天。江北蚕独少,求之尚艰难"②。因此,孔璐华用自己的钱财买蚕种、买桑树,推广养蚕技术,教当地百姓养蚕来维持生计。在推广过程中,孔璐华亲力亲为,每日亲视,在诗中详写幼蚕如何成长、如何结茧、如何吐丝。其在江北推广养蚕,是希望"民风既可厚,民力亦少宽"③。最后,不忘告诫子孙绫罗绸缎皆从养蚕而来,要惜物惜福,不可靡费。可见,在儒学思想的影响下,孔璐华虽出身大家,却并不贪图享受。她深知民间疾苦,存有悲悯之心的同时也会想出应对之道,以解百姓之忧。

孔璐华居杭州时,因看到西湖柳树被人攀折,"千条万缕渐衰落,长堤春减谁相怜。"④便购买三千柳树栽种在苏堤、白堤。其诗《西湖种柳三千株纪事》云:"予家住此惜风景,海塘移植枝三千。栽遍苏堤白堤外,二十里路青相连。……他时若别此湖去,丝丝春绪留缠绵。"⑤《文选楼望雪》云:"城闉高下屋鳞次,应知岁稔民心欢。"⑥由观雪想到稼穑农事,希望瑞雪能给百姓带

---

① (清)阮亨:《瀛舟笔谈》卷六,嘉庆二十五年刻本。
② (清)孔璐华:《唐宋旧经楼诗稿》卷三,《清代诗文集汇编》第478册,第91页。
③ 同上。
④ 同上,卷一,第76页。
⑤ 同上。
⑥ 同上,卷四,第96页。

来丰年。其他还如《望晴》云:"盥手虔诚拜佛前,却因久雨虑农田。风敲竹槛频铿尔,云罩书窗倍暗然。镇日愁怀侵梦寐,连朝无计懒诗篇。唯求早见晴光放,天慰民心民感天。"①《感怀》云:"静里暗思淮海事,一番愁绪一番吟(时闻水漫高家堰)。"②可见其悲悯之心,时时以百姓所想所愿为先。

　　阮元长期在外为官,职责繁忙。孔璐华在家主理家政、教养儿女,并以丈夫为例来劝诫子孙务须努力。如《重阳》云:"怀君但理国家事,笑我偏因儿女忙。"③《接夫子诗章颇多,以此警孔厚》云:"闲将近语嘱儿知,汝父辛勤久远驰。忙里尚多吟警句,尔当竭力读书诗。"④在寄外诗中,孔璐华表达了对丈夫忠君报国之举的支持,其《送夫子除服陛见》云:"从此墓田休再恋,誓将心力答天恩。"⑤《病中忆外书寄滇南》云:"致君珍重无多语,唯把丹诚答帝心。"⑥这里体现的是儒家所倡导的"忠",希望丈夫可以报效朝廷,不忘圣恩。《读夫子哭壮烈伯李忠毅公诗,感赋》云:"生前不愧勤王事,死后真传报国名。"⑦《病后忆夫子广西谳事兼阅兵》云:"劳劳勤国事,刻刻愿民安。"⑧这里体现的意

---

①　(清)孔璐华:《唐宋旧经楼诗稿》卷四,《清代诗文集汇编》第478册,第98页。
②　同上,卷五,第108页。
③　同上,卷四,第99页。
④　同上,卷七,第123页。
⑤　(清)孔宪彝辑:《阙里孔氏诗钞》卷十三,《山东文献集成》第3辑第41册,第218页。
⑥　同上,第219页。
⑦　(清)孔璐华:《唐宋旧经楼诗稿》卷四,《清代诗文集汇编》第478册,第98页。
⑧　同上,卷七,第123页。

义远超忠君思想,希望丈夫为国为民,鞠躬尽瘁,尽到自己的责任,以后可以青史留名。浙江沿海地区夷寇横行,导致民不聊生,阮元被任命为浙江巡抚后将其成功剿灭。孔璐华写有《夫子在台州剿净夷寇,闻捷志喜》一诗中写:"安南夷匪寇宁台,炮火风涛一战摧。从此海疆民不扰(前数年夷匪登岸杀夺子女),哪教番舶再能来。"①认为丈夫平定夷寇,给沿海地区的居民带来了和平安定。

孔璐华的诗有雍容安闲、淳雅宏阔的风格。雍容安闲的风格体现在她的日常书写中,而淳雅宏阔则体现在她关心百姓、为民间疾苦发声的现实主义诗歌中。对孔璐华的诗歌成就,《续修四库全书总目提要(稿本)》评价:"故其诗格豪放,气魄亦殊浑厚,信笔纵横,颇得天真自然之趣,……唯其诗大抵随意所造,殊少剪裁之功,直抒胸臆,几如有韵之文,言尽意尽,颇不耐人寻味,就诗而言,学问修养,似尚有未逮耳。"②孔璐华的诗歌虽然"学问修养,似尚有未逮",但其信笔纵横,写其所观所想,不失天然之致。且孔璐华的诗歌中多有寻常闺人无法得见的场景和风物,拓展了女性文学的写作空间。同时,受儒学影响,孔璐华的诗歌中融入了忠、孝、贤、德等观念。更可贵的是其处处体恤百姓,有悲悯之心。这些都为其诗歌增添了宏阔的诗境。

---

① (清)孔璐华:《唐宋旧经楼诗稿》卷一,《清代诗文集汇编》第 478 册,第 69—70 页。
② 中国科学院图书馆整理:《续修四库全书总目提要(稿本)》第 21 册,第 136 页。

第二节　郝簠与《秋岩诗集》

郝簠《秋岩诗集》包括《碧梧轩吟稿》一卷、《蕴香阁诗钞》一卷、《恤纬吟》一卷,分别收其少年、中年、晚年诗作200余首。从无忧之吟到愁苦之音,郝簠的人生状态都反映在三部诗集中。在书写生活和抒发日常所思所感外,郝簠也在尝试突破闺阁文学的束缚,以宏阔笔力体现古代女性生活的多个层面。

一、生平与著述

郝簠字秋岩,郝允哲女,郝箖妹,郝笞姊。郝氏一族自明永乐间迁至山东齐河,家族人才辈出,郝允哲与其弟郝允秀皆以诗名。郝允哲字圣陪,号镜亭,乾隆四十年乙未科(1775)进士,候选知县。乾隆四十九年(1784)卒。有《深柳堂诗草》《深柳堂诗文集》《延绿堂诗稿》《佛山同声集》等,曾续修《齐河县志》。《(民国)齐河县志》称郝允哲"性成孝友,除事亲、读书外,不知其他"[1]。清王培荀《乡园忆旧录》记载郝允哲"颖悟好学,以诗名齐鲁",又称郝氏"一门风雅,吾济后来称诗者归焉"[2]。《(宣统)山东通志》称其"年弱冠即知名齐鲁间。而又致力于诗,积书万卷,手自校雠。性至孝,事亲无不至。其殁也,实以哀毁"[3]。郝允秀,字水村,号寅亭。由廪贡任阳谷训导。"年十四以诗名,

---

[1]　《(民国)齐河县志》卷二十七"儒行",民国二十二年铅印本。
[2]　(清)王培荀著,蒲泽校点:《乡园忆旧录》卷七,第402页。
[3]　(清)张曜、杨士骧修,孙葆田等纂:《(宣统)山东通志》卷一百七十。

十九登岱,刻有《拾翠囊诗》,中岁归田,以诗自娱。"①有《拾翠囊诗》《松露书屋诗集》《水村诗集》《水竹居诗集》,曾搜集选编《济南名士诗钞》。郝簟胞弟郝笿,字君实,号餐霞,生员,以诗名嘉道间,有《爱吾庐诗集》四卷和《潄芳集诗》一卷。郝笿晚年为父整理《深柳堂遗诗》《延绿堂诗稿》,为叔父郝允秀整理《水村诗集》,为胞姐郝簟整理《碧梧轩吟稿》一卷,《蕴香阁诗钞》一卷,《恤纬吟》一卷、续抄一卷。

郝簟自幼颖悟,于书无所不读,"及长,尤肆其力于诗。当初命笔超然名隽,脱尽尘俗气"②。后又受教于舅公宋湘皋、叔父郝允秀。在浓厚的家庭文学氛围熏陶和长辈的指点下,郝簟的诗作日益精进。时任齐东县知县的时铭曾感叹:"女史(郝簟)传家学,遗经淑厥躬。才华谢道韫,孝行叔先雄。"③郝氏一族作诗虽然风格各异,但都是"本乎性灵,自吐胸臆,一秉乎温柔敦厚之旨"④。出嫁后的郝簟生活并不优渥,但仍然致力于诗歌。《(民国)齐河县志》卷二十七"文苑"曰:"(郝簟)适齐东县诸生张醒堂,其舅翁任金华府知府,身后萧然,事孀姑以孝闻,境遇虽啬,独丰于诗。"⑤

郝簟有《秋岩诗集》三卷,现存版本有道光五年(1825)藜照堂刻本。包括《碧梧轩吟稿》一卷、《蕴香阁诗钞》一卷、《恤纬

---

① (清)张曜、杨士骧修,孙葆田等纂:《(宣统)山东通志》卷一百七十。
② (清)郝簟:《碧梧轩吟稿》,《山东文献集成》第3辑第41册,第354页。
③ (清)郝簟:《蕴香阁诗钞》,《山东文献集成》第3辑第41册,第386页。
④ (清)李玉清:《郝氏四子诗抄·序》,《郝氏四子诗抄》,道光十三年晒书堂刻本,《山东文献集成》第3辑第41册,第228页。
⑤ 《(民国)齐河县志》卷二十七。

吟》一卷,分别收其少年、中年、晚年诗作。道光间济阳知县李若琳,因其母与郝籨有同样坎坷经历,故捐俸付梓刊印其诗,序云:"《秋岩诗集》三卷:《碧梧轩吟稿》,其闺中作也;《蕴香阁诗钞》,于归后作也;《恤纬吟》,则夫亡子丧时作也。"①道光十三年(1833),李玉清将郝允哲《深柳堂遗诗》一卷,郝允秀《水村诗集》二卷,郝籨《碧梧轩吟稿》一卷、《蕴香阁诗钞》一卷、《恤纬吟》一卷、《恤纬吟续抄》一卷,郝答《爱吾庐初集》一卷、《爱吾庐续集》一卷、《爱吾庐余集》一卷合刻为《郝氏四子诗》,现被收入《山东文献集成》第3辑第41册。李玉清序中评价:"镜亭之诗新而颖,水村之诗质以朴,餐霞之诗凄以艳,秋岩之诗哀以真。""一门之中,父子兄弟,以及闺房之彦,各能跻盟坛,树赤帜,自成一家言。"②

此外,《国朝山左诗汇钞后集》卷二十七载其诗45首,《齐河县志》卷三十载其诗9首,恽珠《国朝闺秀正始集》载其诗4首,《重修商河县志·艺文》载其诗3首。

二、以诗纪实:人生经历的书写

(一) 待字闺中的生活

《碧梧轩吟稿》为郝籨年少之作。在《碧梧轩吟稿》中,有大量记载其闺阁生活的诗作,记录了其少女时期充满诗意的幽闲生活。如《夏日即事》:

---

① (清)郝籨:《碧梧轩吟稿》,《山东文献集成》第3辑第41册,第355页。
② (清)李玉清:《郝氏四子诗抄·序》,《山东文献集成》第3辑第41册,第228页。

碧海云浓日上迟,终朝常是雨丝丝。银铛茶沸人初起,金鸭香霏帘正垂。好菊新栽八九种,娇荷始放两三枝。苍苔匝地书连屋,门外炎凉总不知。①

《夏日》:

斜风细雨送微凉,帘幕沉沉夏日长。棋本怡情输亦喜,诗唯写意拙何妨。翠篁声里琴三叠,红芝香中酒一觞。逸兴无穷天欲暮,更看霁月下回廊。②

《夏日杂作》:

洒扫兰堂日几回,绣窗书案净无埃。竹帘一桁长垂地,不许青蝇入户来。

一色浓云四野垂,雨余正是养花时。平生最爱金英菊,移得邻家四五枝。

好雨初收日未晴,绿槐庭院午风清。北窗一枕华胥梦,忘却新蝉嘒嘒鸣。

九折桃笙六尺床,侍儿移向月中央。枕肱独卧看银汉,竹露荷风生夜凉。③

---

① (清)郝簬:《碧梧轩吟稿》,《山东文献集成》第3辑第41册,第361页。
② 同上,第362页。
③ 同上,第363页。

从以上吟咏夏日生活的诗句中,不难看出优渥的生活环境给郝簠带来了充满雅趣的生活。这是未出嫁时难得的幽闲时光,郝簠用诗句记录下来,清丽闲雅,诗中的描摹能够令读者想象在悠长的夏日辰光中,郝簠可以读书写字、弹琴下棋,亦可莳花弄草、赏雨观月。在物质与精神双重富足的家庭中,郝簠不仅能过养尊处优的生活,还可以自由学习诗文书画。"苍苔匝地书连屋,门外炎凉总不知"。深闺生活隔绝了外面的世界,在独处的时光中,郝簠用心感受夏日的美好与生活的意趣,这也是其用心构筑的精神家园。

与很多闺中女性一样,郝簠也喜咏风物。其吟咏桃花、杏花、梨花、李花诸作,清新雅致,足见其笔力之灵性。如《李花二首,次寅亭叔父韵》其二:

> 不与绯桃竞艳光,燕钗独作汉宫妆。经时脉脉情何许,镇日垂垂影亦香。那有诗才追谢女,漫将钱癖笑和郎。神仙博戏偶然事,胜负无须问紫阳。①

李树是山左地区常见果木,花开时节,如云如雾,且香气浓烈。历来咏李花多与桃花并置一处,为"桃李"。郝簠咏李花,是借李花不与桃花争艳,安然自得,来抒发对淡泊无为境界的欣赏。

郝簠重视亲情,《早发平原三首,时外祖母新捐馆》与《碧梧轩吟稿》中其他诗作的风格截然不同,以五古表述失去亲人的

---

① (清)郝簠:《碧梧轩吟稿》,《山东文献集成》第3辑第41册,第359页。

哀伤。其二云:"促驾离城郭,匆匆登古原。车声撼月影,马迹破霜痕。犬吠松间屋,鸡鸣水外村。纸窗深见火,野老未开门。"①全篇无一伤心字,而处处皆是伤心语。

《碧梧轩诗稿》中除思亲之外,郝簏很少有闺中愁语,也很少表达孤独寂寞的心绪。反之,大量咏琴、砚、花木等作频频出现,印证其闺阁时期无忧无虑的人生。从《碧梧轩诗稿》可以想见,待字闺中的郝簏是一个乐观豁达的少女,有很强的审美能力,也很会享受生活。如其《六月六日游北园三首》中第三首云:"老树参差覆小亭,雨余草色入帘青。胡床移坐东窗下,风叶流泉尽可听。"②"风叶流泉尽可听"一句最能体现郝簏对于生活之美的细微观察和用心欣赏。又如其《冬雪歌呈水村叔父》云:"窗寒砚冻罢涂鸦,红炉活火烹新茶。"③可以令人想象冬日围炉烹茶、写字作画的闲雅场景。这些也许就是一个闺阁才女对于婚前生活无比满意的表现。

(二) 出嫁后的生活

郝簏年二十四,嫁张醒堂为继室。出嫁后郝簏侍奉公婆,与姒娣和睦相处。"相夫子以道,事姑以孝闻,戚里贤之"④。郝簏虽为继室,但夫妻之间相处融洽,且张醒堂非常珍视郝簏的才华,曾为其录诗成帙。对此,郝簏也很感激,在《醒堂录余诗成

---

① (清)郝簏:《碧梧轩吟稿》,《山东文献集成》第3辑第41册,第361页。
② 同上,第360页。
③ 同上,第359页。
④ (清)时铭:《题郝簏夫人〈恤纬吟〉诗卷有序》,郝簏:《恤纬吟》,《山东文献集成》第3辑第41册,第386页。

帙,口占二首》中详细描绘了丈夫为自己整理诗稿的过程,并表达夫妻之间互相欣赏,可为知音的喜悦之情:

> 夫君雅好事,为我写新诗。窗下拈毫久,灯前校字迟。奇才吾自愧,深意子应知。珍重藏巾笥,播扬非所宜。
>
> 内语戒阃外,微词何可传。偶缘咏春雪,未分等寒蝉。犹喜无淫佚,敢云希圣贤。知音感夫子,相对一忻然。①

诗中不可避免地出现了"内言不出于阃"的思想观念以及对自己才华的谦逊之语,但丈夫珍视她的才华,理解她的诗中之意,郝簠心存感激,遂称其为知音。

虽然与丈夫感情深厚,但出嫁后的生活总有缺憾之处。一是张家生活清苦,郝簠再无闺阁时的富足惬意。既需要侍奉孀亲,又要相夫持家,"克敦妇道,悉无间言"②。对比出嫁前后两种截然不同的生活境况,郝簠往往写诗怀念往日时光,如其《春日有感》云:"东风又染绿杨枝,膝下娇憨忆昔时。翠被香浓春睡稳,红窗日暖晓妆迟。艰难菽水何曾惯,辛苦桑麻只自持。赢得华年成老大,鬓云雪影一丝丝。"③可见,婚后的生活需要郝簠耗费心神,参与辛苦劳作以维持家中生活。在如此清苦的生活中,能够给郝簠带来慰藉的只有诗书和夫妻情分,其《纸价》一

---

① (清)郝簠:《蕴香阁诗钞》,《山东文献集成》第 3 辑第 41 册,第 377 页。
② (清)郝笤:《爱吾庐续集》,《山东文献集成》第 3 辑第 41 册,第 449 页。
③ (清)郝簠:《蕴香阁诗钞》,《山东文献集成》第 3 辑第 41 册,第 378 页。

诗写道:"纸价平分籴米钱,情深文字亦前缘。"①

二是张醒堂长年在外,郝霬有空帏之叹,如《闲坐戏成》云:"王孙芳草三千里,曾否临风忆细君。"②《春日送醒堂重游吴越》一诗云:"长江渺渺路悠悠,底事王孙未倦游。"③《得醒堂大梁书信,因次来韵》第三首云:"王孙底事爱春游,鸿爪泥痕处处留。何日西窗同剪烛,汉唐遗迹话中州。"④从这些诗作中可以看出,郝霬虽然是继室,但与丈夫感情深厚。丈夫远游在外,郝霬只能在家操持家事,抚育子女,其内心是极度苦闷的。碍于对丈夫的尊重和妇德的约束,郝霬无法明言,只能凭借诗句婉转表达,希望丈夫可以结束游历在外的生活。

三是常有思亲之苦。同许多已嫁女性一样,郝霬常常思念母家,故《蕴香阁诗钞》多思亲之作。如《母使至有感》云:"从知生女了无益,推解依然慈母心。"⑤其《自祝阿返固均漫成》《归宁》《送女》三诗则以五古写成,笔调悲凉。尤其是《自祝阿返固均漫成》一首写道:"昨朝赋归宁,兹日复当去。迟回恋所生,含哀不敢诉。坐见华烛残,惊看星河曙。行行出闺门,单车犯晓露。受形为女子,谁能守故处。如何结缡久,转恨违亲遽。时物竞芳妍,人心苦百虑。庭闱回望遥,极目伤春树。"⑥更是由思亲虑及人世之苦。郝霬未出嫁前,与弟郝答等人朝夕唱和,曾合著

---

① (清)郝霬:《蕴香阁诗钞》,《山东文献集成》第3辑第41册,第380页。
② 同上,第374页。
③ 同上。
④ 同上,第379页。
⑤ 同上,第375页。
⑥ 同上,第372页。

《花萼集》一册,尽显手足情深。但出嫁后难得见面,只能以诗作答。如《秋日寄怀君实弟》云:"我有思亲泪,君歌行路难。"①郝答也有《得秋岩姊书以和梦人嫂诗寄之,并题四十字》《寄姊》等作品。在张醒堂去世后,郝答写有《哭张醒堂凤鸣姊丈》一诗,序中对郝簋"奉萱帷抚弱绪,以妇代子,以母兼师,伶仃孤苦"②之景况报以深切同情。《寄秋岩姊》以诗代书札,询问其近况,对其遭遇无可奈何之际,只能感慨:"遭际前生定,哀哉黄鹄歌。"③还有《奉和秋岩姊命薄篇》诗,序中将郝簋的生平付诸笔端,肯定其才华卓绝,又同情其悲惨际遇。

(三)守节生活

郝簋婚后育有一子一女。可惜的是,张醒堂早卒。子名可观,亦早丧。郝簋《不忘》一诗中说:"不忘生前作死离,怆怀一语嘱佳儿。那堪寡鹄孀鸾夜,重见雏夭凤陨时。画荻恩勤全是妄,崩城哀恸欲何为。却缘白发慈亲在,咫尺黄泉未忍随。"④将失去亲子的苦痛尽情展现。虽然对儿子悉心抚育教导,但仍抵不过性命无常,最终是白发人送黑发人的结局。之所以未能随之地下,只因还有侍奉慈亲的责任,只能在孤独清苦的漫长时光里勉强度日。

郝簋早年丧父,出嫁后又丧夫丧子,一生孤苦。《恤纬吟》

---

① (清)郝簋:《蕴香阁诗钞》,《山东文献集成》第3辑第41册,第373页。
② (清)郝答:《爱吾庐续集》,《山东文献集成》第3辑第41册,第439页。
③ 同上,第444页。
④ (清)郝簋:《恤纬吟》,《山东文献集成》第3辑第41册,第390页。

一集是她守节生活的体现。"恤纬"一词出自《左传·昭公二十四年》:"嫠不恤其纬,而忧宗周之陨。"谓寡妇不忧其织事,而忧国家之危亡。后世女性守寡者常用"恤纬"一词为自己的诗文集命名。除郝簋外,颜小来亦将自己的诗集命名为《恤纬斋诗》。时铭《题郝簋夫人〈恤纬吟〉诗卷有序》序云:"已遭家不造,遽陨所天。子可观,余试童子时所拔士,下帷攻苦,遂以瘵终。女子三从不获一焉。岂天之所以厄才人者,厄夫人耶。斯亦生民之至艰,而荼毒之极哀也。"① 郝簋在《恤纬吟》后记中称自己为"东国穷嫠",寡居生活中需要靠女红针黹和变卖妆奁维持家计:"一家数口,胥邀指上针神。四载双餐,咸赖奁中钗凤。艰难困顿,崎岖酸辛,可谓甚矣,又何加焉。"② 后又遭丧子之痛,只因高堂尚在,无法殉节,只能苟活于世间。但"身非草木,情何以胜"③,便借诗文发抒内心愁苦。

与前两集不同,《恤纬吟》中哀苦之音充斥集中,令人不忍卒读。如同样是咏夏日,《碧梧轩吟稿》中多写夏日闲适之感,诗中充满生活意趣。但《恤纬吟》中《夏日漫题二首》则处处透露心灰意懒、孤苦寂寞之感。其第二首云:"睡起帘栊半夕阳,博山灰冷怯添香。黄泉碧落无消息,庭草萋萋夏日长。"④ 此外,咏物之作如《女萝》《陌上花》等,无不借咏物表达内心孤苦之意,大有薄命之叹。《赠从嫂李氏》《海盐贞女行挽郁太孺人并

---

① (清)郝簋:《恤纬吟》,《山东文献集成》第3辑第41册,第386页。
② 同上,第384页。
③ (清)郝簋:《恤纬吟续抄》,《山东文献集成》第3辑第41册,第400页。
④ (清)郝簋:《恤纬吟》,《山东文献集成》第3辑第41册,第388页。

序》,借"同病相怜"之感,赠诗于他人,也是书写自己寡居的艰辛与痛苦。郝答诗叙中说"长歌当哭,无殊巫峡啼猿;短韵含凄,何异陇山哀鸟。闻者酸鼻,览之棘心"①。

年少时无忧无虑,出嫁后孤苦一生。这种截然相反的生活令郝簋对自己的人生产生了疑问,因此《恤纬吟》中有探讨生死命运之诗,如《天道》:

> 天道茫茫未可图,忍将天寿问洪炉。髣髴已抱千秋恨,付托终惭六尺孤。早是童年随幻化,何须七月识之无。泉台骨肉如相见,应念人间泪眼枯。②

而《命薄》一诗则是对自己命运的无奈申诉:

> 命薄生堪愧,时艰死已迟。拚从鸾镜弃,可奈鹊巢危。早岁征兰梦,遐怀慕桂墀。三迁欣得所,百折更何辞。讵意前生谴,重添此日悲。伶仃怜弱息,灾患起重帷。羸质服劳怯,名心感病奇。未成一击中,遂误百年期。紫府埙篪聚,黄泉堂构随。长卿徒有妇,伯道竟无儿。顾忝微躯在,忍教遗绪亏。移花询旧圃,接树择孙枝。古有为人后,今兼睦本支。若教终不馁,式谷莫相疑。檗苦全知罪,荼甘会有时。天恩留剩喘,茹痛且含饴。③

---

① (清)郝簋:《恤纬吟》,《山东文献集成》第3辑第41册,第385页。
② 同上,第388页。
③ 同上。

《山东通志》谓其"博学工诗,生子可观,能言即教诵经书。未几,夫亡子夭,穷且益甚。郝曰:命也,何怨。"①其《春日口占》云:"未知学道忘情否,惆怅芳时一怆神。"②《病起》又云:"礼佛非邀福,耽书未厌饥。清斋三百六,不着水田衣。"③在经历一系列生活打击之后,郝篆选择了礼佛学道,以此来抵消内心的孤苦。

三、笔力宏阔:对"闺阁气"的突破

郝篆是典型的闺阁诗人,因为女子的身份,一生都未真正远离闺门,这导致她的诗作以自我感受为中心,注重表达对不同时期生活的具体感受,将自己的一生经历都凝聚在三部诗集中。但除去记录生活和抒发所思所感外,郝篆也在尝试突破闺阁的束缚,希望在诗歌方面得到突破,在精神世界中获得自由。郝答曾评价道:"余姊之诗,余不敢誉。然其言近旨远,发情止礼,自然流露,纯写性灵,则有不愧古人者。其有得于昔贤之遗意,庶足附于风雅钦。"④

郝篆《示子》诗云:"襟抱狭宇宙,形骸束闺阁。"⑤在诗歌创作过程中,郝篆无法突破闺门之困带来的局限,只能通过境界的提升来改变诗风的走向。其《秋柳次章丘邑侯张使君韵》其

---

① (清)张曜、杨士骧修,孙葆田等纂:《(宣统)山东通志》卷一百八十一。
② (清)郝篆:《恤纬吟》,《山东文献集成》第3辑第41册,第390页。
③ 同上,第399页。
④ (清)郝篆:《碧梧轩吟稿》,《山东文献集成》第3辑第41册,第354页。
⑤ (清)余正西辑:《国朝山左诗汇钞后集》卷二十七,《山东文献集成》第1辑第43册,第322页。

一云：

> 垂垂万缕曳寒烟，怅望村边接浦边。凉月忽惊悬玉镜，春风曾记送金鞭。韩凭蝶魄迷荒草，苏武鸿书寄断笺。儿女英雄同有恨，攀条谁免泪汍然。①

在这首诗中，用"韩凭""苏武"典故塑造萧寒高古的意境，以此来映衬秋柳寒姿。最后一句借折柳送别的习俗来突出"儿女英雄同有恨"，将咏物诗与离别之心境结合。

其《秋桐》一诗：

> 开窗望秋月，坐对双梧影。斜风自西来，落叶满金井。百尺栖凤干，荣落在俄顷。忽忆渊明诗，悚然发深省。②

及《秋夜》：

> 秋屋卷竹帘，沉沉闻夜漏。碧天无片云，月色皎如昼。散步闲阶上，风寒怜菊瘦。采采黄金英，清香满衣袖。③

及《春雨有感呈醒堂》：

---

① （清）郝簪：《恤纬吟》，《山东文献集成》第3辑第41册，第398页。
② （清）郝簪：《碧梧轩吟稿》，《山东文献集成》第3辑第41册，第357页。
③ 同上。

  中林悦时清,非关膺寸禄。卿里望年丰,岂必田园足。竭来逢饥馑,比户忧桂玉。所希风雨调,万里禾麻熟。灵雨应时来,百卉萋以绿。因念曹卫间,往岁遭焚戮。春色无愆期,人命有局促。黾勉聊相娱,缟綦庸非福。①

皆是学汉魏诗,风格简淡高古。王元培《题郝簋诗钞十六韵》评价:"品拟青云贵,诗成白雪操。"又云:"衣钵恒传杜,师承亦和陶。"②

  看时人评价郝簋诗,多将其谓为杜、陶一路。郝簋诗有陶风,主要是其写景书怀有淡然悠远之意境。而将其比作杜诗,主要是因其部分诗作关涉史实,尤其是关乎当时的战乱,有"诗史"的影子。郝簋受教于叔父水村先生,受其影响颇深。郝允秀《水村诗集》中有《闻西川告捷因赋》《再书西事》《军回志喜》等作,其中有句如"但求销甲事秋耕"③"征人欣卖剑,从此事春耕"④等。郝允秀对时事的关注和安定和平生活的向往也影响了郝簋的创作,如《闻西郡警有感》:

  使君将王命,本期抚元元。奈何承平地,倏忽兴戈鋋。小民蓄妻子,所乐唯田园。哀哉黔黎辈,遘此千载冤。
  天威加震荡,扑灭良易然。其如间阎众,辛苦多烦艰。

---

① (清)郝簋:《蕴香阁诗钞》,《山东文献集成》第3辑第41册,第383页。
② (清)郝簋:《碧梧轩吟稿》,《山东文献集成》第3辑第41册,第356页。
③ (清)郝允秀:《水村诗集》,《山东文献集成》第3辑第41册,第276页。
④ 同上,第277页。

迩来济水左,饥旱苦连延。况兹多称贷,秋税未全捐。

种田当纳赋,国课良所先。嗷嗷中泽鸿,得母困饥寒。厝火置积薪,高卧岂为安。愿言告良牧,戒兹前车翻。①

此诗是她对时事的感悟之作。"西郡警"从诗中来看,应是指农民起义。"小民蓄妻子,所乐唯田园"之句表达了百姓对安宁生活的期待。同时诗人也清楚地看到了苦难的源头是天灾战乱导致平民无法生存下去,因而对当政者进行讽谏,希望他们多为普通民众考虑,以避免镇压动乱,百姓遭殃此类惨事的再次发生。对于郝䇕的这类诗歌,时铭云:"邈矣篇追杜,昭然管纪彤。依依怜弱质,款款效微忠。"②

更能体现郝䇕笔力宏阔、境界宏大的是其《大风雾歌》:

乍觉堂中寒气骄,忽惊屋角狂风号。大木欹斜屋瓦坠,平地如闻沧海涛。扑面惊沙兼黄雾,广庭黯黯如昏暮。圣代应无孝妇冤,新春何事阴阳怒。闻道西南犹战争,烽烟断绝衡襄路。云外纵横蚩尤旗,军中萧索将军树。造物威灵哪可知,雾消风定会有时。即看皓月当空照,玉宇无尘天四垂。③

---

① (清)郝䇕:《蕴香阁诗钞》,《山东文献集成》第 3 辑第 41 册,第 381 页。
② 同上,第 386 页。
③ (清)郝䇕:《碧梧轩吟稿》,《山东文献集成》第 3 辑第 41 册,第 357—358 页。

这首诗出自其《碧梧轩吟稿》,时为闺中少女的郝簚见屋外狂风大作,遂写此古体诗。在描写狂风带来的"扑面惊沙兼黄雾,广庭黯黯如昏暮"实景之后,便借问讯何事能让天地如此动容,谈及西南战事。在足不出户的少女笔下,战场或许是"云外纵横蚩尤旗,军中萧索将军树。"简简单单两句诗即将战况写出,这是未曾经历战乱之人对战争仅有的想象。最后一句"即看皓月当空照,玉宇无尘天四垂"则是普遍的"盛世之音"。

虽然无法真正走向战场,走向更广阔的天地,郝簚仍旧愿意用略带稚嫩的眼光关注门外的世界。与此相关的还有《偶成》二首:

> 苍莽西南路,鲸鲵未易除。烽连千里戍,粮动九年储。错落黄金甲,纵横白羽书。王师无战斗,马革痛何如。
> 鼙鼓震三楚,干戈经六春。旧时周赤子,今日汉黄巾。兵气遥连蜀,狼烟久逮秦。青齐太平地,还仗使君仁。①

其《闻九弟将入省,观剧有感》云:

> 济南名胜地,弦管乐秋风。谁识兵戈苦,共怜歌舞工。黄巾犹肆暴,朱俊未成功。云梦泽边骨,魂归明月中。②

对时事的关切与郝簚研读史书的感悟有关。郝簚虽然是闺

---

① (清)郝簚:《碧梧轩吟稿》,《山东文献集成》第3辑第41册,第360页。
② 同上。

阁女子,但饱读诗书,对历史也有自己的感悟,其《咏史》云:

邺架牙签信手开,英雄竹帛半尘埃。时来屠狗亦王佐,事去卧龙非将才。金马功名托谐谑,长沙心力寄悲哀。悠悠得失休重论,千古昆明有劫灰。①

《咏史》二首:

秦关一百二,郁律何雄哉。始皇冒天险,开国骋奇才。长缨系六王,雄心驰八垓。鞭挞亿万姓,经营百丈台。台成未东狩,刘项忽西来。阿房消一炬,咸阳化为灰。人事无久停,盛衰难究推。何必雍门琴,始令孟尝哀。

孟氏有老女,色黑貌且丑。自视一何高,择配不轻偶。伯鸾希令德,六礼邀相友。入门谢艳妆,举案期白首。佣书业既薄,旅食名非厚。俯仰百年间,余声亦不朽。②

《买春诗话》称其《咏史》云:"'时来功狗亦王佐,运(事)去卧龙非将才。'识议宏卓。视道韫'柳絮因风',终未免儿女口角。"③李若琳序中云:"观其咏物读史诸作,古澹闲远。《和叔父寅亭》《寄良人醒堂》及诸姑伯姊间赠答之词,春容蕴藉,可谓和而不流者矣。"④

---

① (清)郝蘩:《碧梧轩吟稿》,《山东文献集成》第3辑第41册,第363页。
② (清)郝蘩:《蕴香阁诗钞》,《山东文献集成》第3辑第41册,第381页。
③ (清)张曜、杨士骧修,孙葆田等纂:《(宣统)山东通志》卷一百四十五下。
④ (清)郝蘩:《碧梧轩吟稿》,《山东文献集成》第3辑第41册,第355页。

女性文学常被边缘化的一个重要原因是题材狭隘,境界不高,过于沉醉在吟风弄月之中。但并非所有女性诗作皆是如此。闺阁生活相对单调平静,但女诗人内心仍然有着对人生的深刻感悟,也会将目光从眼前的风花雪月移向对生命意义的探寻。郝簋未出阁时常读佛道书,又受《古诗十九首》的影响,常常借助这些前人的作品去体悟现实人生。如其《杂题》第二首写屏风上的山水画,得出感悟:"何须杖履穿云去,佳境常从枕上看。"①

其《登楼》云:"青山衔落日,黄叶入深秋。百岁人如寄,千年溪自流。"②明显受汉魏诗歌的影响。

如果说这时郝簋对于人生如寄的感想是从前人所云中来的话,那么到了《蕴香阁诗钞》《恤纬吟》中,因为生活的变动和对现实苦痛的体察,郝簋的这类诗开始有了更真切的感受与体悟。如其《拟古》第一首中的"去去日以短,人生怀百忧。"③《有感》中的"人生讵几日,骨肉多不全"④,《岁暮感怀》中的"漫云生不易,复此岁华殚。有觉仍多累,忘情良独难"⑤,等等。尤其是《恤纬吟》,伤痛之感弥漫整部别集。其诗《天道》云:"泉台骨肉如相见,应念人间泪眼枯。"⑥是在儿子张可观夭折以后,痛定思痛时的长歌当哭之作。同时,郝簋借咏"柳絮"感叹:"真成薄命

---

① (清)郝簋:《碧梧轩吟稿》,《山东文献集成》第3辑第41册,第364页。
② 同上,第367页。
③ (清)郝簋:《蕴香阁诗钞》,《山东文献集成》第3辑第41册,第379页。
④ 同上,第380页。
⑤ (清)郝簋:《恤纬吟》,《山东文献集成》第3辑第41册,第390页。
⑥ 同上,第388页。

前因在,忍问香魂何处归。""绝代风流付怅望,枝头结子意终违。"①第四首云:"风飘万点扑帘旌,终古伤心画不成。往日周旋悲梦蝶,残春情绪怯闻莺。波融楚水萍犹绿,人去隋宫草自生。凤辇龙旗迷处所,消沉可奈尔身轻。"②以柳絮无根比喻人生无定,以及命运之苦无可捉摸、无法避免的无奈心境。

总的来说,郝篸以诗歌题材、风格的变化反映出清代山左女性在狭窄生存空间中的成长经历,体现古代女性生活的多个层面,提供了认识古代妇女生活的新角度。

第三节　李长霞与《锜斋诗选》

李长霞生活在晚清动荡不安的社会环境中,其诗歌中描述了战乱流离的社会景象,《辛酉纪事一百韵》是其代表作,反映出清代山左女性诗人对时代和民生的人文关怀。此外,李长霞的诗歌有着浓厚的复古倾向,拟古等作格调高古,有较高的艺术成就。

一、生平与著述

李长霞(1825—1879),字德霄,号锜斋,山东掖县(今莱州)人。其祖父李兆元为乾隆五十九年(1794)举人,官河南知县,有《十二笔舫诗稿》《十二笔舫杂录》。其父李图,博学多才,官

---

① （清）郝篸:《恤纬吟》,《山东文献集成》第3辑第41册,第391页。
② 同上,第392页。

至博兴县教谕。李长霞在这样的家庭氛围中长大,自幼精研经史小学,在诗歌方面颇得其父心传。余正酉《国朝山左诗汇钞后集》言其:"诗才清隽,知渊源于过庭之训者深矣。"[1]后适胶州柯培元之子柯蘅。柯培元为嘉庆间举人,官至福建龙岩知州。柯蘅以善诗闻名于世,五言诗有"五言长城"之誉。李长霞嫁入柯家,延续了在母家的文学氛围,与其夫唱和甚多。

李长霞早期的诗作大部分毁于战火,目前所存有《锜斋诗选》一卷,现存清同治二年刻本(作《锜斋诗选》一卷,与柯蘅《春雨堂诗选》合刻,《山东文献集成》第4辑第32册)。又有钞本一卷,青岛图书馆藏。另有《锜斋日记》一卷,《山东通志》卷一百三十九"子部·杂家类"著录,并云"是书见校经室文集松坡杂记"。《清史稿》言其邃于《选》学,有《校文选李注》,《山东通志》卷一百四十六下云"是编见校经室文集"。李长霞之诗被徐世昌《晚晴簃诗汇》选录105首,被余正酉《国朝山左诗汇钞后集》选录2首。

李长霞有子名劭忞,是清代大儒。柯劭忞(1849—1933),字凤荪、凤孙、凤笙等,号蓼园。同治九年(1870)中举。与丁善宝、郭杭之、郭绥之、宋书升、郭麐等相过从,并先后结西园诗社、惜余春诗社。光绪十二年(1886)中进士,历任翰林院编修、翰林院侍讲、湖南学政、国子监司业、京师大学堂总监督、学部左丞、国史院修撰等。辛亥革命后,主持编纂《清史稿》,独撰《新元史》。柯劭忞著作等身,凡经史、词章、音韵、训诂、金石、天

---

[1] (清)余正酉辑:《国朝山左诗汇钞后集》卷二十七,《山东文献集成》第1辑第43册,第332页。

文、历算、舆地、医药,靡不精研。有《文选补注》《尔雅注》《文献通考校注》《后汉书注》《十三经考证》《蓼园集》《蓼园诗钞》《蓼园诗续钞》等。汪辟疆称"东鲁诗人,柯为弁冕"①。柯劭忞诗风纯正中和,且饱含忧国忧民之情,受其母李长霞影响较多。除学汉魏诗,作拟古诗外,柯劭忞对于杜甫的继承也深受母亲的影响。李长霞的诗歌直接"取径少陵",柯劭忞亦是学杜,沈其光《瓶粟斋诗话》:"其《蓼园诗集》,纯乎学杜,在清末诗人中,为不肯为时尚者,惜乎为史学名所掩。"②

李长霞有女二人,皆为才女,备受称赞。一为柯劭蕙,适潍县蒋景郭,夫亡守节,有《岁寒阁诗存》一卷。一为柯劭慧,字稚筠,适荣成同治癸酉拔贡孙季咸,有《思古斋诗钞》一卷。孙季咸,名荷诚,又字宜卿,编《孝经郑注附音》一卷。柯劭慧诗集据胡文楷云有刻本(1928 年刻),凡诗三十九首;又有《楚水词》一卷,1915 年双照楼刊本。

二、战乱纪事

李长霞诗歌中描述了晚清战乱流离的社会景象,如《辛酉纪事一百韵》《赴潍县》《南留店》《寻儿篇》《乱后忆书》等,反映出清代山左女性诗人对时代和民生的人文关怀。1861 年,柯蘅夫妇因避战乱举家迁至潍县,李长霞写下了大量描写逃亡艰辛与怀念故土的诗歌。《晚晴簃诗话》曾评价:"锜斋五言古沉郁

---

① 汪辟疆:《近代诗派与地域》,汪辟疆:《汪辟疆文集》,上海古籍出版社 1988 年版,第 306 页。
② (清)沈其光:《瓶粟斋诗话》,清稿本。

雅澹,取径少陵,上几阮、左,余体亦出入三唐,不沿俗格。"①

李长霞最为知名的当属《辛酉纪事一百韵》一诗,该诗描写了咸丰十一年辛酉(1861)胶州的战乱景况。以一个女性诗人的角度看待这场战乱,虽然未能跳出当时的认知窠臼,但其中对一些细节的描写可以补史料之缺,也反映出作为动乱中的民众的心绪与情感。

清代咸丰年间,弊政乱行,吏治腐败,民众生活十分困苦。尤其是皖北地区,赋税繁重,又受天灾影响,当地民众失去生路;又受太平天国的影响,遂走上反抗之路。居则为民,出则为捻,捻军在周边及邻省不断劫掠财物,以改变自身的困苦之况。

山东捻军主要出现在曹州府一带,规模较小。现今讨论捻军在山左地区的活动主要是集中在外来捻军对山左地区的影响。丁宝桢《丁文诚公奏稿》、李鸿章《李文忠公全书》及《清实录》《中国近代史资料丛刊·捻军》《山东近代史资料选集》等都有对捻军在山左地区活动的相关记述。今人郭豫明长期研究捻军,其《捻军史》是目前研究捻军的一部权威著作,其中有对捻军在山左地区活动的详细记述。根据以上史料,可得出捻军在山左地区的活动主要集中在咸丰十年(1860)及同治六年(1867)左右,李长霞的部分诗作正好记录了这一时期的状况。

自咸丰十年开始,淮北捻军入鲁西一带,"其活动地区有曹州之菏泽、郓城、巨野、城武、定陶、曹、单、范八县,沂州之兰山、郯城二县,兖州之滕、峄、滋阳、曲阜、泗水、汶上、宁阳七县,泰安

---

① (清)徐世昌编:《晚晴簃诗汇》卷一百八十九。

之东阿、东平、肥城、莱芜、新泰五州县,济宁州及所属之金乡、嘉祥、鱼台三县"①。李长霞《辛酉纪事一百韵》开篇即云:"开春贼东窜,避乱事远出。秋来复北行,烽火起仓猝。"叶钟英修、匡超纂《民国增修胶志》记载咸丰十一年(1861)辛酉八月起,捻军二次围城共40余日。因知州殷嘉树等无所作为,最后只能议和。在围城之时,不少平民开始踏上外逃之路。李长霞写出逃时看到的场景:"呼号闻比邻,仓皇出闺闼。女弱涕涟洏,姑老色惴栗。大儿前挽车,小儿后提挈。暮出东郭门,秋潦多乱辙。月暗影曭昽,路昏行蹩躠。我随车徒行,十步再蹉跌。"②妇孺老弱皆仓皇而逃,一路跌跌撞撞,艰难跋涉。对这些日常缠足,不出闺门的女性而言,出逃的道路无疑比常人更为艰辛。出逃后虽然得以寄居在远亲家中,但诗人衣食不周,惊恐难安:"新谷荐黄粱,菜羹杂薇蕨。栖息虽云安,中夜常惊怵。"看岛影浮沉,听波涛之声,遂感人生如沧海一粟。

处于战乱中的普通民众,很难用历史的眼光去看待当时的起义事件,他们将所有的希望都寄托在守城官兵身上。李长霞在诗中写:"矫矫王将军懋勋,力能贯七札。矢绝无继兵,父子同一烈。昂昂陈义士万舞,十荡还十决。"③并对战死的将士报以深切的同情:"战胜众人依,战死谁收骨。"④

捻军第一次围胶州大概用时10天。经历战乱后,返家的亲

---

① 江地:《捻军史论丛》,人民出版社1981年版,第154页。
② (清)李长霞:《锜斋诗选》,《山东文献集成》第4辑第32册,第245—246页。
③ 同上,第246页。
④ 同上。

人互相问存殁之况,"敝庐幸复存,敢怨多遗失"①。但安稳的日子并未彻底到来,"远近传虚警,消息时恍惚。何方为乐土,欲去还中辍。"没过多久,捻军复来。李长霞及家人再次逃亡,此次逃至县城,在学宫安顿下来。经历两次战乱,诗人不由得发出感叹:"哀哉胶东民,惨比他邑别。"②对手无寸铁的老弱妇孺来说,只能艰难求活。李长霞作为女性,无法得知战况的全部,只能记录自己作为后方百姓的所闻所见:"潴水汲污池,湿薪斫蘩樆。永日不再炊,深秋无完褐。阿姑时叹息,老病复惊怛。小女畏贼来,枕席亦机陧。"③战况胶着,捻军时去时返,百姓始终不敢出城。再次出城时,只见:"空巷行萧条,故居认仿佛。去去将安之,摧残到瓜葛。"④

至十月,李长霞与家人迁至潍县避乱,将沿途所见写入诗中,其《赴潍县》一诗道尽了对遭难百姓的同情。在途中,李长霞看到了不少因战乱而家破人亡的场景:"村落少人烟,天寒路途修。板扉当昼闭,余烬痕尚留。两三老寡妻,相语双涕流。"⑤在战乱中,受苦最多的永远是平民百姓,"有魂不可招,无骨将安收"⑥。诗人对百姓的怜悯和同情更体现在她认识到如果是官兵战死,会得到美誉和厚恤,但"维此农民死,灭若浮水沤"⑦。

---

① (清)李长霞:《锜斋诗选》,《山东文献集成》第4辑第32册,第246页。
② 同上。
③ 同上。
④ 同上。
⑤ 同上,第247页。
⑥ 同上。
⑦ 同上。

战乱让无数家庭支离破碎,但即便如此,仍旧是"官赋未能休""死者长已矣,生者恒殷忧。"①死去的人固然已无法复生,但活下来的人仍然要活在困苦中。

据《潍县志稿》卷三十二《人物·侨寓》所载,辛酉年为避乱,李长霞随家人迁至潍县孝子里,后又移居城中。在潍县,李长霞及家人度过了短暂的安稳时光,且结识了不少好友。其在《锜斋诗集·跋》中也记载:"辛酉冬,余避乱潍中,诸君子不见鄙,多有与余订交者。"②但客居他乡,心境终究有所不同。在此期间,李长霞婆母去世,自己也身染重病,累及儿女。此时家中清锅冷灶、枕寒衾冷,诗人心中苦痛,以为将不久于人世,对儿女作道别之语:"嘱女莫娇痴,嘱男勿怠逸。怠逸成荒废,娇痴遭瞋喝。"③其中酸苦,难以言之。病愈后,又觉寄居生活实在辛苦:"隆冬肃寒威,气严手指裂。壁隙鸣风飙,窗阴积霜雪。艰难寄居情,人事安能说。"④

避乱潍县时,李长霞写下了不少怀念故园之作,如《忆杏花》《忆书》《忆巢燕》等。其《忆杏花》云:"故国荒园在,兵余草木春。知开今日蕊,应忆旧时人。绚烂风前影,艰难病后身。何时重相对,回首一伤神。"⑤令人想起杜甫诗《春望》:"国破山河在,城春草木深。感时花溅泪,恨别鸟惊心。"虽然诗境比不过

---

① (清)李长霞:《锜斋诗选》,《山东文献集成》第 4 辑第 32 册,第 247 页。
② (清)李长霞:《锜斋诗选·跋》,李长霞:《锜斋诗选》,《山东文献集成》第 4 辑第 32 册,第 251 页。
③ (清)李长霞:《锜斋诗选》,《山东文献集成》第 4 辑第 32 册,第 246—247 页。
④ 同上,第 247 页。
⑤ 同上。

杜诗的苍凉阔大,但借草木伤怀故土之情却与杜诗一脉相承。以故园杏花的绚烂风姿比对诗人的"艰难病后身",伤怀之意更加浓厚。其《忆书》前两句云:"插架五千卷,竟教一炬亡。斯民同浩劫,此意敢言伤。"①诗书被焚烧一空,固然令人痛惜,但想到万千百姓所遭浩劫,诗书被焚之痛也不敢去伤怀了。毕竟那么多人死于战乱,能存活下来已经是万幸。《忆巢燕》中则将自己与巢燕共情:"旧垒已无地,归时敢望归。"②同巢燕一样,故居已毁,无法再"傍故檐飞"。此时寒冬已过,春色重来,但兵戈还未彻底平息。燕与人一样,都无法得到安宁。诗人一腔愁绪,无法排遣,只能向"同病相怜"的巢燕垂泪诉说。《看桃花》一诗借异地桃花联想故园春色:"我因避乱去乡异,花时怅望归路遐。他乡春色忽烂漫,故园花好将焉加。"最后发出希望:"况有武陵在人世,有田可买吾将家。"③《和佩韦夫子蝉诗》借咏蝉抒发故园之思。此时的诗人迁至潍县避难已三年,但对故土的思念从未停歇,连听蝉声,也觉伤感:"声声偏触故园心。"④《寒食作呈佩韦夫子》又云:"况我沉沦士,流离更远道。"⑤从李长霞诗中可以看出,避居潍县后,她在乡村居住了一段时间,写下了不少与乡村风物有关的诗作。如其《秋圃》云:"绿钱残藓雨,秋扇苦菢风。晚豆花留蝶,寒蔬叶半虫。"⑥此诗对秋天的乡村生活描摹

---

① (清)李长霞:《锜斋诗选》,《山东文献集成》第4辑第32册,第247页。
② 同上。
③ 同上,第248页。
④ 同上,第250页。
⑤ 同上,第248页。
⑥ 同上。

备至,这样的田家生活暂时能缓解诗人的漂泊之感。在这些田园诗中,乡村风光固然清新可爱,但总抵挡不住对故园的思念。在另一首写村居的诗里,李长霞说:"一雨收残暑,乡思又及秋。初寒多在竹,小梦亦生愁。"①村居生活已有三年,但归计无着落,再好的风景也无法抚慰内心的哀恸。

李长霞的诗中还有对战乱中百姓艰难境况的描写,如《寻儿篇》等。在《寻儿篇》中,李长霞写了一位战乱后四处寻子的父亲。这位父亲是李长霞家中仆人,因被掳去服役,与幼子失散,逃脱后四处寻找幼子,借这位父亲的目光描述出了乱后百姓的惨状。诗中先写这位父亲朝暮寻儿,只见鸱鸟鸣于桑树,而郊外鬼火熠熠。杜甫《北征》云:"鸱鸟鸣黄桑,野鼠拱乱穴。"李长霞化用前一句,再加上"熠熠多青磷"一句,便道尽乱后尸骨遍野的惨烈景象。而这位父亲眼中,更是看得直接:"左右有骸骨,不知谁家郎。"②面对如此惨状,他早已不抱希望,认为儿子已经死去,所寻的不过是鬼魂。诗句在此转入回忆,写父子如何失散。在被掳去时,他苦求能够带着儿子一起走,但不被允许,"儿啼抱父颈,将弃还逡巡。同去岂必生,犹得暂相亲。"③无可奈何之下,只能忍痛弃儿,"犹闻号泣声,畏贼不敢视"④。等他逃脱后,却再也无法寻到自己的孩子了。此时,"里中有孤儿,伶俜余一身。自言不如死,地下寻阿亲。"一个是失去亲人的孤

---

① (清)李长霞:《锜斋诗选》,《山东文献集成》第 4 辑第 32 册,第 248 页。
② 同上。
③ 同上。
④ 同上。

儿,一个是失去儿子的父亲,"有儿知寻亲,有亲知寻儿"①。战乱给百姓带来的苦痛不言而喻,生者见此,只能长叹:"哀此两断肠,断肠无已时。"②

三、出行与游历

清代山左女性长期居于内闱,外出的机会较少,主要集中在归宁、随宦及避难等活动。李长霞为掖县人,后嫁入胶州。在李长霞诗集中,不少诗作写其出行与游历。根据诗中所写,除归宁掖县、避难潍县外,她还曾游历济南府、青州府、东昌府,远至河南、湖北境内。

李长霞母家掖县在清代属莱州府,濒莱州湾。东临招远,东南为莱西,南连平度,西南与昌邑相望。夫家胶州,同属莱州府,濒胶州湾。从夫家归宁,经胶莱河,过平度,方能至掖县。在李长霞诗作中,可见数首与"平度"相关的作品,如《高望山下作》《太泽山》《将归与家人话别,次日宿平度,赋此却寄》等。高望山与太泽山(今作大泽山)皆在平度境内,李长霞从胶州到掖县,会经过二山,东为大泽,西为高望。《高望山下作》一诗写归宁之情景。高望山在平度境内,经过此山,便可到掖县。一路上只见山势峻峭,行走艰难。山中的溪涧可以让马匹饮渴,而满山青翠如同云雾般要将行人笼罩起来。在这条道路上不知有过多少行客来去匆匆,唯见"石戴辙痕古,桥连野色春。"③然而春色

---

① (清)李长霞:《锜斋诗选》,《山东文献集成》第4辑第32册,第248页。
② 同上。
③ 同上,第242页。

再好,也抵不过诗人内心的喜悦,此刻行程已近尾声,满身风尘可以好好洗去了,明日便可到达故乡。相比较而言,《将归与家人话别,次日宿平度,赋此却寄》一诗却是写返回夫家,未曾提及沿途风景,而是直抒胸臆,满是作者对家人的挂念与不舍:"分离怜弱妹,相送有诸兄。强慰慈亲意,谁知远别情。"此时应处于乱后不久,因诗中有句"兵戈余故国,风雨出孤城"①。在这种境况下,与家人的分离更增添了一些凝重的色彩,经历了战乱,谁也无法预料接下来的日子会怎样,也无法预料之后是否还能再相见。

另一首写大泽山的诗作重点在于描写山景,起句"山倚断霞开,人从霞际来"②,写出山势之巍峨,而"涧红流落叶,石紫长秋苔"③一句则写秋天山色之美,不直接写红叶紫苔,而以"红涧""紫石"去反衬秋叶之红,苔色之深。"古洞仙踪杳,深松鹤影回"④二句则又为大泽山增添了苍古神秘的色彩。这首诗未曾流露出情感,却写出了大泽山的苍丽风貌。

李长霞诗集中曾多次提及济南府境内的游历,如《长山道中》《途次齐河县过黄河》《章丘驿寄弟妇及八妹》等。李长霞六妹归长山王氏,《长山道中》一诗或为探亲途中之作。在诗中,诗人由景及情,眼中所见皆是晚秋时节的荒凉景象,而故乡远在千里,长路漫漫,不知何时归乡。《旅行杂诗》写其经过伏生故

---

① (清)李长霞:《锜斋诗选》,《山东文献集成》第 4 辑第 32 册,第 245 页。
② 同上,第 242 页。
③ 同上。
④ 同上。

里(即邹平),所见皆是残败之象:"荒陇春不耕,残碑断犹峙。饥兔走陂陁,惊鼠缘松杞。"①由此想到伏生因焚书坑儒而避居故里,冒险将《尚书》藏在墙壁内,为后世保留了一部经典。而同为博士的叔孙通却多次背主,以"面谀"得到赏识和重用。相比之下,李长霞更佩服伏生,在她看来"衰贱固云然,渝节亦所耻"②。

李长霞出行时还经过青州府境内的益都、临淄等地,也写有诗作《临淄城下作》《益都道中》等。《旅行杂诗》写于春天,其中不乏伤今怀古之叹。其三"中有齐王墓,蔽亏任蒿莱"③之句,写尽沧海桑田之变幻。此时李长霞经过临淄,"牛山"在临淄城外,北麓有管仲墓,东有田齐王陵。李长霞经此地,正是春寒之际,荒草丛生,一片萧条。"山寒春草短,风急苍松哀","饥鸟鸣其巅,野鼠穴其隈",加上时事愁人,诗人见此荒凉古墓群,越发对人生无常有了更深的感触:"去去莫复顾,重顾令心催。"④

除游历济南府等地外,由《房山道中》一诗可以推断,李长霞还曾至京城附近。在房山附近,山势巍峨,群峰矗立,其间既有明媚之景如"石厓垂草细,春涧带花流",又有令人起萧瑟之感者如"风雨荒陵古,丹青野寺幽"⑤。此外,像《信阳道中》《赴楚途中作》《黄陂道中作》《重泊武昌》《感怀》等诗皆是李长霞

---

① (清)李长霞:《锜斋诗选》,《山东文献集成》第4辑第32册,240页。
② 同上。
③ 同上。
④ (清)李长霞:《锜斋诗选》,《山东文献集成》第4辑第32册,第240页。
⑤ (清)李长霞:《锜斋诗选》,《山东文献集成》第4辑第32册,第241页。

游历河南、湖北等地所作,在写景时还加入对当地历史文化的思考。

旅行过程中,驿站是当时可供借宿之所。驿站题诗,是古来诗人抒发情怀的常用之法。李长霞有《宿山驿闻雨》《晚至云河驿》《柳桥店寄姊》等诗。其中有佳句如"疏灯深夜雨,倚枕隔溪钟"①"屋矮藏灯火,篱残补茑萝"②"东风驿路生芳草,夜雨颓垣长薜萝"③。

四、拟古之作

李长霞的拟古诗在清代女性文学史上是浓墨重彩的一笔,其数量与质量在当时女性中当属佼佼者。《山东通志》评价:"集中五言古如《辛酉纪事一百韵》《赴潍县》《南留店》《寻儿篇》等作,乱离之慨,追踪杜陵。其《忆昔篇》则又由杜以上窥汉、魏。"④李长霞拟古之作的写作背景与明清时期的"复古"大环境及山左诗坛有着密不可分的影响。

从文学史的发展来看,明清时期在诗学方面都从不同程度上强调"复古"。明代有前后七子,复古主张影响至清代,王士禛的"神韵说"、沈德潜"格调说"也都与"复古派"的某些理论有所关联。在明清以"复古"为任的诗人眼中,汉魏、初盛唐诗

---

① (清)李长霞:《宿山驿闻雨》,李长霞:《锜斋诗选》,《山东文献集成》第4辑第32册,第239页。
② (清)李长霞:《锜斋诗选》,《山东文献集成》第4辑第32册,第240页。
③ (清)李长霞:《柳桥店寄姊》,李长霞:《锜斋诗选》,《山东文献集成》第4辑第32册,第241页。
④ (清)张曜、杨士骧修,孙葆田等纂:《(宣统)山东通志》卷一百四十六上。

是学诗源头,杜诗更是学习的对象。走复古道路的诗人往往重视诗歌的"高古"之格调,将现实反思融入诗歌创作中,有着强烈的责任感和批判精神。这种"复古"的论调也影响到了清代女性文学的创作。"清代士族女性乃至寒庶女性学习古典文学辞章艺术热情的高涨、学习方法与能力的空前提高正是与士大夫文学整体发展情况相呼应的。与明清男性作家重视模拟的风气一致,女性诗人的模拟意愿及能力也很强。……拟古风气之盛可视为清代女性文学的一个特点"①。

山左诗坛与前后七子之间有密切的诗学关联,如前七子中的边贡、后七子中的李攀龙均为历城人,倡导"神韵说"的王士禛是新城人。因此,明清时期的山左诗坛也在"复古"风气的笼罩之下,各家于拟古诗的创作皆有不小的成就。李长霞所在的掖县李氏与胶州柯氏,两大家族中的男性诗人均受"复古"之风的影响。李长霞之父李图诗歌成就颇高,具有强烈的复古思想,曾言:"文非司马子长,诗非苏李,不足为师法也。"②清代女性所接触的诗学教育多半来自父辈,李长霞在父亲的指导下作诗,自然也受其父复古诗风的熏染。于祉云:"锜斋诗得其尊人李少伯之传,格律高古,寄托遥深,蔚为国朝一作家。"③李长霞所嫁胶州柯氏,也属于"复古派"。其翁柯培元与其父李图、刘庄年、李煜璋曾并称"山左四名家",李贾瑞《停云阁诗话》云:"(柯培

---

① 钱志熙:《士大夫文化视角中的中国古代女性诗歌发展史》,第105页。
② (清)赵尔巽等编:《清史稿》卷四百八十六,"列传"二百七十三之"文苑三",第13414页。
③ (清)徐世昌编:《晚晴簃诗汇》卷一百八十九。

元)大令官吾闽时,陡遭英夷之变,身陷阵中,十日始脱。故乐府一卷,专记时事,可称诗史。其余诸作,亦皆有关风化。"①其夫柯蘅亦长于五言诗。在这样的氛围下,李长霞的诗歌有着浓厚的复古倾向,集中如《拟鲍明远东武吟》《庚申拟古十九首》《拟古》《葛藟篇》等皆学汉魏,格调高古。

其《拟鲍明远东武吟》云:

> 男儿贵用世,仗剑行从军。割恩辞父母,飞旌出关门。暗谷履霜雪,危峰蹑烟云。斧冰汲朝饮,期程不遑温。饥乌啄白骨,空碛飞青磷。回首望汉关,腾沙昼恒昏。岂不怀乡县,冀邀明主恩。百战摧杂虏,九死余一身。耿介成罪辜,功绩委埃尘。薄劳无特达,忱素将谁陈。归来守贫贱,愿侪麋鹿群。金张藉旧业,卫霍为近臣。封侯良有道,岂必树功勋。②

《东武吟》本为齐地歌曲名,作为齐人的李长霞便拟鲍照的《代东武吟》。鲍照以一位老兵的口吻讲述了征战之艰苦及无功返家后的人生困顿。李长霞的诗歌主旨和风格与鲍照相似。在李诗中,开篇即言"男儿贵用世,仗剑行从军",接下来同样有对战场残酷的描写,有无法取得功名的委屈与无奈。鲍诗中老兵无法论功的原因是"将军既下世,部曲亦罕存。时事一朝异,孤绩

---

① (清)李家瑞辑:《停云阁诗话》,咸丰五年刻本。
② (清)李长霞:《锜斋诗选》,《山东文献集成》第4辑第32册,第240—241页。

谁复论"。而在李长霞看来,普通兵士无法取得功名的原因则是"金张藉旧业,卫霍为近臣。封侯良有道,岂必树功勋。""金张藉旧业"出自左思《咏史》,李长霞借用该句,使全诗的讽刺意味更加深长。鲍诗借老兵而自伤,希望自己仍能得用于时。但李诗更偏重讽喻,表达对社会现实的不满。尤其作为经历过动乱的人,李长霞更能想见普通兵士在沙场奋战却因出身寒微无法获得封赏的境遇。

李长霞的《庚申拟古十九首》虽在形式上仿《古诗十九首》,但主题、风格与之皆不相同。此处"庚申"为咸丰十年(1860),李长霞借《古诗十九首》反复缠绵的风格以表达动乱时期的哀怨愁思。《锜斋诗选》中只选三首,分别为《行行重行行》《回车驾言迈》《东城高且长》。

其《行行重行行》云:

> 行行重行行,哀此生别离。别离难为情,而况赴戎机。圣主方殷忧,安顾子与妻。从军今几载,饷绝恒苦饥。天风吹败箨,部伍各东西。岂乏忠义心,举世少见知。事至曰天运,理实由人基。①

《古诗十九首》第一首《行行重行行》,写的是两个人之间的"别离之痛",为何要别离,却并未言明。而李诗则明确是夫要从军,故而"生别离"。在《古诗十九首》中,常常在叙事中用

---

① (清)李长霞:《锜斋诗选》,《山东文献集成》第4辑第32册,第243页。

比兴的手法去描写其他的事物,如"道路阻且长,会面安可知"之后,便是"胡马依北风,越鸟巢南枝",能让读者在读诗时产生多方面联想,从而让整个篇章都有一种回环往复的空灵之美。到结句中的"弃捐勿复道,努力加餐饭",则又体现出《古诗十九首》特有的温厚之美。李长霞的诗作中省去了比兴的手法,以平铺直叙的方式写从军后的艰辛,乃致到最后"天风吹败箨,部伍各东西。"李长霞这首诗虽然是拟《古诗十九首》而作,但更多的是在讽世:"岂乏忠义心,举世少见知。"而与《古诗十九首》结句的温厚不同,李长霞直言:"事至曰天运,理实由人基。"

如果说,李长霞第一首《庚申拟古十九首之三》的《行行重行行》借原诗中的"别离"进行了自己的发挥,那么其他两首《回车驾言迈》《东城高且长》则除起句外与《古诗十九首》原诗毫无关联。李长霞的《回车驾言迈》以夕望五原,见茂陵之郁树寒烟为始,联想到汉武帝的雄才伟略:"西服夜郎郡,北靖祁连山。"① 但可惜的是"晚世弛纲纪,和房在偷安。寡义安知勇,饰懦藉仁言"②,到最后,徒留青青冢上草,"愧彼汉臣颜"。《东城高且长》一首写"与云齐"的飞楼之上有美姝,"容华世莫睹,上与仙人期。下者不敢仰,恐为祸所基"。因为可以"妙语闻九天,邈不可拟思",故诗人希望她能"可化油油云,下泽苍与黎"③。此处的美姝应是诗人眼中身居高位的官员的化身,希望这些居高

---

① (清)李长霞:《锜斋诗选》,《山东文献集成》第4辑第32册,第243页。
② 同上,第244页。
③ 同上。

位者能利用自己的能力为百姓带去福泽。

这三首拟作,结合当时的背景来看,其实正是作者对现实的关注和理想主义的体现,作者能感知到战争给百姓带来的分离之苦,也希望那些帝王将相们能认清现实,作出正确的决策,使社会安定,为百姓谋福祉。

李长霞的拟古之作,不仅有拟汉魏六朝之诗,还有拟近人之古体。如其《拟施愚山先生浮萍兔丝篇》。施闰章的《浮萍兔丝篇》诗序中云:"李将军言:部曲尝掠人妻,既数年,携之南征,值其故夫,一见恸绝。问其夫,已纳新妇,则兵之故妻也。四人皆大哭,各反其妻而去。予为作《浮萍兔丝篇》。"李长霞的拟作在主题和内容上与施诗一致,皆是以夫妻之间因战争而分离,再相见已各自婚娶为主题,皆引用汉魏诗中的经典诗句加以改造,塑造出缠绵温厚的风格。施闰章为明末清初人,经历过变乱,此诗借夫妇的分离与重聚写出了战乱带给百姓的痛苦,虽然结局是美好的,但曾经战乱的伤痛却无法彻底消除。李诗完全拟写了这个故事,虽然故事是拟写的,但反映出的心境却是同样的。

李长霞长于五古,将生活细节也用五古写出。其《忆昔篇》与《后忆昔篇》皆以五古记叙思亲之情,篇幅长,且不受格律的限制,能够将诗人对家人的深厚怀念之情娓娓道来。《后忆昔篇》,先想起为母祝寿的旧事,"设帨及嘉平,共着彩衣嬉""绮筵青玳瑁,宝炬红琉璃""嘉肴荐芳鲤,清酒浮金卮"。而如今却遭遇变乱,"烽火连山左,道梗音书乖",在这种情况下,生命尚不能得到保全,更何况归宁为母祝寿?诗人只能无奈的希冀:"安得晨风翰,慰我远别离。"①

李长霞"昕夕教子女以经史词章之学,无少间"②,李长霞以五古胜,诗风也影响了子女。如柯劭慧五言古诗规模《选》体,柯劭憼《二州山房遗集》中有《拟白头吟》《古意》《田家谣》等拟古之作。其中受影响最大的当属柯劭忞。柯劭忞少承家学,尤其得力于母教,有《文选补注》一书。《晚晴簃诗汇》云:"佩韦先生《春雨堂诗》与锜斋并行,令子凤孙学士平日论诗最所心折,知其渊源有自矣。"③柯劭忞在其母影响下,学汉魏诗,拟古之作在早年的诗歌中占据很大一部分,且成就颇高:"拟古歌谣俱戛戛独造,语不犹人。"④

---

① (清)李长霞:《锜斋诗选》,《山东文献集成》第4辑第32册,第243页。
② (清)常之英修、刘祖干纂:《潍县志稿》卷三十二"人物志·侨寓",民国三十年刻本。
③ (清)徐世昌编:《晚晴簃诗汇》,卷一百八十九。
④ (清)李慈铭:《越缦堂诗话》,民国十四年商务印书馆铅印本。

第五章　清代山左女性文学的传播与接受

本章讨论清代山左女性文学的传播与接受问题。清代女性文学之盛,除去清代文学大环境的支持和女性自身文学意识的提升外,作品的保存和传播也起到了重要的作用。在此时期,女性对于作品传播的态度仍然较为保守,但家族与地方却给予了大力的支持。一是家族文学网络对清代山左女性文学传播提供了助力。家族对女性文学的支持不仅体现给予女性良好的教育,还会主动为其刊刻传播作品,为女性文学的发展提供了重要的传播渠道。二是社会圈层传播助力增长。清代山左女性多有游历外地的经历,在文学创作和交游方面不仅仅限于一地和一族之内,来自社会圈层的传播助力有所显现。三是清代山左女性作品的刊刻与传播途径有所增广,传播效果较好。

第一节 一门风雅——家族姻亲网络
对山左女性文学的助力

家族作为政治、经济与文化的凝聚地,在中国历史上占据重要的位置。一个家族的兴盛,不仅靠政治、经济方面的强大,更要靠文化的繁盛予以维持。陈寅恪云:"所谓士族者,其初并不专用其先代之高官厚禄为其唯一之表征,而实以家学及礼法等标异于其他诸姓。"①"夫士族之特点即在其门风之优美,不同于凡庶,而优美之门风,实基于学业之因袭"②。本书第二章已分析过家族对女性德才教育的重视。在这种环境下,女性文学成为彰显家族文化的重要代表。家族对女性文学的支持不仅体现在给予女性良好的教育,还体现在主动为其刊刻传播作品,为女性文学的发展提供了重要的传播渠道。

一、家族与女性

钱志熙《士大夫文化视角中的中国古代女性诗歌发展史》提及:"进入魏晋南北朝,随着文人诗歌创作传统逐渐确立,女性诗歌开始依附以士大夫为主体的文人诗歌创作传统,从此以后的中国古代女性文学的主要特点就是依附男性文学而发展。中国古代杰出女诗人的标准,就在于创造出可与男性杰出诗人相媲美的诗歌作品。晋代谢道韫、宋代李清照、清代徐灿与顾太清,这些被视为中国古代女诗人杰出代表的人物,无一不是如此。毋庸讳言,中国古代的女性诗歌创作,从其主体部分来看,正是士族文化的产物。"③女性文学发展至清代,其繁荣仍靠家族文学的支持,也依然是士族文化的产物。高凤翰《峡猿草序》

---

① 陈寅恪:《唐代政治史述论稿》,生活·读书·新知三联书店2001年版,第259页。
② 同上,第260页。
③ 钱志熙:《士大夫文化视角中的中国古代女性诗歌发展史》,第99页。

云:"族子妇周氏,巡抚伯达孙,侍卫世祜女,而大令正之妹也。周氏世以文章名家,以故妇雅能诗。"①

明清时期的科举制度让不少家族有了成为文化大族的机会。一些以农商起步或原本文化力量薄弱的家族经过几代人的不懈努力,跻身科举世家之列,成为当地的文学标杆,家族文化的积累由此而成。各大家族间的联姻也为这种文化世家的形成提供了助力。山左地区有不少文化大族,如即墨黄氏、杨氏、蓝氏、周氏、郭氏等,德州卢氏、田氏,曲阜孔氏、颜氏,高密王氏、李氏,长山王氏等。其中长山王氏一族中举者多达十数人,多有入仕为官者。女史王碧莹即出自长山王氏,为太常寺少卿王桢从孙女。王桢(1609—1688)字大木,又字雨岚,晚年自号何思先生。顺治丙戌科(1646)进士,晋升太常寺少卿。王士禛曾为其撰墓志铭。王碧莹祖父王廷简,父王应聪。母为刑部郎中李烆从孙女,舅父李东华精于诗文。王碧莹在闺中时接受了良好的家庭教育,在诗文方面更是得益于长辈的教导。年十九嫁与赵载庭,夫家虽然贫苦,但王碧莹仍然延续了家族文学的传统,以图史自娱,著有《东篱集》二卷续集一卷。

清代山左家族之间以姻亲为纽带,形成了某一时期的典型地域诗人群体。如德州卢氏与当地世家谢氏、萧氏及曲阜孔氏等皆有联姻,卢见曾之妻便出自德州萧氏,德才兼备,归卢氏后管理家政,督课子孙,时人称之。德州卢氏还与长山袁氏有联姻,卢荫溥之妻为袁守诠之女。卢荫溥科举考试过程中,受袁氏

---

① (清)张曜、杨士骧修,孙葆田等纂:《(宣统)山东通志》卷一百四十四。

一族帮助甚多。后卢荫溥为乾隆四十六年(1781)进士,官至体仁阁大学士,卒谥文肃,袁氏也因卢荫溥被诰封一品夫人。卢庆纶则娶曲阜孔宪琮女。德州卢氏有数位知名女诗人,一为卢氏,卢道悦孙女,户部郎中汪浚之妻,《国朝山左诗续钞》收其诗3首。其《寄宋胜男女史寿张》云:"萍踪聚散未成欢,道是离情情更难。莫待雁回人不到,好期春逼杏花寒。"①诗风清丽流转。一为卢碧筠,卢荫溥长女,贾汝愈聘妻。卢碧筠未嫁而夫殇,归贾氏,孝事双亲,道光十四年(1834)被赐贞节牌坊。其事迹见于《清史稿·列传二百九十六·列女二》及《德县志·卢贞女事略》。遗稿为《碧云轩剩稿》一卷、附录一卷。金镇序中认为其诗"高者取法汉魏,次亦不失为王、孟,清雅无闺阁绮罗之习。"②一为卢见曾孙女卢介祺,章丘焦家麟妻,有《妙香阁诗稿》。卢介祺之女焦学漪,为程恭寿继妻,夫妇皆善画,曾合作梅花轴。

又如胶州高氏。高弘图为万历三十八年(1610)进士。高朗之为高弘图之子,娶胶州人张寂真。高弘图顺治二年(1645)绝食殉国,寡媳张寂真与孤孙高璪扶柩归乡,张寂真结庐于祖茔侧,教二子璪、琳成立。张寂真有《自记里语》一卷。高璪与周世祜为姻亲。高璪集中有赠周西斋侍儿姗姗诗。此处"姗姗"即冷玉娟,胶州宋世远妾,有《砚炉阁诗草》。周世祜之女周淑履嫁高璪之子高荫枥为妻,夫亡守节,携孤儿就食母家。母家家

---

① (清)张鹏展纂:《国朝山左诗续钞》卷三十,《山东文献集成》第1辑第42册,第620页。

② 转引自张秀岭、张叔红、张宝泉:《德州历代要籍题录与资料索引》,敦煌文艺出版社2019年版,第52页。

道中落后复还胶西,以针黹为生,教子读书。周淑履有《峡猿草》《绿窗小咏》。高荫梾与周淑履之女高氏,嫁同邑匡绍祖。有《孀居诗草》。高氏之学由其母传授,《县志》本传云:"幼承母教,亦能诗,年十八绍祖殁,抚孤守节。"①

孔氏与颜氏皆为曲阜当地的文化大族,家族间常进行联姻。颜小来出身曲阜颜氏,其父颜光敏(1640—1686),字逊甫、修来,号乐圃,康熙六年(1667)进士。颜小来自幼端慧,从父授书,旁及琴弈。后嫁同邑孔兴焯为妻。孔兴焯为孔子世家六十户之临沂户中人,早逝。颜小来殉夫未果,侍舅姑以孝闻,其子毓拾殇后,以侄毓埃为嗣。在其教导下,子孙皆有成就。因其守节六十载,康熙四十五年(1706)奉旨建坊旌表。其《恤纬斋诗》被收入《曲阜颜氏诗集》(即《海岱人文三十三种》)稿本中。乐陵训导孔广鼐三女孔淑成,字叔凝。嫁颜氏一族中的颜士银为妻。颜士银字丹山,颜子七十二代孙,道光十年(1830)岁贡。七岁能诗,通经史。孔淑成年二十九而殁,于败箧中得诗仅10余首,为《学静轩遗诗》。《民国续修曲阜县志》卷六称其:"秉性贞静,博学能文,相夫教子,一时称盛。"②生子七,长子锡敏,以拔贡任深州州判,殉难。次子锡惠道光十二年(1832)进士,任户部员外郎清江黄河兵备道。三子锡琅为增贡生,四五子皆为岁贡生,六七子皆入国学。有钦赐"福寿"二字。孔淑成以子

---

① (清)张同声修,李图等纂:《(道光)重修胶州志》卷三十三"列传十三·列女下",道光二十五年刊本。
② 孙永汉修,李经野、孔昭曾纂:《(民国)续修曲阜县志》卷六"人物志·列女·贤淑",民国二十三年铅印本。

锡惠官主事,封安人。

女诗人对于家族文化的依赖远高于男性,通过不同家族之间的文学交流,出现了不少以姻亲为联系的女性文学群体。曲阜孔氏作为文化大族,常通过联姻来巩固家族的政治、文化地位。尤其是历代衍圣公,所联姻的对象无不出自世家大族。如六十七代衍圣公孔毓圻,字翊宸,其继室叶粲英,山东按察使副使方恒女。叶粲英工诗善画,与姊叶宏缃齐名,有"闺中二难"之称,多有唱和之作。七十二代衍圣公孔宪培之妻于氏,大学士于敏中女,有《就兰阁遗稿》。七十三代衍圣公孔庆镕之妻毕怀珠,兵部尚书毕沅第三女。七十四代衍圣公孔繁灏继室毕景桓,字少英。两湖总督、兵部尚书毕沅孙女,湖南岳州府同知毕鄂珠长女。

孔氏第七十代"广"字辈之孔广材,字巨川,号汝楫,广西宜山县丞署永宁州知州。孔广材之妻蒋玉媛,为常熟人,兵部侍郎蒋楙女,以子昭光举孝廉方正,封安人。孔昭虔字元敬,号荃溪。嘉庆辛酉恩科进士,翰林院编修,官至贵州布政使,善隶书,精通音韵学,有《镜鸿吟室诗集》《经进稿》《绘声琴雅词》《扣舷小草词》。其妻孙苕玉,钱塘人,监生同理女。孔氏第七十一代"昭"字辈中,孔昭杰,字俊峰,号友兰。嘉庆辛酉科举人,江苏盐城知县,敕授儒林郎。娶妻孙会祥,钱塘人,桃源同知同琨女。以贤孝知名,侍姑抚孤,仁爱慈惠,以书史课子宪階、宪彝、宪庚。孔昭荣字调仲,号又峰,监生。其妻王氏,兰陵人。镇雄州知州寿女。嘉庆二十五年(1820)进士、甘肃泾州直隶州知州孔昭佶之妻叶氏,为安徽桐城人,波上县知县叶馥次女,"相夫事姑,以贤孝称"①。钦赐主簿孔昭芬之妻惠氏,卢龙人,广州副将昌运女。山东知县孔昭寀之妻刘淑增,江苏仪征人,候选训导刘毓崧女。刘淑增有《林风阁诗抄》一卷,收诗50首。孔昭诚,字显孚,号元孚。钦赐主簿、直隶吴桥县知县。其妻叶俊杰,字柏芳,江夏人,长沙府通判邦祚女,有《柏芳阁诗钞》。七十二代"宪"字辈中的孔宪彝,为内阁侍读,娶妻司马梅,字梦素,江宁人,直隶青县知县司马庠次女。素好书画,工诗,著《绣菊斋题画剩稿》一卷。孔宪彝继室朱玛,字宝瑛,海盐人。内阁学士兼礼部侍郎朱方增之女,内阁中书。工诗词,善绘画隶楷,著诗词各一卷。候选训导孔宪庚之妻徐比玉(1813—?),字芝生,江苏吴县人,处士徐汝棻长女。刑部员外郎孔庆鎣之妻康氏,兴县人。通政使司参议纶钧女。孔庆鎣继室汪之蕙,河南夏邑人。临清直隶知州汝弼女。

由上可见,曲阜孔氏在对外联姻时所娶女性往往来自南方地区,尤其是江浙一带。明清时期女性文学最为兴盛之地便是江浙。这些来自文化繁盛之地的女性为孔氏一族的文化带来了别样的气息,注入了新鲜的血液。孔宪彝辑《阙里孔氏诗钞》选孙苕玉诗,谓其:"通书史,解音律,荃溪从伯所制乐府皆为按拍,令诸婢歌之。"②孔宪彝《阙里孔氏诗钞》中称孙会祥"尤善篆印,刀法工秀。"③"为绣山中翰太夫人,诗虽不多,然亦足见绣山

---

① (清)孔宪彝辑:《阙里孔氏诗钞》卷十四,《山东文献集成》第3辑第41册,第225页。
② 同上,第224页。
③ 同上,第225页。

之渊源有自也",①又称孔昭荣之妻王氏:"从叔母多识古文字,口诵楚辞,数万言一字不遗。工书,能悬臂作蝇头字,骨力秀劲,绰有父风,观者多疑非出闺阁之手云。"②

曲阜孔氏的对外联姻也包括孔氏诸女外嫁之事。孔氏家族中的女性无不在文学艺术上有所建树,这为她们的婚姻增添了助力,也使她们成为孔氏文化的传播者。孔氏女诗人较为知名者有孔丽贞、孔璐华、孔淑成、孔祥淑等。孔丽贞,孔毓埏女,孔传钜妹,历城戴文谌妻。孔丽贞工诗善书画。夫亡,守节四十余年。能诗,与孔兴焯妻颜氏相唱和。其《藉兰阁草》"发乎情,止乎义,君子称之"③。另有《鹄吟集》。其《藉兰阁草》自序:"情随事迁,偶有吟咏,无不可于哀乐间分之。"④《国朝山左诗钞》载孔丽贞《藉兰阁草》,自序云:"余幼居深闺中,蒙二亲顾复朝夕,不离左右。每花晨月夕,吾父与伯兄共四方执友流连诗酒,竟日方休。我母春则烹新茗,夏则设盆冰,秋则焚兰香,冬则煮佳酿,以待吾父归来。兴若未阑,或评诗,或玩月,或理琴敲棋。彼时余同长兄怡怡侍侧,天伦之乐,至此为极。故有'双亲两意同'之句,以志其喜。"⑤可见,孔丽贞生长于书香之家,家庭中文化氛围浓厚。这种成长环境让孔丽贞对诗歌产生浓厚兴趣,在出嫁后将

---

① (清)余正酉辑:《国朝山左诗汇钞后集》卷二十七,《山东文献集成》第1辑第43册,第330页。
② (清)孔宪彝辑:《阙里孔氏诗钞》卷十四,《山东文献集成》第3辑第41册,第225页。
③ 《(乾隆)曲阜县志》卷九十四,乾隆三十九年刻本。
④ (清)徐世昌编:《晚晴簃诗汇》卷一百八十四。
⑤ (清)孔丽贞:《藉兰阁草·自序》,(清)卢见曾编:《国朝山左诗钞》卷五十八,《山东文献集成》第1辑第41册,第771页。

诗歌作为情感寄托。这些孔门女性担负起各个家族间的联姻之责,并用自己的才华为夫家、母家的文化传播贡献了力量。

二、家族内部的女性文学互动

清代家族文学兴盛,女性对于家族及其文化发展的重要性也在不断提高,女性与家族文化结合得更为紧密。在家族内部,女性之间互相切磋诗文,彼此唱和往来,建立了深厚的文学情谊。

齐河郝簋与福山王照圆为姻亲,互相欣赏对方的才华,素有文字往来。郝簋婚后生活基本在山东度过,而王照圆曾一度随宦至京城,但二人的文字往来并未中断。王照圆赠送郝簋自己的著述《梦书》《列女传》,郝簋收到后曾写诗文记之,称赞郝氏夫妇:"兄以善著述驰声天下。嫂亦文章博洽,名能与兄偶。"① 并在诗中表达了对王照圆的钦佩:"文星夜朗银河北,贤媛声华溢京国。续史无惭世叔妻,生花肯让江郎笔。怜尔文章播上清,蛾眉不愧号先生。"②

又如孔璐华与孔庆鎏之妻康氏情谊深厚,康氏去世后,孔璐华写《哭二弟妇康宜人》等诗,予以悼念。朱玙嫁入孔氏后,向叶俊杰学习诗词,又与叶俊杰之女孔韫辉同学绘画。叶俊杰云:"初执弟子礼,继则情同母女焉。"③又与妯娌徐比玉交好,徐比

---

① (清)郝簋:《蕴香阁诗钞》,《山东文献集成》第3辑第41册,第376页。
② 同上。
③ (清)叶俊杰:《小莲花室遗稿·序》,(清)朱玙:《小莲花室遗稿》。

玉称赞朱玙:"发言为诗,词华赡丽,自非专力,能如是乎。"①这些女性围绕叶俊杰形成了一个家庭式文学小群体。

孔璐华为孔宪培侄女,七十三代衍圣公孔庆镕(1787—1841)女兄,仪征阮元继室。幼娴诗礼,工诗善画,有《唐宋旧经楼诗稿》。孔璐华嫁入仪征阮氏后,也将曲阜孔氏的家族文化带入了阮氏一族。继室孔璐华之外,阮元有三妾,为刘文如、谢雪、唐庆云,皆受阮氏家风影响,对诗歌、绘画等领域皆有浓厚的兴趣。同时,在孔璐华的带领下,几人时相唱和,形成了典型的家族女诗人群体。刘文如(1777—1847),字书之,号静春居士,仪征人。原是阮元原配江夫人陪嫁,江氏去世后,乾隆五十八年(1793)阮元奉父命纳为妾室,生子阮祜。刘文如擅诗文,工绘画,著《四史疑年录》,《宋刻金石录》有其跋。谢雪(1782—1836),字月庄,号蓉庄,长洲人。嘉庆二年(1797)为阮元侧室,生子阮福。师从女史张净因学诗,善书画,著有《咏絮亭诗草》四卷。唐庆云(1788—1832),字古霞,长洲人。扬州博物馆中有记载其生平之玉柩。《阮元年谱》记载阮祜为其请封安人。唐庆云成为阮元侧室后,受阮家风气影响开始学诗画,著有《女萝亭诗稿》,在孔璐华的支持下刊刻成集。孔璐华与刘文如等虽有妻妾名分之差,但情谊深厚,以闺中良友相称。

孔璐华有女阮安,也是阮氏女性文学群体的一员。阮安(1802—1821),字孔静,仪征人。孔璐华次女,嫁江都张熙。阮安幼时聪颖,七岁能诗。师事严杰,从刘蒙古学画。著有《广梅

---

① (清)徐比玉:《小莲花室遗稿·后序》,(清)朱玙:《小莲花室遗稿》。

花百咏》,阮元曾为其题跋。刘繁荣(1791—1861),字涧芳,宝应人。阮常生妻,孔璐华长媳。工诗善画,尝取《揅经室集》诗句分写十六帧。后忙于家事,诗篇渐少,且多有自删之举。堂兄刘宝楠辑其集为《青藜馆诗钞》。《扬州文库》收其《青藜馆诗钞》百余首,存于《仪征阮氏遗稿》十二种十三卷中。许延锦(1801—1872),字云姜,号仲绚,浙江仁和人,阮福妻,孔璐华次媳,兵部主事许宗彦与梁德绳二女,许延礽之妹。许延锦著有《鱼听轩诗草》,诗六十余首。钱德容(1803—1834),字孟端,浙江秀水人。阮祜妻,钱楷女。道光二十五年(1845)十月,因皇太后七旬恩诏,封阮祜妻钱氏诰赠恭人,继室钱氏诰封恭人。有《德容诗钞》,今不可见。钱继芬字伯芳,浙江秀水人。道光十八年(1838)为阮祜继室,钱燕喜长女,钱德容从姊妹。道光十九年(1839)同沈善宝、西林春等结成秋红吟社。阮元三孙女阮恩滦(1831—1854),字媚川,阮常生、刘繁荣第三女。阮恩滦少聪颖,善鼓琴,被阮元呼为"琴女孙",后嫁杭州沈麟元,以贤孝称。阮恩滦著有《慈晖馆诗词草》,卒后由其夫麟元刊行,"同治三年,乃刻藏板,无奈词稿缺毁,光绪乙亥补完"[①]。《续修四库全书总目提要(稿本)》评其《慈晖馆诗词草》一卷云:"诗词韶秀","其诗工细绝伦"[②]。阮亨妻王燕生字凝香,有诗集《凝香阁诗钞》,今不见,王豫《江苏诗征》多次征引,载其诗2首。

[①] 中国科学院图书馆整理:《续修四库全书总目提要(稿本)》第28册,第348页。

[②] 同上。

三、家族对女性文学传播的支持

清代许赓扬在为吴茝的《佩秋阁诗稿》所写的序中说:"在昔才媛之盛,有元方、伟方,而二姊济美;有孝标、孝绰,而三妹并名;有彪及固,而后有惠班;有奕与安,而后有道韫。莫不根植门业,熏陶性灵,家具金针,人随砚匣。良以撰翰成习,雕华自妍,由濡染而精,非溺苦而得也。"①冼玉清在《广东女子艺文考》自序中认为:"就人事而言,则作者成名,大抵有赖于三者。其一名父之女,少禀庭训,有父兄为之提倡,则成就自易。其二才士之妻,闺房唱和,有夫婿为之点缀,则声气易通。其三令子之母,侪辈所尊,有后嗣为之表扬,则流誉自广。"②由此可见家族文学对女性的重要影响,而在女性作品传播过程中,所借助的力量多来自家族中的男性亲友。可以说,女性文学的发展离不开家族的支持。

清代山左女性中,孔祥淑随父宦游蜀、黔,在父兄的提点下诗学益进。邢顺德少时聪颖,"方八九龄时辄解书史,尤喜雅骚。祖静园公授以古诗,及选唐诸编,一目举能了悟。自是刺绣之余,披诵不辍,形为吟咏。初如日芙蓉,风致绝佳"③。李长霞自幼精研经史小学,于诗尤有神悟,颇得其父心传。李长霞有《锜斋诗选》,"诗才清隽,知渊源于过庭之训者深矣"④。

---

① (清)吴茝撰,朱惠国、王静整理:《佩秋阁诗稿》卷一,胡晓明、彭国忠主编:《江南女性别集三编》下册,第1181页。
② 胡文楷:《历代妇女著作考》,第951—952页。
③ (清)邢顺德:《兰圃诗草》,《山东文献集成》第3辑第36册,第778页。
④ (清)余正西辑:《国朝山左诗汇钞后集》卷二十七,《山东文献集成》第1辑第43册,第332页。

家族对女性文学的扶持除传授才艺外,还体现在对女性作品的重视和保护态度上。一是从观念上认可女性作品的流传。如王凤娴作诗,成辄弃去,其兄王献吉劝诫道:"《诗》三百篇,大都出于妇人女子,关雎之求,卷耳之思,螽斯之祥,柏舟之变,删诗者采而辑之,列之《国风》,以为化始。"①二是积极保存并刊刻女性作品,尤其是遗作。"对于更多身居闺内的闺秀而言,丈夫、兄弟、儿子及其他对她们作品感兴趣的男性文人,都会在出版过程中发挥一定的作用——不管是提供金钱、撰写序言,还是传播她们的著作"②。如郑兰孙之作由其子徐琪搜辑整理,先后刊为《莲因室诗词集》与《都梁香阁诗词集》。周韵仙之作由其弟周振先手录成集,为《漪兰馆诗稿》,含词一卷。蒋英《消愁集》早年诗词多有散佚,晚年之作由其子郭鉴编成《消愁集》二卷。吕景蕙的《纫佩轩诗词草》由其子赵元良整理付梓。遗作刊刻方面,如许之雯为俞樾女外孙,去世后,其夫辑遗诗送至俞樾处,由俞樾选刊,命名为《缃芸馆诗钞》。裘凌仙去世后,子女为其刊行《明秋馆集》。方秀洁曾总结明清时期这种由家族为女性刊刻诗集的现象:"那些规模较小的女性个人别集,印数少,发行量有限,经常是由作者的家庭成员赞助出版,并将其出版视为一种文化资本。"③

清中期以后,丈夫帮妻子刊刻原稿的例子也逐渐增多。如

---

① 胡文楷:《历代妇女著作考》,第91—92页。
② (美)魏爱莲著,马勤勤译:《美人与书——19世纪中国的女性与小说》,第2页。
③ (加)方秀洁:《绪论》,(加)方秀洁、(美)魏爱莲:《跨越闺门:明清女作家论》,第4页。

关锳《梦影楼词》由其夫蒋坦编选。程淑去世后由其夫汪渊搜寻整理遗作,刻为《绣桥诗词存》二卷。钱令芬有《瑞芝山房诗钞》一卷,附《竹溪词草》,由其夫辑成。阮恩滦为仪征阮元第三孙女,嫁杭州沈麟元。阮恩滦才情颇受阮元赏识,阮元曾呼其为"琴女孙",并手书楹联赞其云:"古琴百衲弹清散,名帖双钩拓硬黄。"可惜其诗词虽然成就颇高,但散佚众多,今之存者仅十之半。去世后沈麟元为其刊行,"板留家塾。一年,杭城陷,又一年,再陷。同治三年,乃刻藏板,无奈词稿缺毁。光绪乙亥补完,今所见本是也"①。

孔宪彝先娶司马梅,后娶朱玙。司马梅字梦素,江宁人,直隶青县知县司马庠次女。性嗜书画,偶尔作诗却不留诗稿,殁后仅留《百蝶图》《桃花》《秋海棠》等作品。朱玙,字宝瑛,海盐人,内阁学士兼礼部侍郎朱方增之女,工诗词,善绘画隶楷。朱玙去世后,其夫孔宪彝将她的诗作整理为《小莲花室遗稿》,与第一任妻子司马梅《绣菊斋遗画剩稿》合刻,"爰捡遗墨合录题辞,为二卷附以墓志诸作付之"②,"是册他日儿辈长成俾读之,知其母之才艺为世所重"③。

孔宪彝又辑《阙里孔氏诗钞》十四卷。"孔氏诗向无合钞,自先恭悫公以降,其有专集行世者,卷帙浩繁,猝难遍览。其有

---

① 中国科学院图书馆整理:《续修四库全书总目提要(稿本)》第 28 册,第 348 页。
② (清)孔宪彝:《绣菊斋遗画剩稿序》,《绣菊斋遗画剩稿》,道光二十五年(1845 年)刻本。
③ (清)孔宪彝:《小莲花室图卷题辞序》,《小莲花室遗稿》,道光二十五年(1845 年)刻本。

未经镌板者,子孙珍藏手泽,又不轻以示人"①。孔氏女性凡能诗者,皆汇录于此,对保存孔氏家族女性作品有巨大贡献。卷十三、十四收录孔丽贞、孔淑成、孔韫芬、孔昭容、孔宪英、孔璐华等18人,诗114首。《阙里孔氏诗钞》的刊行得到衍圣公孔庆镕的支持,孔庆镕《阙里孔氏诗钞序》曰:"故敬谨重刊列公先集藏于家庙,以示子孙,又以族人遗集多所湮没不彰者,思欲编录,以就正于海内诸君子……"②

高密单氏为明清时期山东著名科举望族,多人入朝为官。族中较多知名诗人、学者,家学渊源。女史单为娟便出身高密单氏一族。单步青云:"莱鸥先生善书工诗,家学渊源。传至伯平先生,为前清理学大家,经术文章,流传海内,尚矣。伯平姊妹数人皆能文,唯纫香女史有《碧香阁诗集》行世。"③莱鸥先生为单可玉,单为娟之父。伯平先生指单为鏓,为其弟。其母为李元直之女,单可玉曾从舅氏学诗法。可见,单为娟父族、母族在当地皆有一定的文化影响力。单为娟嫁诸城王玮庆为妻,夫妻伉俪情深,且均对诗文有浓厚的兴趣。王玮庆嘉庆二十五年(1820)任吏部考功司主事兼验封司事加三级授朝议大夫,单为娟此时已经去世,被赠恭人,后又被追封一品夫人。单为娟有《女史碧香阁遗稿》一卷,去世后其夫王玮庆为纪念她,搜集整理付梓,父兄皆为之题辞。

---

① (清)孔宪彝辑:《阙里孔氏诗钞》,《山东文献集成》第3辑第41册,第98页。
② 同上,第97页。
③ (清)单为娟:《女史碧香阁遗稿》,《山东文献集成》第3辑第44册,第334页。

为去世的女性长辈刊刻诗集也是后辈尽孝道的一种方式。王政敏之女王氏通诗礼,喜吟咏,有《绿窗诗草》一卷,见《费邑艺文存》,为其玄孙宋潢所刻。高密王氏《郭外楼诗刻》则是其孙慧澄为其刊刻。孙莒玉工诗词,但不肯留存诗稿,《阙里孔氏诗钞》中所选之诗,来自其嗣子孔宪恭所述。《阙里孔氏诗钞》记载:"通书史,解音律,荃溪从伯所制乐府皆为按拍,令诸婢歌之。工诗词而不肯存稿,是作仅得之从弟宪恭口述云。"①

由上可知,女性自幼受教于家族亲友,于文学上有所建树后,往往通过家族力量刊刻流传作品。女性才名远播是家族文化强盛的表现,尤其是族中几代女性皆负盛名者,往往会以刊刻合集的形式,为之保存作品。自明代《午梦堂集》到近代安徽桐城倪静、倪婉、倪懿合著的《疏影楼集》《晚香炉诗稿》,姚倩、姚茝合撰的《南湘室诗草》《南湘室诗余》,吕碧城、吕美荪、吕惠如的《吕氏三姊妹集》,无不如此。

但从整体情况来看,女性在家族中的文学地位仍旧处于劣势,女性作品往往附于家集之后,无论是数量还是影响力都远逊男性。在作品的传播方面过度依赖家族力量,导致女性作品刊刻传播的力度和范围受限,传播对象多是存在血缘、姻亲关系的家族成员。高彦颐在《闺塾师》中指出:"如果说商业出版者是从市场需求出发,个别才女的结集作品则通常由她的家庭发行,仅为小范围的流传,以纪念家内的某一幸事或见证家庭的文化

---

① (清)孔宪彝辑:《阙里孔氏诗钞》卷十四,《山东文献集成》第3辑第41册,第224页。

优越地位。"①即便一部分女性作品作为家族文学的象征被赠予家族之外的读者,目的也是借才女之名扩大家族影响,而非真正投入广泛的大众阅读圈层中去。女性的才华成为彰显家族文化的工具,而非自我意识表达的主场。

好在清代女性文学发展繁盛,社会整体思想较为开明。在一定程度上,使女性文学跨越了家族的藩篱。一部分女性作品作为家族文学的象征被赠与家族之外的读者,而另一部分作品则借助社会力量,被投入广泛的大众阅读圈层中去。

第二节 社会圈层的文学交游与传播

清代山左女性的文学交游呈现出明显的血缘性、地域性特征,其范围多限于夫家、母家。如孔氏家族女性内部常常形成自己的文学群体,有赠诗、唱和、题辞等活动,彼此之间惺惺相惜。但在家族之外,女性可以通过交游、唱和等活动,扩大文学交流范围,提高自己的声名。在社会圈层的文学交流过程中,她们之间彼此认同和肯定,在获得文化归属感的同时,有利于彼此才名和作品的传播。

一、社会圈层的女性文学交游

家族在运转过程中,必须依靠每一个族人的努力,男子负责

---

① (美)高彦颐著,李志生译:《闺塾师——明末清初江南的才女文化》,第82页。

考取功名、建功立业;女性则负责照顾家庭,此外还要承担部分人际交往的责任。在社会圈层的人际交往中,她们既是家族的代表,显示一个家族的实力和风貌;又可通过与其他大族间的交往,使多个家族建立密切的联系,以便取得互赢的合作机会。随着大环境的改变和自身文学交流的需求,清代山左女性的文学活动也在努力突破家族和地域的限制。

朱玙交游者众多,既有孔氏家族内部女性如孔淑成、叶俊杰、徐比玉、毕景桓等,又有家族以外的女性友人如郑兰孙、施掌珠、张绍英、张纶英姐妹等。朱玙《小莲花室遗稿》既有叶俊杰、徐比玉为之作序,又有家族之外的友人唱和之作,如《次韵答程淡槎夫人》《画折枝抹丽花以蕉叶承之赠施佩蘅》《答赠许定生女史》《乞家浣霞夫人画花里写诗图》《题郑娱清女史都梁香阁诗稿》等。孔淑成《学静轩遗诗》有张绚霄、叶俊杰、朱玙、徐比玉等人题辞,此举包括了家族内外的亲友。焦学漪工花卉,为景梁曾弟子,得师门传授,具有恽寿平风韵。年逾八十,作画不辍。有《竹韵轩诗草》。张纶英《书叔姊婉纫四十征诗启后》记载焦学漪曾于道光十六年(1836)为张纶英庆生,寄诗画为寿①。通过与家族之外的女性诗词唱和,可以扩大作品的传播范围,增强传播效果。

孔璐华除与阮门闺秀互相唱和外,更与当时才女张因交往颇深。张因(1741—1809),字净因,一字淑华,人称净因道人,

---

① (清)张纶英:《餐枫馆文集》卷一云:"道光丙申,叔姊婉纫四十初度,伯姊孟缇征诗于京师。一时名媛若汪太夫人潘虚白、潘少夫人陆琇卿、狄夫人王甥桐、程夫人焦学漪、徐夫人张祥,皆邮寄诗画为寿,姊甚乐之。日月如驶,忽忽九年,明年姊已五十矣。"见胡晓明,彭国志主编:《江南女性别集》三编下册,第1383页。

甘泉人。黄文旸妻。工诗善绘。有《绿秋书屋诗集》二卷。张因为汪嫈闺塾师:"太宜人赋质敏,六岁诵唐诗……越岁延黄秋平师……继以斋中宾客过从多,复延师母张净因孺人专力督课。"①黄文旸曾在阮元举荐下,至曲阜为衍圣公孔庆镕讲学。陈芸《小黛轩论诗诗》云:"衍圣公孔庆镕,少时受业于净因,净因因是遂与孔经楼夫人结交。"②孔璐华为谢雪《咏絮亭诗草》作序,序中云:"从黄净因夫人学诗,画折技小幅颇得恽家风格。"③孔璐华《女萝亭诗稿序》中赞美张因:"夫人能诗善画,杭署有别馆,夫人老夫妇同居于此,因此夫人为庆云之师,益习书史,女士之诗学益成。"④可见张因还是唐庆云、谢雪的闺塾师。《国朝闺秀诗柳絮集》载其有《双桐馆诗钞》《淑华集》,嘉庆十年(1805)扬州阮氏文选楼刊刻。今仅存《绿秋书屋遗稿》一卷。张因的《绿秋书屋书钞》和《绿秋书屋遗稿》均在阮氏家族的支持下付梓。此外,阮福(谢雪之子)妻许延锦、阮祜(刘文如之子)妻钱继芬皆参加了以顾春为首的"秋红吟社",这个文学社团聚集地在京城,二人因随宦至此,故可以与当时的诸多闺秀结社吟诗。通过才女间的交游,她们组成了超越家庭和血缘的文学群体,形成了自己专属的文学网络。这种举动能让女性专注于读书作

---

① (清)江月娥:《雅安书屋诗文集·序》,(清)汪嫈:《雅安书屋诗文集》,道光二十四年刻本。

② (清)陈芸:《小黛轩论诗诗》,王英志主编:《清代闺秀诗话丛刊》,第1545页。

③ (清)谢雪:《咏絮亭诗草四卷》,嘉庆二十三年刻本,《清代诗文集汇编》第478册,第129页。

④ (清)孔璐华:《女萝亭诗稿·序》,(清)唐庆云:《女萝亭诗稿》,道光间刻本。

诗,随时进行诗词唱和,诗词成为女性与他人交流的重要媒介。通过文学交游,女性可以获得更多的奖励和声名。这样的文学网络既不受限于家庭成员之间的牵绊,也不会因外界的影响而轻易断绝。

除此之外,出游与随宦也为女性超越家庭空间限制提供了途径,使其文学创作能更多融入家庭外的世界,并向社会展示真实鲜活的个体精神。如孔璐华游历经历较为丰富,其《唐宋旧经楼诗稿》自序中提到因宦游浙江,所见景物佳美,故得诗较多,如《西湖十景诗》等。孔祥淑少时随父宦游蜀、黔,其诗多得江山之助,气魄宏大。苕溪生《闺秀诗话》云:"近、古体近千首,均苍遒高华,洗尽脂粉之气,真闺阁中仅见之才。盖夫人生于曲阜,为亓官氏嫡裔。家学渊源,又随观察宦游万里,故其发为诗歌,迥异凡响,非寻常女子纤靡巧丽之音所能望其项背。"[①]山左女性走出闺阁的举动不仅带来了文学创作上的变革,更对女性文学传播起到了促进作用。

清代山左女性文学在家族的支持和培养下获得了良好的发展,同时也在努力超越家族的界限。山左女诗人多有出游或随宦的经历,文学交游不限于一地和一族之内,而是走向更为广阔的社会圈层。

二、男性文人的助力

除女性之间的文学交流外,一些山左女性的文学传播活动

---

① (清)苕溪生辑:《闺秀诗话》卷二,王英志主编:《清代闺秀诗话丛刊》,第1657页。

还得到了当时男性文人的助力。很多男性文人支持女性作品的传播,认为女性文学自有其价值与意义。明代田艺蘅编纂《诗女史》,认为女性作品并不比男性差,其价值在于有益教化,"夫宫词闺咏,皆得列于葩经。俚语淫风,犹不删于麟笔。盖美恶自辨,则劝惩攸存,非唯多考皇猷,抑亦用裨阴教。其功茂矣,岂小补哉"①。女性文学之所以不被重视,原因在于"采观之既阙"。赵世杰《古今女史》也肯定了女性创作的文学价值和教化作用:"并时代之升降,才伎之俊淑,影样具见于毫楮,一寓目而兴观群怨,皆可助扬风雅。"②郝答曾云:"自三百篇蔚为风始,《关雎》一篇即出于宫人之作,盖女子能诗,其天性然矣。"③同样高度肯定了女性文学。既然女性文学"可助风雅",必定会有文人助其流传广布。

男性文人扶持女性文学的表现一是为之作序,以提高女性诗集的影响力和传播力度。如颜小来诗集《恤纬斋诗》由兴化知县汪芳藻为其作序。阮元曾为家族中有才华的女性作序,编录《淮海英灵集》和《两浙輶轩录》时也收录女性诗歌。通过这些途径,男性文人或直接或间接地促成了山左女性别集的出版,或多或少地将困居于内闱的女性推向了公共领域,使其传播层面从家族走向社会。

二是在著作中记录才女故事,保存女性生平、作品等重要文献资料。王士禛作为山左文学的代表性人物,以"神韵说"在清

---

① (明)田艺蘅:《诗女史叙》,明嘉靖三十六年刻本。
② 胡文楷:《历代妇女著作考·附录》,第889页。
③ (清)郝䕩:《碧梧轩吟稿》,《山东文献集成》第3辑第41册,第354页。

诗史上留下了浓墨重彩的一笔。他的诗文、笔记中也常有山左才女的身影。王士禛《古夫于亭杂录》记录了德州通政参议孙勷之妾张秀的事迹。张秀字惠中,湖广人。有《落霞堂存草》。王士禛与其唱和,并将其事迹记录,"秀能小诗,独居于汴,偶与孙检讨子未相唱和,遂归之。其在中牟有和予三绝句"①。姜如璋,字淑斋,号广平内史。姜长植女,知府宋世显妻。姜如璋善书,京师士大夫得其所书纨素便面,视为珍宝。王士禛《池北偶谈》卷十二记载姜如璋事迹云:"胶州宋方伯子妇姜,字淑斋,自号广平内史,善临十七帖,笔力矫劲,不类女子。"朱彝尊《曝书亭集》有题姜夫人淑斋诗卷之词云:"三真六草写朝云。几股玉钗分。仿佛卫夫人。问何似、当年右军。　郁金堂上,青绫帐外,小字讶初闻。门掩谢池春。定书遍、双鬟练裙。"②朱彝尊与王士禛皆为清代知名文人,有二人的推广,姜如璋获得了更广泛的认知和更多的赞扬。

清代王培荀有《乡园忆旧录》一集,其中记载了一些山左女性的生平及作品。如于桂秀,新城人,年十七适淄川张廷叙。张廷叙先娶仇氏,后娶于氏。"当日夫妇唱和,相好无尤,同观道书,悦金丹之说,一意修养。夫忽心迷,捽妇发使入灶,几死,为人救出。于氏大恚,归母家,与夫绝。方城先生与外王父交善,命舅氏苏山从于氏授经"③。《于氏世谱》进一步解释了于氏与

---

① (清)王士禛:《古夫于亭杂录》卷五,中华书局1988年版,第118页。
② 《(道光)重修胶州志》卷三十三"列传十三·列女下",道光二十五年刊本。
③ (清)王培荀著,蒲泽校点:《乡园忆旧录》卷二,第93页。

丈夫决裂的原因：于氏伴夫读书,助丈夫学业大进。其夫中举后却生嫉妻之心,举火燔之,幸得救,这才归宁,侍父病二十余年,年七十余卒。王培荀《乡园忆旧录》中还提及高氏《闲居偶成》一诗。高氏为淄川高侍郎念东侄曾孙女,高增绪之女,新城张亦宣室。家《传》云："氏为侍郎念东公侄曾孙女,自幼能诗,年二十八岁孀居,教子曰仁成名。"①《乡园忆旧录》又记载阮元之母林太夫人喜好读书,绘有石室藏书小照,阮元执书侍立,王照圆因此题诗："斋名积古从公定,室有藏书是母留。"②阮元便将"绩古斋"改名为"积古斋"。

这些关于女性文学的记录,在王士禛等人的著作中并未占据很大篇幅,但在女性资料匮乏的状态下,成为研究山左女性的重要文献。同时,也借助王士禛等人的名望使山左女性生平及作品为世人所知。

三、从家族到社会：山左女性文学传播层面的变化

据清末施淑仪《清代闺阁诗人征略》等书籍所载女性生平资料可得知,清代女性的阅读范围以女教书、儒家经典及文学作品为主。在阅读与写作的过程中,多数女性只能通过家族长辈接受教育,无法像男性那样有进入学堂或四处游学的条件,因此很难有专门的师承和流派。因女性不能以文章博功名,故在写作方面多靠直觉与才思进行创作,书写空间局限于日常生活体

---

① （清）张鹏展纂：《国朝山左诗续钞》卷三十,《山东文献集成》第1辑第42册,第620页。
② （清）王培荀著,蒲泽校点：《乡园忆旧录》卷三,第157页。

验。在种种限制之下,女性文学在文学史上一直处于边缘化的位置。至清代,这种边缘化的情况虽未能得到本质上的改善,但女性文学之盛却是超越以往,这与女性文学作品的刊刻和传播有着密切的联系。"没有任何国家比明清时代的中国出版更多的女诗人选集或专集。自十七世纪(即明末清初)开始,此类诗集的出版激增,此现象大致上可归因于女性识字率的戏剧性上升,以及印刷术的广为流传。"①

虽然在山左地区,女性文学缺乏大规模的商业化出版,但清代山左女性阅读与写作的构建受到家族力量的支持,其作品也通过家族等的助力得以传播。在传播途径上,多依赖别集、总集(尤其是家集)、地方志、诗话、笔记等。虽然女性在家族中的文学地位仍旧处于劣势,无论是数量还是影响力都远逊男性,但相较于以往朝代,清代女性作品保存情况相对良好。清代山左女性作品往往是附于家集之后,作为收藏和纪念所用,传播对象多是亲友。一部分女性作品还被作为家族文学的象征赠予家族之外的读者,借才女之名扩大家族影响的同时也将女性作品投入到广泛的大众阅读圈层中去。

除女性之间的文学交流外,一些山左女性的文学传播活动还受到了家族之外男性文人的助力。男性文人扶持女性文学的表现一是为之作序,以赞语提高女性诗集的影响力和传播力度。阮元思想开明,认为女性"才德可以两尊于天下"。阮元妻妾时常在家联吟,这与阮元的支持和鼓励密不可分。阮元曾亲自教

---

① 孙康宜:《明清女诗人选集及其采辑策略》,孙康宜著,李奭学译:《陈子龙柳如是诗词情缘》,陕西师范大学出版社1998年版,第212页。

授女儿阮安学习诗礼,还聘请先生教阮安学诗。阮元对女学的推重还体现在他编录了汇集女性诗集的《淮海英灵集》和《两浙輶轩录》,也曾为家族中有才华的女性作序。通过这些途径,男性文人直接或间接地促成了山左女性别集的出版,或多或少地将困居于内闱的女性推向了公共领域,传播层面从家族走向社会。从传播效果上看,知名文人如王士禛等通过记录、评点、作序等方式进行"助攻",使山左女性文学最终呈现于大众视野。

清代山左女性也在为同性编纂诗集,如孔淑成《学静轩遗诗》有咸丰元年刻本,卷后有"江夏叶俊杰、钱唐孙兰祥、海盐朱玙同校付梓"①字样。金陵诗人王瑶芬有《写韵楼诗钞》,孔昭蕙为其题词。朱玙《小莲花室诗稿》前有叶俊杰序,孔璐华为唐庆云《女萝亭稿》作序,在序中对好友的生平进行详细的记录,对诗作进行高度评价。"参与编校的女作家们,可以从平日限制她们写作的狭小闺阁空间中走出来。……这与《镜花缘》题词有四家出自女性之手,有着异曲同工之妙——因为它创建了一种将才女纳入更广阔的文学世界的新方式"。②"通过起用才女作为编校者的方式,女性文化得到蔓延,并借此吸收了不少地处偏远的才女,也扩大了其影响的范围"③。明末沈宜修的《伊人思》是女性自编诗文选集的开山之作,选辑38位同时代女性诗人的作品。清末施淑仪《清代闺阁诗人征略》,著录了上自顺治

---

① (清)叶俊杰:《学静轩遗诗序》,(清)孔淑成:《学静轩遗诗》,道光十六年刻本。
② (美)曼素恩著,定宜庄、颜宜葳译:《缀珍录:18世纪及其前后的中国妇女》,第118页。
③ 同上,第154页。

下讫光绪,三百年间1 262名清代女诗人的作品。单士厘著《清闺秀艺文略》,著录有清代2 300多位女性作家的3 000多种文学作品。这种由女性进行编校、传播的方式,对清代山左女性文学的发展提供了一定的支持,显示了当时才女对女性文学的重视。

"清代女性文学发展的另一个标志是女性文学活动空间的扩大。不仅女性家族、亲族文学集群大量出现,女性文学在家族文学中的比重有所上升,而且局部地超越家族限界,走向更广阔的社会文学圈,进入男性文学家主导的主流文学圈"[①]。清代山左女性诗人多有出游或随宦的经历,文学交游不限于一地和一族之内。山左女性走出闺阁的举动不仅带来了文学创作上的变革,更对女性文学的传播起到了促进作用。

综观清代山左女性文学作品的传播过程,从家族成员之间的人际传播,到借助社会力量形成公众传播,都是在突破家族的限定,努力与外界进行交流。女性作品的传播范围从家族扩展到了社会,真正进入了大众传播领域。

第三节 清代山左女性作品的刊刻与传播

清代女性文学之盛,除去清代文学大环境的支持和女性自身文学意识的提升外,作品的保存和传播也起到了重要的作用。

[①] 钱志熙:《士大夫文化视角中的中国古代女性诗歌发展史》,第105—106页。

一、女性对作品刊刻与传播的态度

女性文学发展至明清时期,对作品的刊刻和传播,部分女性还是持保守态度。明代寒山陆卿子为项兰贞《咏雪斋遗稿》作序:"我辈酒浆烹饪是务,固其职也。病且戒无所事,则效往古女流遗风剩响而为诗,诗固非大丈夫职业,实我辈分内物也。"①至清代,这种保守态度依然存在。纪映钟之妹纪映淮,有《真冷堂集》,诗词系少时作,曰:"此非妇人事也,少作误为人传,悔不及……"②纪映淮后以节孝被旌,"及称未亡人,即废吟咏"③。张丹赋姿明秀,自幼以淑慎称,女红之外颇工吟咏。"风晨月夕,搦管赋诗,甫脱稿旋又焚弃,盖谓吟咏非妇事也"④。钟韫工诗古文词,病重时以风雅流传非女子所宜,悉皆丢弃,其子慎行默识追录诗词六十余首,作品才得以传世。单为娟少时由母亲教导,熟知"内则"之事,"平日常谓妇德虽贤,不逾阃闱。"⑤王氏有《郭外楼诗》,家人欲刊行,王氏却曰:"自幼喜为诗,然不欲以名著。""诗以言志,岂以沽名"⑥。直到去世后,子孙恐其作品流

---

① (明)陆卿子:《咏雪斋遗稿·序》,见胡文楷:《历代妇女著作考》,第176页。
② (清)徐乃昌:《小檀栾室闺秀词钞》卷一,宣统元年刻本。
③ (清)卢见曾编:《国朝山左诗钞》卷五十八,《山东文献集成》第1辑第41册,第767页。
④ (清)施淑仪:《清代闺阁诗人征略》卷五,(清)施淑仪:《施淑仪集》,第241页。
⑤ (清)王玮庆:《先氏单氏行状》,(清)单为娟:《女史碧香阁遗稿》,嘉庆道光间刊本。
⑥ (清)王学博:《王宜人传》,(清)王氏:《郭外楼诗刻》,《山东文献集成》第4辑第29册,第628页。

失,方刊刻流传。邢顺德工于诗而不欲以诗名,尝曰:"闺阁中以韵语外播,非所宜也。"①对此,李基坅持赞赏态度:"每嘉其深识远见,卓然拔俗,视世之簸弄虚声,邀名闺秀,以自诩为能诗者,奚啻霄壤耶。"②幸得其父兄爱怜之,不忍其湮没无闻,为之整理刊刻作品。郝簠认为诗应"珍重藏巾笥,播扬非所宜"③。郝簠的诗集也是由其家人刊刻,其弟郝答言:"姊素戒播扬,故人少知之者。余惧其遂致湮没,且或传者未必佳,佳者又未必传也,因为简次,录为一编,并赘数语以弁简首。"④孔淑成有《学静轩遗诗》,江夏女史叶俊杰序中云:"女红之余,焚香披卷,终日不辍。随其祖任黔中,所至山水景物,多有咏歌。然不肯示人,尝语人曰:'此非女子所应为事也。'故人鲜得见者,其父亦不数数见。"⑤孔淑成颇有诗才,但不肯用心传播诗作,去世后家人于败簏中得诗仅十九首,其余皆散佚。张端秀"生而明慧,三夕了一《易》,数月内五经皆成诵。娴吟咏,然随作随焚,不以示人"⑥。德州何氏有《历亭遗稿》一卷,田同之序:"生平读书明大义,工诗笔,每脱稿辄付丙丁,今所存者唯《茹荼吟》绝句三十首,见者以为空谷之音矣。"⑦沾化人贾氏有《乞巧楼诗集》,"读

---

① (清)邢顺德:《兰圃诗草》,《山东文献集成》第3辑第36册,第778页。
② 同上,第778—779页。
③ (清)郝簠:《醒堂录余诗成帙口占二首》,郝簠:《蕴香阁诗钞》,《山东文献集成》第3辑第41册,第377页。
④ (清)郝簠:《碧梧轩吟稿》,《山东文献集成》第3辑第41册,第354页。
⑤ (清)张曜、杨士骧修,孙葆田等纂:《(宣统)山东通志》卷一百四十五上。
⑥ (清)张鹏展纂:《国朝山左诗续钞》卷三十,《山东文献集成》第1辑第42册,第620页。
⑦ (清)张曜、杨士骧修,孙葆田等纂:《(宣统)山东通志》卷一百四十四。

书能诗,顾深自闭藏曰:'此非妇德所急。'"①卢著"幼工吟咏,故不轻示人,岁丁酉,孺人遘疾几殆,少闲,自取所作诗摧烧之"②。孔昭杰之妻孙会祥贤孝慈惠,为乡里称赞。孙会祥性至孝,幼失恃,号泣得噉疾,至终身不愈。出嫁后侍奉长辈,抚育幼小。孙会祥通书史,尝口授孔宪彝兄弟经传之学。此外,她还尤善篆印,刀法工秀。但在才艺方面,依然态度保守:"每谓才艺非女子所宜,故不轻作云。"③

女性对才艺的态度如此保守,其原因大致可见第二章所论"德""才"关系。但在重德轻才的大环境下,也有女性重视才学,积极刊刻自己的作品。如周氏晚年出《峡猿草》一编授其子淳,曰:"少时吟红咏絮,了不足录。独此为未亡人心血所在,不可不令后人知我辛苦耳。"④有些女诗人还主动为自己的诗集撰写序跋,如《砚炉阁诗集》有冷玉娟自序、《锜斋诗选》有李长霞自序、《秋岩诗集》有郝簠自序及跋。李长霞在《锜斋诗选序》自述中强调,因遭逢大火,诗稿损失众多,特命儿辈录之,以流传后世。

男性与女性对待女性文学的矛盾态度在清代普遍存在。郝簠对自己作品传播持有保守态度,但其夫张醒堂则爱惜其才,亲自为她整理刊刻诗作。其弟郝笤为之作序。王者政之妻陈宝四有《蜀道停绣草》一卷。经友人周乐劝说,王者政便将其附刻于

---

① 《(咸丰)武定府志》卷二十八,咸丰九年刻本。
② (清)卢著:《碧云轩剩稿》,清刻本。
③ (清)孔宪彝辑:《阙里孔氏诗钞》卷十四,《山东文献集成》第3辑第41册,第225页。
④ (清)张曜、杨士骧修,孙葆田等纂:《(宣统)山东通志》卷一百四十四。

王培荀、王者政同撰《蜀道联辔集》后。

二、清代山左女性文学传播途径

清代山左女性作品的传播途径主要以别集、总集、地方志、诗话、笔记等。别集是保存女性作品的主要途径,清代山左女诗人有别集153种。别集之外,总集也是保存和传播女性作品的重要途径。清代总集编纂蔚然成风,一些总集如《国朝山左诗钞》《国朝山左诗续钞》《国朝山左诗汇钞后集》《国朝闺秀正始集》《国朝闺秀诗柳絮集》《撷芳集》《阙里孔氏诗钞》《晚晴簃诗汇》等对山左女性作品起到了保存和传播的作用。此外,还有部分篇目散见于总集、地方志、诗(词)话、笔记等处。

自明代起,确立了官、私、坊三大刻书系统。清代依旧延续这一系统。山左地区私刻以家刻为主,如王士禛所在新城王氏,在清前期刻书最多。在坊刻方面,南方地区较为兴盛,集中在江浙、安徽、福建等地。山左则集中在聊城、济宁两地,如聊城的"四大书庄",济宁的文源堂、文定斋等。据唐桂艳考证,整个清代陵县刻书仅一种,即临邑女史邢顺德的诗作《兰圃诗草》。

孔府内有官刻和家刻两种刻书坊。衍圣公所刻书用官刻,其他则用家刻。这种刻书坊为孔氏家族文学的传播提供了极为便利的渠道。孔丽贞一生孤苦,以诗遣怀。雍正元年(1723)春,孔传铎怜其苦衷,为之刊刻诗集《藉兰阁草》,并作序。

在女性别集的刊刻方面,更多助力来自所在家族的支持。如冷玉娟出嫁时,主人周世祐为之刊刻诗集《砚炉阁诗集》。王照圆嫁入栖霞郝氏,著述较多,其《列女传补注》八卷、《叙录》一卷、《校正》一卷、《列仙传校正本》二卷、《列仙传赞》一卷附《梦书》一卷等均于嘉庆间由郝氏家刻进行刊刻传播。这些别集的刊刻往往规模较小,发行量有限,但作为家族文学的体现,其出版也被视为一种文化资本。

一些女性的作品刊刻时往往被列入家集之中。如大学士卢荫浦长女卢著《碧云轩剩稿》一卷附录一卷,现存咸丰元年贾氏躬自厚斋刻本,为《贾氏丛书甲集》之一。赵娩绁和宫娥为姑嫂,二人之诗见《牟平遗香集》。郝簋《秋岩诗钞》与其父等人诗集一齐被列入《郝氏四子诗钞》中。

女性别集除列入家集之外,还往往附于丈夫别集之后。如李氏《兰坡诗》一卷附于其夫陈植《谋稼村诗草》后。王氏《绿窗诗草》一卷,为其玄孙宋璜嘉庆二十五年(1820)所刻,附其夫宋之韩《海沂诗集》之后。张淑苴《绣香阁诗草》一卷,现存光绪二十八年刻本,与其夫赵星海《大莹东武诗草合编》合刻。单为娟《女史碧香阁遗稿》一卷,嘉庆二十五年(1820)琅琊王氏蕉叶山刻本,附于其夫王玮庆《滿唐诗集》之后。

家族之外,女性作品的刊刻还有外界的助力。如赵执信之女赵慈,其遗稿埋故纸堆中,无人问津。后由其夫家后辈谢问山出示给范垌。范垌阅完大为赞叹,在序中称赞赵慈之诗:"哀而不伤,怨而不怒。往往有名句似青莲,如'芳草一庭和恨生,自折荷花带露归'等句,笔健意圆,绝不类闺阁中语。而字句之间别饶秀艳,读之使人凄然欲绝。"[①]又感慨赵慈因家贫无力刊刻

---

① 《(民国)续修历城县志》,《中国地方志集成·山东府县志辑》第5册,第458页。

诗集,而"山左才女不少概见",便选其诗 40 余首刊刻成《雪庭遗稿》一集,意欲使其流传后世。高梅先为胶州人,后移居高密,与高密王氏相唱和。高梅先早亡,诗多散佚。其《瓣香阁诗钞》二卷、《瓣香阁诗余》一卷,由高密李诒经选定付梓,收其古体诗 99 首。高密王氏的后人王功后又搜辑其诗 78 首(《埋香坞遗诗》10 首附后),诗余 32 阕付梓,又请胶州匡愫为之作序,以流传后世。刘臻题有《题胶西闺秀高梅仙、高月娟绣余涂鸦两诗草四绝》一诗,助其流传。刘育仪之作,葛周玉家藏其板,言其有诗 13 首,诗余 10 首,李鹏九为之题辞,名《和雪吟》。

在家族与外界的助力下,清代山左女性的别集得以出版。目前存世 54 种,具有代表性的别集如表 5-1 所示:

表 5-1 清代山左女性代表别集

著 作	卷数	作者	版 本	馆 藏①	备 注
映山楼诗钞		于仙龄	道光刻本(作《映山楼诗钞》二卷)	哈师大	

---

① 馆藏:哈师大即哈尔滨师范大学图书馆,山东博即山东省博物馆,山东图即山东省图书馆,国图即国家图书馆,北大即北京大学图书馆,清华即清华大学图书馆,扬州图即扬州市图书馆,浙图即浙江省图书馆,曲阜师大即曲阜师范大学,青岛图即青岛市图书馆,山东党校即山东省委党校图书馆,首图即首都图书馆,山东师大即山东师范大学图书馆,吉林图即吉林省图书馆,河南图即河南省图书馆,福建图即福建省图书馆,潍坊教育学院即潍坊教育学院图书馆,上图即上海图书馆,高密图即高密市图书馆,中科院即中国科学院图书馆,天津图即天津图书馆等。

续 表

著作	卷数	作者	版本	馆藏	备注
散芳集	一卷	于淮珠	道光十六年丙申刊本;咸丰元年刊本,列入《逊敏堂丛书》;同治七年彭氏刻本(作《散芳集佚草》一卷)	山东博	
无梦轩诗	一卷	于桂秀	淄川王佳宝钞本(附《苍雪斋稿》后)	山东图	《山东文献集成》影印
学静轩遗诗	一卷	孔淑成	道光十六年刊本;咸丰元年刊本,列入宜黄黄氏《逊敏堂丛书》;道光二十二年刻本(《逊敏堂丛书》之一);钞本	国图、北大、清华等;莒县庄氏	
韵香阁诗草	一卷	孔祥淑	光绪十二年刻本;光绪十三年刊本(与其夫刘树堂《师竹轩诗集》合刻);光绪十三年石印本;清光绪十四年刻本;光绪十五年浙江官书局刻本	国图;扬州图;复旦图、北大、苏大;吉大、天津图;清华等	
唐宋旧经楼诗稿	六卷	孔璐华	嘉庆二十年刊本(六卷);嘉庆二十一年刊本(七卷);嘉庆刻道光续刻本(作《唐宋旧经楼稿》七卷)	华师大、南开、北大;国图等	《清代诗文集汇编》第478册
藉兰阁草	一卷	孔丽贞	清稿本	曲阜师大黄立振藏	
晒书堂闺中文存	一卷	王照圆	光绪五年郝联薇东路厅署刻本(《郝氏遗书》之一),光绪十年刻本(附郝懿行《晒书堂文集》后)	山东图;天津图、贵州图	《山东文献集成》影印

续　表

著　作	卷数	作者	版　本	馆藏	备注
东篱集	二卷续集一卷	王碧莹	清钞本(二卷,无《续集》);清钞本(无《续集》,与邢顺德《兰园诗草》合钞)	山东博、青岛图	《山东文献集成》影印
郭外楼诗草		王氏	道光刊本;道光四年胶州高氏承裕堂刻同治元年补刻本(作《郭外楼诗刻》一卷)	青岛图、山东党校	《山东文献集成》影印
绿窗诗草	一卷	王氏	嘉庆二十五年刻宋之韩撰《海沂诗集》附	山东图、山东博	
萝月轩诗集	八卷	史筠	道光十五年刻本;清钞本	首图、山东师大、吉林图;国图	
历亭遗稿	一卷	何氏	光绪间刻本(作《重锓历亭吟稿》)	国图	
秋风剩叶诗草		杜氏	咸丰黄县杜申锡刻本;民国二十年黄县杜煜德油印本	山东博	
锜斋诗选	一卷	李长霞	同治刻本;同治二年刻本(与柯蘅《春雨堂诗选》合刻);钞本	国图;山东党校、青岛图	《山东文献集成》影印
柳絮集	一卷附录一卷	李湘芝	乾隆五十八年刻《古香堂丛书》本;乾隆五十九年刻本	国图、河南图、清华、复旦;福建图	
靡佗唫	一卷	李胡氏	同治刻本;光绪二十九年胶西徐宗勉惇裕堂刻本	潍坊教育学院;国图	

续　表

著　作	卷数	作者	版　本	馆藏	备注
兰圃遗稿	一卷	邢顺德	乾隆间刻本	国图、青岛图	
兰圃诗草	一卷	邢顺德	钞本（与《东篱集》合钞）	山东博	《山东文献集成》影印
峡猿草	一卷	周淑履	钞本（与其《绿窗小咏》合订一册）	山东图	
绿窗小咏		周淑履	钞本（与其《峡猿草》合订一册）	山东图	
楚水词	一卷	柯劭慧	一九一五年双照楼刊本；民国十七年刻本（《思古斋诗钞》附）	上图、中科院、国图、北师大、复旦、郑大等；国图、首图、浙图等	
思古斋诗钞		柯劭慧	民国四年双照楼刻本；民国十七年刻本	上图、中科院、国图；国图、首图、浙图等	
秋岩诗集	三卷	郝蘁	道光五年藜照堂刻本（《碧梧轩吟稿》一卷《蕴香阁诗钞》一卷《恤纬吟》一卷）；道光五年刻十三年李玉清补刻《郝氏四子诗钞》本（《恤纬吟》有《续抄》一卷）	国图、天津图、山东博、北大；山东图	《山东文献集成》影印
埋香坞遗诗		高月娟	清刻本（作《埋香邬集》一卷，与《瓣香阁集》合刻）	山东博	

续表

著作	卷数	作者	版本	馆藏	备注
瓣香阁诗钞		高梅先	清刻本(二卷,又一部作《瓣香阁诗集》);清刻本(作《瓣香阁集》一卷)	山东图;山东博	
女史碧香阁遗稿	一卷	单为娟	嘉庆十五年刻本;嘉庆十六年王玮庆刻本(附王玮庆《哀挽诗》一卷);清嘉庆刻本(不分卷,附哀挽诗);嘉庆道光间刻《东武王氏家集》本;民国十六年高密单氏石印《高密单氏诗文汇存》本(作《女史碧香阁遗稿》一卷)	青岛图;国图、山东博、高密图;天津图;山东图、青岛图	《山东文献集成》影印
和雪吟	一卷	刘育仪	嘉庆七年葛周玉重刻本	国图	
菊窗诗余	一卷	刘育仪	嘉庆七年葛周玉重刻本	国图	
古余芗阁诗	一卷	慕昌溎	光绪二十年刻本(作《古余芗阁诗存》二卷);光绪二十九年铅印本(作《古余芗阁诗》一卷);光绪三十二年铅印本;宣统元年南皮张氏代兴堂刻本;民国十八年南皮张氏代兴堂刻本(作《古余芗阁集》一卷)	国图;辽大;国图、天津图;保定图;天津图、温州图;复旦、南开	
碧云轩剩稿	一卷附录一卷	卢著	咸丰元年贾氏躬自厚斋刻本(《贾氏丛书甲集》之一)	国图、上图、南图、内蒙古自治区图、宁波天一阁博	

续　表

著　作	卷数	作者	版　本	馆藏	备注
恤纬斋诗	一卷	颜氏	稿本（作《晚香堂诗》一卷）；《曲阜颜氏诗集》（即《海岱人文》）稿本；民国二十年秦玉璋钞本	曲阜师大黄立振；山东博；山东博	《山东文献集成》影印
菊篱词	一卷	陶淑	光绪间南陵徐乃昌《小檀栾室汇刻闺秀词》第六集本	北大、上图、浙图、天津图等	
秋水阁天香诗集	四卷	徐桂馨	稿本	山东博	
金粟词	一卷	朱玙	光绪间南陵徐乃昌刻《小檀栾室汇刻闺秀词》第六集本	北大、上图、浙图、天津图等	
礼佛轩诗钞	一卷	翟柏舟	光绪十八年刻本	济南周晶藏	《山东文献集成》影印

清代山左文学之盛还表现在总集的整理和保存上。清代总集编纂成风，诗总集如沈德潜《国朝诗别裁集》，王昶《湖海诗传》，朱良焯、陈泰《国朝江左诗钞》，徐世昌《晚晴簃诗汇》等。词总集如邹祗谟、王士禛《倚声初集》，蒋景祁《瑶华集》，聂先、曾王孙《百名家词钞》，谭献《箧中词》等。一地有一地之乡音，山左在整理保存文学文献方面也有突出贡献，如卢见曾编选《国朝山左诗钞》，吴重憙辑刻《吴氏石莲庵刻山左人词》，孔宪彝有《阙里孔氏诗钞》，孔昭薰、孔昭蒸编《阙里孔氏词钞》等。

卢见曾等人出身山左，对乡邦文化的传承和发扬有着强烈的责任感。"乾隆戊寅己卯间,德州卢雅雨先生辑《山左诗钞》六十卷,宋蒙泉先生继之,成《补钞》七卷、《续钞》四卷,嘉庆庚午上林张南崧先生督学山左,又续三十二卷。统计二千余家,得诗万二千首,海右人文,于斯为盛"①。卢见曾(1690—1768),字抱孙,号雅雨,又号澹园,德州人。卢见曾对乡邦文化的传承和发扬有着强烈的责任感,编纂整理了《国朝山左诗钞》《焦山志》《金山志》《平山堂志》等,对于保存地方文献有着较大的贡献。《国朝山左诗钞》以清淳雅正为选诗宗旨,收录了627位诗人的5 900余首诗歌。《凡例》中又言:"史传列女志兼侨人,故闺秀、流寓二门,选诗家之所不废载。闺秀而不及北里者,薰莸不可同器也。流寓则不可胜载。集内所录,皆子姓之已著籍者。若夫仕宦、游客、寄居,本暂固不须借才于异地也。至于缁流、黄冠、青衣、仙鬼,近乎风雅者,亦间采之而附诸卷末。"②《国朝山左诗钞》不仅收录山左女性之诗,还采纳了他人所作传记和评语。如颜小来为颜懋价姑母,颜懋价为颜氏作小传曰:"颜氏,曲阜人,考功郎中光敏女,同邑孔兴焊妻,焊早卒,氏守节旌表,晚年自号恤纬老人,所著有《恤纬斋诗》"。又为此条小传作诗话曰:"先姑自幼端慧,从父授书,旁及琴弈。夫既早亡,矢节甘贫,逾六十载,被旌如例。教嗣子及孙皆为诸生,集名《晚香堂诗》,后更名为《恤纬》。"③女性相关资料本就难寻,这些都给后世了解、

---

① (清)余正酉辑:《国朝山左诗汇钞后集》,《山东文献集成》第1辑第42册,第722页。
② (清)卢见曾编:《国朝山左诗钞·凡例》,(清)卢见曾纂:《国朝山左诗钞》,《山东文献集成》第1辑第41册,第5页。
③ 同上,卷五十八,第769页。

研究颜小来生平留下了可贵的资料。

乾隆间卢见曾编纂《国朝山左诗钞》之后,张鹏展、余正酉等人也相继加入清代山左诗歌的整理工作中,对女性诗歌也同样录入。如张鹏展《国朝山左诗续钞》卷三十收(蓬莱)何氏等人诗歌。历城余正酉纂辑《国朝山左诗汇钞后集》三十九卷,其中卷二十七收录郝簋等人诗歌。

卢见曾、宋弼、张鹏展皆采取"其人存者,其诗不录"的标准,选录范围自清初至嘉庆间。余正酉《国朝山左诗汇钞后集》又将选录范围扩大至道光年间。因此,从卢见曾《国朝山左诗钞》至张鹏展《国朝山左诗续钞》、宋弼《国朝山左诗补钞》,再至余正酉《国朝山左诗汇钞后集》,这四部山左诗歌总集将清初至道光年间的诗人诗作囊括殆尽,不仅保存了一地之文献,还展现了清代山左诗歌发展与演变的风貌,更为清代山左女性文学的发展提供了助力。

曲阜孔宪彝同样参与到乡邦文献的整理中,且更集中于一族之文学的展现。孔宪彝曾言:"孔氏诗向无合钞,自先恭悫公以降,其有专集行世者,卷帙浩繁,卒难遍览。其有未经镌板者,子孙珍藏手泽,又不轻以示人。"[①]于是便辑有《阙里孔氏诗钞》四册,专门收录孔氏一族的诗歌,共十四卷。其中卷十三、十四收孔丽贞等孔氏女性的诗歌。孔氏女性凡能诗者,皆汇录于此,对保存孔氏家族女性作品有着巨大贡献。《阙里孔氏诗钞》的刊行得到衍圣公孔庆镕和阮元的支持,阮元对孔氏家族的文学

---

① (清)孔宪彝辑:《阙里孔氏诗钞·凡例》,《山东文献集成》第3辑第41册,第98页。

传统予以认同,评价孔宪彝"温柔敦厚",并提到对孔璐华诗歌的采录,对自己妻子的才华表示肯定。

地方文献总集之外,清代一些女性总集如陈维崧《妇人集》、蔡殿齐《国朝闺阁诗钞》、胡孝思《本朝名媛诗钞》、黄秩模《国朝闺秀诗柳絮集》、恽珠《国朝闺秀正始集》、汪启淑《撷芳集》、徐乃昌《小檀栾室汇刻闺秀词》等对山左女性文学的保存和传播也起到了重要的作用。

这些总集所收清代山左女性文学作品的具体情况如表5-2所示:

表5-2 清代总集收山左女性文学作品分析

	国朝山左诗钞	撷芳集	国朝山左诗续钞	国朝闺秀正始集	阙里孔氏诗钞	国朝山左诗汇钞后集	国朝闺秀诗柳絮集	晚晴簃诗汇
孔丽贞	9	4		1	22		22	
王碧莹	4	3		1			2	
王竹素	4						4	
德州何氏	8	6		1			3	
冷玉娟	11	4		4			10	
李 永			5	1			2	
方 寿		4		1			1	4
长山李氏	5	4		1			2	
邢顺德		6	4				4	
周淑履	14	6		9			10	

续　表

	国朝山左诗钞	撷芳集	国朝山左诗续钞	国朝闺秀正始集	阙里孔氏诗钞	国朝山左诗汇钞后集	国朝闺秀诗柳絮集	晚晴簃诗汇
姜　桂		1		1				1
姜如璋	1	1		1			1	
德州张氏	12	4		2			7	
张　秀	5	4					3	
刘若蕙		1		1				1
刘眘仪		2	1	1			1	
王清兰			1	1			1	
孔淑成			1	1	12		13	
德州卢氏			3	1			2	
颜　氏	15	8		2	28		10	
平原董氏	2	2		1			2	
陈淑媖	4			1			3	
安丘周氏			1	1			1	
莒州刘氏			2	1			1	
胶州高氏			1	1			1	
新城于氏			2	1			2	
淄川高氏			1	1			1	
冯　仪			1	1			1	
蓬莱何氏			1	1			1	

续 表

	国朝山左诗钞	撷芳集	国朝山左诗续钞	国朝闺秀正始集	阙里孔氏诗钞	国朝山左诗汇钞后集	国朝闺秀诗柳絮集	晚晴簃诗汇
苏弱妹	2	2		1			2	
纪映淮	3	4		4			6	1
梁 顾	2	2		1			2	
长山徐氏		3					3	1
女 仙	1							
林四娘	1							
蒙阴张氏		1						
胡 瑗		3						
临清周氏		1						
商河邵氏		2		1				
宋素梅		2		2				2
济宁吴氏		1		1				1
圆 实		1						
琅 玕		2					2	
颜 铆		2		1				
陆青存				1			3	
徐 申			1				1	
益都李氏			1				1	
唐恒贞			2				2	

续 表

	国朝山左诗钞	撷芳集	国朝山左诗续钞	国朝闺秀正始集	阙里孔氏诗钞	国朝山左诗汇钞后集	国朝闺秀诗柳絮集	晚晴簃诗汇
胶州高氏			1				1	
张端秀			4	2			4	
单 氏			2	1				
赵 慈			5	2			4	
于仙龄				7			11	
李湘芝				2			4	
黄仲姬				1				
丁 氏				1				1
许琼鹤				1				
倩 如				2				
乙意兰				1				
孟 楷				1				
焦希淑				1				
史 笃				4				
史丽君				1				
焦学漪				1				
王照圆				1				1
卢介祺				4				
郝 簪				4		45		

续　表

	国朝山左诗钞	撷芳集	国朝山左诗续钞	国朝闺秀正始集	阙里孔氏诗钞	国朝山左诗汇钞后集	国朝闺秀诗柳絮集	晚晴簃诗汇
孔璐华				3	18	3	19	8
于　氏					10	1	7	
汪之蕙					6	6	3	
蒋玉媛					1	1	1	
姚　氏					2	2	2	
孔昭容					2	1	2	
孔韫芬					2	1	2	
孔宪英					1		1	
叶粲英					2		3	
孙莟玉					1	1	1	
孙会祥					3	2	3	
叶　氏					1		1	
惠　氏					1		1	
兰陵王氏					1			
康　氏					1			
昆山徐氏							1	
徐比玉							4	
朱文毓							3	
陈素素							4	

续 表

	国朝山左诗钞	撷芳集	国朝山左诗续钞	国朝闺秀正始集	阙里孔氏诗钞	国朝山左诗汇钞后集	国朝闺秀诗柳絮集	晚晴簃诗汇
孙兰祥							1	
阳湖王氏							1	
侯庆霞							4	
孔韫辉							5	
鞠静文							7	
毕怀珠							2	
毕景桓							4	
郭翰卿							1	
叶俊杰							9	
刘琴宰							45	
袁李氏						1		
李长霞							2	105
陈宝四						10		2
孔祥淑							29	
柯劭慧							29	
庄湘泽							7	
赵录缜							6	
慕昌溎							51	
卢 著								1

续 表

	国朝山左诗钞	撷芳集	国朝山左诗续钞	国朝闺秀正始集	阙里孔氏诗钞	国朝山左诗汇钞后集	国朝闺秀诗柳絮集	晚晴簃诗汇
王　芬								7
邹平张氏	1句							
莱阳女子		1句						

从总集中所选山左女诗人作品的数量来看,收录较多者为黄秩模《国朝闺秀诗柳絮集》(68人,诗作294首),其次为徐世昌《晚晴簃诗汇》(19人,诗作258首),再次为孔传铎《阙里孔氏诗钞》(18人诗作114首)及卢见曾《国朝山左诗钞》(18人,诗作103首)。其余如恽珠《国朝闺秀正始集》(53家,诗作91首),汪启淑《撷芳集》(29人,诗作86首),《国朝山左汇钞后集》(13人,诗作76首),《国朝山左诗续钞》(20人,诗作40首)则均未过百首。被收次数较多的女诗人有孔丽贞、王碧莹、冷玉娟、周淑履、颜氏、纪映淮等。

从所选内容上看,各类总集之间存在一定的联系。如《国朝闺秀诗柳絮集》中孔丽贞和孔祥淑的诗皆与《阙里孔氏诗钞》所收内容相近,应是从《阙里孔氏诗钞》中采入。《晚晴簃诗汇》还收录了一些其他总集未收的山左女诗人,如孔祥淑、柯劭慧、庄湘泽、赵录缜、慕昌溎、卢著、王芬等人。《晚晴簃诗汇》选李长霞诗105首,数量超出其别集《锜斋诗选》。其中《秋感》《秋夕》《中秋夜作》《戒子诗》《述事五百字寄吉侯弟》等诗皆为《锜斋诗选》所无。而《国朝闺秀正始集》则收录了许琼鹤、倩如、乙意兰、孟楷等山左女诗人,这些女诗人此前未被关注,少见于史料记载。《国朝闺秀正始集》以诗存人,保存了这些女诗人的相关珍贵资料。

在以上总集中,诗歌的选取除数量外,在内容的著录方面也有差异。如颜小来有《恤纬斋诗》一集(稿本,《海岱人文三十三种》之一),其中《赠别藕兰阁主人归济南》一诗还被收入《撷芳集》《国朝闺秀正始集》《国朝闺秀诗柳絮集》中,经校勘,其中一些字如"品",《撷芳集》《国朝闺秀正始集》亦作"品",但《国朝闺秀诗柳絮集》作"侣";而"月明"一词,《国朝闺秀正始集》《国朝闺秀诗柳絮集》作"明月",《撷芳集》卷五作"圆月"。可见,总集之间所收诗歌在内容上有所出入,可作为校勘资料来源。

在词作方面,朱玘《金粟词》、陶淑《菊篱词》一卷,收于徐乃昌《小檀栾室汇刻闺秀词》第六集中。徐乃昌《小檀栾室闺秀词钞》所录山左籍女词人有姜道顺、颜小来、柯纫秋、李璸、毕景桓等12人,词作20首。

女性文学作为地域文学的重要一部分,是地域文学实力的重要展现。清代山左地方志如《(宣统)山东通志》《(乾隆)曲阜县志》《(嘉庆)长山县志》《(道光)重修胶州志》《(道光)城武县志》《(光绪)德平县志》《(光绪)高密县志》《(光绪)鱼台县志》《(光绪)增修诸城县续志》《(宣统)聊城县志》《(民国)续修历城县志》《(民国)福山县志》《(民国)济宁直隶州续志》《(民国)昌乐县续志》《(民国)潍县志稿》《(民国)齐东县志》《(民国)陵县续志》皆有对清代山左女性文学的著录,反映了山左女性文学的发展状况。

其中《(嘉庆)长山县志》《(民国)潍县志稿》《(民国)陵县续志》中收录了徐如莲、牟令仪、耿珊如、刘馨如、李魁媛、吕张氏、于吕氏等人作品。这些女诗人没有别集传世,也不见于其他总集中,全靠地方志保存。

一些地方志还保存了别集和总集中未能收录的女性作品。如刘眘仪有《菊窗吟》,《德平县志》卷十一载其《梅花赋》一篇。唐恒贞有《桐叶吟》一卷,今不见。张鹏展《国朝山左诗钞》存其2首,黄秩模《国朝闺秀诗柳絮集》存其诗2首,均为《栖贤岭看梅》《夏夜》。但《(道光)城武县志》除此2首外,还保存其《石榴花》《读王右丞诗集》《苏小墓》《归燕》4首,另有《白桃花》《牡丹》《谒东坡像》中的佳句等。纪映淮之诗目前存于总集《撷芳集》等中,但《(嘉庆)莒州志》又载其词3首。

综合来看,别集是保存女性作品最重要的渠道。别集之外,地方志、总集等也对山左女性作品起到了保存和传播的作用。

三、清代山左女性文学传播效果

相对于江南地区,山左女性文学的地位相对不显耀,其原因较为复杂。从作品流传情况来看,清代山左女性数量无法与江南地区相比,且在词作、小说等文体上呈现一定的弱势。山左知名女性王照圆等人以治经为主,而非在文学领域。但在家族及社会圈层的共同努力下,清代山左女性作品的传播还是取得了不错的成绩。女性作品的刊印和传播能打破家庭的局限,让女性得以与外界进行文学沟通,获得一定声名。

明清时期,一些家族为了显示深厚的文化底蕴,积极编选、刊印和传播女性作品,以"附刻"和"家集"的形式辑录家族女性作品,展现家族文化实力。"另一种重要的出版类型——家刻,与所谓的'虚荣'(vanity)有关;这在中国的语境之下,可以更精确地称为'声名'(reputation)。无论一部著作有无读者,女作家的朋友或家庭成员都会出资刻印,借此为她和整个家族创造一项永恒的荣光"①,最著名的当属吴江叶氏《午梦堂集》。

在山左地区,孔宪彝不仅刊刻保存两任妻子司马梅和朱玙的作品,还搜集诸家题辞为《绣菊斋遗画题辞》《小莲花室图卷题辞》。这两种题辞对孔氏女性作品的保存起到了重要的作用,可谓以诗存人。如孔昭诚三女孔韫辉,字沁玉、印孙,光禄寺署正衔、候选训导陈善室。孔韫辉"工书画,精花卉翎毛,尤长蝴蝶,作有《百蝶图》,未成而卒。"②其诗词无专集,见《绣菊斋遗画题辞》卷二和《小莲花室图卷题辞》卷四。孔印兰,字梦仙,衍圣公孔庆镕长女,都察院左副都御史、前江西巡抚张芾室。诗词散见于《绣菊斋遗画题辞》卷二、《小莲花室图卷题辞》卷五。孔庆贞,字仪昭,直隶景和镇巡检孔宪阶(1806—1865)长女,光禄寺署正袁清诏室。诗词散见《小莲花室遗稿》附挽词及《小莲花室图卷题辞》卷四。候选训导孔宪庚之妻徐比玉(1813—?),字

---

① (美)魏爱莲著,马勤勤译:《美人与书——19世纪中国的女性与小说》,第9页。
② 孙永汉修,李经野、孔昭曾纂:《(民国)续修曲阜县志》卷五"人物志",民国二十三年铅印本。

芝生,江苏吴县人,处士徐汝菜长女。诗词散见《绣菊斋遗画题辞》卷二、《小莲花室遗稿》附挽诗、《小莲花室图卷题辞》卷四和卷五。

曼素恩在《缀珍录》中提道:"刊刻的文本,以稿本、抄本或雕版印刷的形式,从一个家庭传到另一个家庭、从一个作坊传到另一个作坊,为盛清时期的知识女性提供了一个独特的位置,既是在家庭的私生活之内,也是在高文化层次的公众生活之中。"①王氏《郭外楼诗》,家人欲刊行,但王氏曰:"自幼喜为诗,然不欲以名著。""诗以言志,岂以沽名"②。直到其去世后,子孙恐其作品流失,方刊刻流传。高密王氏善诗,单可蛰回忆每至外家,王氏于针黹之余为其说诗。案头置随园女弟子诗刻,指谓余曰:"向疑好名之心,学士文人未能免俗,而闺阁亦然。诗如此作,是相率而为伪也,性情何有哉"③。"家野甫兄有诗云:'竹楼横郭外,名士出闺中。'一时传为名句,盖为宜人作者。宜人闻之,心未善也"④。王氏生前不允许家人刊刻自己的作品,但家人爱惜其才,不欲诗集湮没,遂刊刻流传。对待诗板,也非常珍惜:"自兵燹后,先曾妣诗板与先伯高祖南阜山人诗板皆散佚不完,伟深惧焉,与弟业传谨查旧年藏本,按次而镌补之,藏诸先祠夹室中以期世守勿替。"⑤邢顺德有《兰圃诗草》,李基圻序:"今

---

① (美)曼素恩著,定宜庄、颜宜葳译:《缀珍录:18世纪及其前后的中国妇女》,第11页。
② (清)王学博:《王宜人传》,(清)王氏:《郭外楼诗刻》,《山东文献集成》第4辑第29册,第628页。
③ (清)王氏:《郭外楼诗刻》,《山东文献集成》第4辑第29册,第631页。
④ 同上。
⑤ 同上,第645页。

其人已逝矣,为之父兄者,不忍令其湮没无闻,搜得如干首,欲付梓刻,属余为评骘。余谊忝渭阳,爰序其梗概,含毫濡泪,盖不胜兰摧蕙萎之感矣。"①出于对家族女性的纪念和惜才,家族刊刻保存女性作品的意识普遍较为强烈。这些由家族出资刊刻的作品不仅保存了女性文献,在一定程度上彰显了家族实力,也为女性带来了一定知名度。

在女性作品传播过程中,许多文人主动为之作序,以期能有更广泛的流传。如陆青存,字若筠,济宁人。国朝守备钱塘吴孔皆继妻,早寡,以苦节称。有《森玉堂集》。《湖墅诗钞》记载:"陆若筠有诗集,曲阜圣公孔传铎序而传之。"②德州何氏,故城秘王伊妻。有《历亭遗稿》一卷。是编乃其子象山等所刊。田同之为之作序。孔宪彝《小莲花室图卷题辞》中云其为朱玛刊刻文集后,复辑诸图卷题辞,录为五卷。题辞者有陶梁、徐松、冯鲁川、高锡蕃、戈载、秦澹如等。方寿有《芝仙小草》,其弟方昂为之序,评其诗:"悲凉古直,使人读之,如听三峡猿啼,柔肠欲断。时或纵笔所之,溢为花草,亦超逸具有天趣。"③孔淑成之集,女史叶俊杰为之作序,序中赞美孔淑成敏慧多才,既贤且孝,哀其早逝,并对其诗作出了高度的评价:"余尝谓北方不重闺秀,故罕有工韵语者;有,则必有可传。……叔凝之诗,未知

---

① (清)邢顺德:《兰圃诗草》,《山东文献集成》第3辑第36册,第779—780页。
② (清)陶元藻辑,蒋寅点校:《全浙诗话 外一种》第5册,浙江古籍出版社2017年版,第1291页。
③ (清)汪启淑选辑、付琼校补:《撷芳集》卷五十,人民文学出版社2019年版,第1623页。

与诸家何如。然使克享其年,其造就正未可量;而卒以早殁,不竟其才,悲夫。"①

一些文人还主动为烈妇诗集作序,使其诗与事迹流传后世。莱阳李胡氏,年二十九夫殁,以针黹奉姑,以节烈德孝名闻乡里。同治十二年(1873)正月夜火焚而死。李胡氏有《靡他吟》一卷,由纪宝鼎、金衍庆钞订成册,徐宗勉刊藏。同时还遍乞题咏,以表彰其节孝。莱阳周淑履因守节抚孤而广受赞誉,其诗集《峡猿诗草》由张谦宜等人选刻题词,得以传扬。张谦宜序中赞其诗:"悲痛宛转,而坚贞不悔。此可以采风教世而人不知,又可恨也。"②高凤翰序中更是详细描写周淑履苦节之事,评其《峡猿草》"激昂慷慨,凛然有古烈风,百世而下,将使人人仰贤母而悲清操,非流离困苦,何以有此耶。"③法辉祖跋:"捧读之余,字字血渍,苦节冰操,凛然可见,峡猿之吟,乌足尽其幽贞哉。"④在"节与才可并传不朽"的情况下,周淑履之诗集被刊刻流传,还被卢见曾采入《山左诗钞》,李竹鹏记于《吾庐笔谈》中。叶俊杰也在序文中称赞道:"读山左诗钞,如赵雪庭、周淑履诸女史,皆足继古名媛。"⑤

王士禛对清初女性文学多有扶持之举,其创办的"秋柳"诗集会,一些女性也参与其中,如李秀娴、王璐卿等。他也为清代山左女性文学的传播作出了贡献。梁颀为刘芳远之侍儿,嫁韩

---

① (清)张曜、杨士骧修,孙葆田等纂:《(宣统)山东通志》卷一百四十五上。
② (清)周淑履:《峡猿草》,清抄本。
③ 同上。
④ 同上。
⑤ (清)张曜、杨士骧修,孙葆田等纂:《(宣统)山东通志》卷一百四十五上。

齐邻为妾。"亦能诗,尤工七言近体"①。韩齐邻晚年携梁顾隐居读书,终身不入城市。梁顾的诗流传不多,其中佳句如"梨花皓月原同色,风竹流泉不辨声",被王士禛《古夫于亭杂录》所载。借助王士禛的名气,梁顾被广泛知悉,且"至今诗人犹称之"②。王士禛《古夫于亭杂录》还记录了德州通政参议孙勷之妾张秀与其唱和之事。王士禛《池北偶谈》卷十一提及其在秦淮所作杂诗中,有一首云:"十里清淮水蔚蓝,板桥斜日柳毵毵。栖鸦流水空萧瑟,不见题诗纪阿男。"③并解释此中"阿男"是诗人纪映钟之妹。纪映淮,字阿男。江宁上元人,莒州诸生杜李妻。纪映淮与其侄女纪松实俱擅诗誉,王士禛亟称之。壬午城破,杜李殉难,阿男扶姑避难深谷中,毁容觅衣食奉之。后抚孤三十余年,备尝饥寒。王士禛将纪映淮入诗,引得其兄不满:"公诗即史,乃以青灯白发之婺妇,与莫愁、桃叶同列后世,其谓之何。"④后来王士禛为礼部郎中时为纪映淮请旌,以补过失。从传播角度看,纪映淮诗词多为少时所作,守节后便不再作诗,卢见曾《国朝山左诗钞》卷五十八仅存其诗三首,殊为可惜。幸得王士禛为其传播才名,并录其"栖鸦流水点秋光"之句,才为人所知。王士禛《居易录》又记载耿徐氏之事:"(耿徐氏)幼读书,工诗,偶记数篇于此。《挽王烈妇毕孺人》云云,《偶成》云云。其篇什最多,壬午乱后,尽散佚矣。"此二诗后被收入《撷芳

---

① 《(道光)安丘新志》卷二十一,民国九年石印本。
② (清)毛永柏修,李图、刘燿椿纂:《(咸丰)青州府志》卷六十四,咸丰九年刻本。
③ (清)王士禛:《池北偶谈》,齐鲁书社2007年版,第200页。
④ (清)徐乃昌:《小檀栾室闺秀词钞》卷一,宣统元年刻本。

集》中。

胡文楷《历代妇女著作考》是目前保存女性文学作品最完备的目录书。胡文楷在撰写过程中,对山左女性生平资料和作品的著录多来自《山东通志》及《撷芳集》《国朝闺秀正始集》《国朝闺秀诗柳絮集》《晚晴簃诗汇》《清闺秀艺文略》等。《山东通志》作为记录山左地区历史发展的重要载体,其中保存了大部分清代山左女性文学风貌。而总集如《国朝山左诗钞》《阙里孔氏诗钞》《撷芳集》《国朝闺秀正始集》等则从文献保存方面为清代山左女性文学的流传作出了重要的贡献。可以说,在家族与社会的通力合作下,清代山左女性文学的传播取得了一定的成果。

综合而言,清代山左女性诗集的刊刻既有家族的支持,也有外界力量的助力。在传播过程中,别集是主要途径,总集、地方志等也保存了诸多女性的作品。从传播效果上看,清代山左女性作品的刊刻与传播无疑是成功的,不仅使她们为时人所知,也让她们在清代女性文学史上留下了重要的一笔。

结 语

清代山左文学极为繁盛,以山左诗人群体的出现和山左诗歌的盛行为标志,树立了齐鲁文化的地域标杆。山左女性文学是山左文学的重要分支,是彰显齐鲁文化和儒家精神不可或缺的组成部分。

山左为儒家学说发源地,儒家经典如《诗经》《礼记》《论语》等在女性教育中也有着重要的地位。在儒家思想"礼""仁""孝"等观念的影响下,清代山左女性致力于寻求"才"与"德"的平衡,充分发挥自己的才华,实现自我价值,呈现出端正淳雅的文学态度及温柔敦厚的美学风格。其诗文从传统的闺阁、家室空间与情感主题上升至社会空间与家国忧思主题,在深度、力度和广度方面超越了女性文学惯常的模式。清代科举制度下,家族女性接受教育时多以儒家经典及女教书为主,婚后也会承担起课子的重任。在儒学观念的影响下,当时女性对于"德行"尤其是"贞节观"保持认同,且会自发维护这种观念。同时,女性也找到了一条解决才与德矛盾的途径,即在科举制度的大环境下,通过教养子孙来实现自己的价值,以课训诗来展示自己的思想和才华。

清代女性文学之盛超越其他朝代,不仅数量众多,且涌现出一批成就较高的女性作家群体及优秀的知名女作家。清代文人在思想及行动上都对女性文学提供了重要的支持。清代女性对于文学的态度也较以往不同,重视"才名",积极刊刻传播作品。清代山左文学有浓厚的齐鲁文化色彩:思想上尊崇儒家学说,诗歌创作中也讲求经世致用,体现儒家文化的实用主义精神。这些都对山左女性文学产生了重要的影响。

清代山左女性的时代分布以清中期尤其是乾隆时期为重,不仅数量众多,且具有一定文学成就。这与当时的女性文学发展的大环境密切相关。因与儒家思想有特殊的渊源关系,清代山左女性出现不少学术类著作,在文学风格上则趋于端正淳雅。清代山左女性文学体现出地域、家族与文学的结合,女性文学创作不仅是家族重要的文化资本,也是地方文化实力的重要展现。清代山左女性对于闺阁生活的描写和对情感的描摹都体现女性对生活的热爱和对美学的追求,并以此来构筑自己的精神家园。有着"哀而不伤"的风格,不失温柔敦厚之旨。同时,女性写作空间不限于家庭生活,对疾病、战争、历史等问题都有所关注与思考。"疾病书写"体现女性独有的"纤弱式"审美与苦难讲述。"战争书写"体现出女性文学的自觉与使命感,从个人视角出发,将战争的残酷和对百姓的伤害描绘得淋漓尽致。同时,也会从公议角度出发,就战争的性质、朝廷的政策等发表自己的意见。咏史诗中存在三种倾向:泛情、共情、移情。以女性视角为出发点,用诗歌表达了超越闺阁的见识与思考,在文学的长河中发出了专属于女性的声音。在清代山左女性文学中,以孔璐华、郝簋与李长霞最具代表性。

　　清代山左女性文学的传播与接受方面,此时期,女性对于作品传播的态度仍然较为保守,但家族与地方却给予了大力的支持。家族对女性文学的支持不仅体现在给予女性良好的教育,还会主动为其刊刻传播作品,为女性文学的发展提供了重要的传播渠道。除去家族的支持,山左女性借助随宦、出游等活动,与其他地域的文人进行文学交游,虽然未能形成一定的文学社团,但也借此扩大了作品的传播范围,增强了传播效果。

参考文献

古籍图书

A

《(道光)安丘新志》,民国九年石印本。

B

(东汉)班昭等著:《女四书》,团结出版社2017年版。

(清)鲍之芬著:《三秀斋诗钞》,胡晓明、彭国忠主编:《江南女性别集三编》,黄山书社2012年版。

C

(清)曹贞吉著:《珂雪初集》,康熙间刻本。

(清)曹贞吉著:《珂雪词》,康熙间刻本。

(清)曹锡淑著:《晚晴楼诗稿》,《四库全书存目丛书·集部》第278册,齐鲁书社1990年版。

(清)常之英修、刘祖干纂:《潍县志稿》,民国三十年刻本。

(清)陈宏谋著:《五种遗规》,道光十九年芝阳兴善堂重刻本。

(清)陈康祺撰:《郎潜纪闻》,光绪十年琴州刻本。

(清)陈芸编:《小黛轩论诗诗》,王英志主编:《清代闺秀诗话丛刊》,凤凰出版社2010年版。

D

丁世平、刁承襄修、尚庆翰纂：《平度县续志》，民国二十五年铅印本。

（唐）段成式撰：《酉阳杂俎》，《唐五代笔记小说大观》，上海古籍出版社2000年版。

F

（南朝宋）范晔编撰：《后汉书》，中华书局1965年版。

（明）冯梦龙著：《智囊》，吉林大学出版社2009年版。

H

（清）郝篡著：《蕴香阁诗钞》，《山东文献集成》第3辑第41册，山东大学出版社2009年版。

（清）郝篡著：《碧梧轩吟稿》，《山东文献集成》第3辑第41册，山东大学出版社2009年版。

（清）郝篡著：《恤纬吟》，《山东文献集成》第3辑第41册，山东大学出版社2009年版。

（清）郝懿行、王照圆著：《和鸣集》，《山东文献集成》第2辑第49册，山东大学出版社2007年版。

（清）黄秩模编辑，付琼校补：《国朝闺秀诗柳絮集校补》，人民文学出版社2011年版。

K

（清）柯蘅撰：《春雨堂诗选》，《山东文献集成》第4辑第32册，山东大学出版社2011年版。

（清）柯劭慧著：《楚水词》，民国四年双照楼刊本。

（清）孔璐华著：《唐宋旧经楼诗稿》，道光间刻本，《清代诗文集汇编》第478册,上海古籍出版社2010年版。

(清)孔尚任著:《孔尚任全集》,齐鲁书社2004年版。

(清)孔宪彝辑:《阙里孔氏诗钞》,《山东文献集成》第3辑第41册,山东大学出版社2009年版。

(清)孔祥淑著:《韵香阁诗草》,光绪十三年刻本。

(清)况周颐著:《蕙风词话》,《词话丛编》本,中华书局1986年版。

L

(清)蓝鼎元著:《女学》,光绪二十三年京师刻本。

(清)李长霞著:《锜斋诗选》,《山东文献集成》第4辑第32册,山东大学出版社2011年版。

(清)李慈铭撰:《越缦堂诗话》,民国十四年商务印书馆铅印本。

(清)李晚芳著,刘正刚整理:《李菉猗女史全书》,齐鲁书社2014年版。

(明)李贽著,陈仁仁校释:《焚书 续焚书校释》,岳麓书社2011年版。

(清)梁兰漪著:《畹香楼诗稿》,胡晓明、彭国忠主编:《江南女性别集二编》上册,黄山书社2010年版。

(清)林良铨著:《麟山林氏家训》,光绪五年刻本。

(南朝)刘勰著:《文心雕龙》,上海古籍出版社2005年版。

(清)卢见曾编:《国朝山左诗钞》,乾隆二十三年德州卢氏雅雨堂刻本,《山东文献集成》第1辑第41册,山东大学出版社2006年版。

（清）卢著著：《碧云轩剩稿》，清刻本。

（明）吕坤著：《闺范》，见《女诫 闺范译注》，上海古籍出版社2020年版。

M

（清）梅曾亮著：《柏枧山房全集》，咸丰六年杨以增、杨绍谷等刻、民国七年蒋国榜补修本，《清代诗文集汇编》第552册，上海古籍出版社2010年版。

（清）毛永柏修，李图、刘耀椿纂：《（咸丰）青州府志》，咸丰九年刻本。

N

（清）倪企望修，钟廷瑛、徐果行纂：《长山县志》，嘉庆六年刻本。

《女子世界》，1904年3月。

Q

《（民国）齐河县志》，民国二十二年铅印本。

《（光绪）栖霞县续志》，光绪五年刻本。

《（乾隆）曲阜县志》，乾隆三十九年刻本。

（清）钱谦益著：《钱牧斋全集》，上海古籍出版社2003年版。

（清）钱仪吉纂：《碑传集》，中华书局1993年版。

（清）邱心如著：《笔生花》，中州古籍出版社1984年版。

R

（清）任周鼎修、王训纂：《康熙续安丘县志》，康熙间刻本。

（清）阮亨编：《瀛舟笔谈》，嘉庆二十五年刻本。

（清）阮元著：《揅经室集》，中华书局1993年版。

S

（清）单为娟著：《女史碧香阁遗稿》，单步青辑《高密单氏诗文汇存》，民国十六年高密单氏上海石印本，《山东文献集成》第3辑第44册，山东大学出版社2009年版。

（清）单可基著：《竹石居稿》，嘉庆十二年高密单氏鉴古堂刻本。

（清）沈德潜著，吴雪涛、陈旭霞点校：《清诗别裁集》，河北人民出版社1997年版。

（清）沈其光著：《瓶粟斋诗话》，清稿本。

（清）施淑仪著：《施淑仪集》，人民文学出版社2011年版。

（清）舒孔安修、王厚阶纂：《同治重修宁海州志》，同治三年刻本。

（汉）司马迁著：《史记》，中华书局1963年版。

于世琦辑：《万柳老人诗集残稿》，民国十八年《卢乡丛书》铅印本。

（清）宋琬著，辛鸿义、赵家斌点校：《宋琬全集》，齐鲁书社2003年版。

（清）孙殿起著：《贩书偶记》，上海古籍出版社2020年版。

T

（清）唐庆云著：《女萝亭诗稿》，道光间刻本。

（清）陶元藻辑，蒋寅点校：《全浙诗话 外一种》，浙江古籍出版社2017年版。

（清）田同之著：《二学亭文涘》，德州田氏丛书本，《清代诗文集汇编》第239册，上海古籍出版社2010年版。

W

（清）汪辉祖著：《双节堂庸训》，天津古籍出版社 2016 年版。

（清）汪中著：《述学·内篇》，道光三年刻本。

（清）王碧莹著：《东篱集》，清钞本，《山东文献集成》第 3 辑第 36 册，山东大学出版社 2009 年版。

（清）王培荀著，蒲泽校点：《乡园忆旧录》，齐鲁书社 1993 年版。

（清）王琼著：《曲江亭唱和集》，嘉庆间刻本。

（清）王氏著：《郭外楼诗刻》，清道光四年胶州高氏承裕堂刻同治元年补刻本，《山东文献集成》第 4 辑第 29 册，山东大学出版社 2011 年版。

（清）王氏著：《绿窗诗草》，《清代诗文集汇编》第 30 册，上海古籍出版社 2010 年版。

（清）王士禛撰：《香祖笔记》，商务印书馆 1934 年版。

（清）王士禛撰：《带经堂诗话》，人民文学出版社 1963 年版。

（清）王士禛撰：《古夫于亭杂录》，中华书局 1988 年版。

（清）王士禛撰：《渔洋山人自撰年谱》，康熙间吴县惠氏红豆斋刻本。

（清）王士禛著、袁世硕编：《王士禛全集》，齐鲁书社 2007 年版。

（清）王豫编：《江苏诗征》，道光间刻本。

（清）王照圆著：《晒书堂闺中文存》，清光绪十年郝联薇东路厅署刻本，《山东文献集成》第 2 辑第 48 册，山东大学出版社 2007 年版。

（清）魏礼焯、时铭修，阎学夏、黄方远纂：《（嘉庆）昌乐县志》，嘉庆十四年刻本。

（清）魏象枢著：《寒松堂全集》，康熙间刻本。

（唐）魏徵等编：《隋书》，中华书局1973年版。

X

（清）谢雪著：《咏絮亭诗草》，《清代诗文集汇编》第478册，上海古籍出版社2010年版。

（清）邢顺德著：《兰圃诗草》，清钞本，《山东文献集成》第3辑第36册，山东大学出版社2009年版。

（清）徐比玉著：《小莲花室遗稿》，道光二十五年刻本。

（清）徐桂馨著：《切韵指南》，宣统三年石印本。

（清）徐乃昌编：《小檀栾室汇刻闺秀词》，光绪间刻本。

（清）徐乃昌编：《小檀栾室闺秀词钞》，宣统元年刻本。

（清）徐世昌编：《晚晴簃诗汇》，民国十八年退耕堂刊本。

（清）徐一士著：《一士类稿》，中华书局2007年版。

Y

（清）颜小来著：《恤纬斋诗》，（清）孔广栻辑：《海岱人文三十三种》，稿本，《山东文献集成》第1辑第43册，山东大学出版社2006年版。

（北齐）颜之推著：《颜氏家训》，明万历三年刻本。

（清）姚澍著：《姚氏家训》，同治十一年刻本。

（明）叶天寥纂辑：《午梦堂全集》，贝叶山房1936年版。

（清）于桂秀著：《无梦轩诗》，（清）张廷叙撰：《香雪园重订诗》，稿本，《山东文献集成》第2辑第35册，山东大学出版社

2007年版。

（清）余正酉辑：《国朝山左诗汇钞后集》，道光二十九年刻本，《山东文献集成》第1辑第43册，山东大学出版社2006年版。

（清）袁树著：《红豆村人诗稿》，国学书局民国十九年刊本。

（清）恽珠编：《国朝闺秀正始集》，道光十一年红香馆藏刻本。

Z

（清）翟柏舟撰：《礼佛轩诗钞》，光绪十八年刻本，《山东文献集成》第4辑第31册，山东大学出版社2011年版。

（清）张惠言著：《茗柯文二编》，《续修四库全书》第1488册，上海古籍出版社2002年版。

（清）张鉴等撰：《阮元年谱》，中华书局1995年版。

（清）张鹏展纂：《国朝山左诗续钞》，嘉庆十八年四照楼刻本，《山东文献集成》第1辑第42册，山东大学出版社2006年版。

（清）张思勉修，于始瞻纂：《乾隆掖县志》，光绪十九年刻《掖县全志》影印本。

（清）张廷玉等编：《明史》，中华书局1974年版。

（清）张同声修，李图等纂：《（道光）重修胶州志》，道光二十五年刊本。

（清）张纨英著：《餐枫馆文集》，胡晓明、彭国忠主编：《江南女性别集三编》，黄山书社2012年版。

（清）张曜、杨士骧修，孙葆田等纂：《（宣统）山东通志》，民国四年至七年山东通志刊印局排印本。

（清）张因著：《绿秋书屋遗稿》，肖亚男：《清代闺秀集丛刊》第十三册，国家图书馆出版社2014年版。

（清）章学诚撰、叶瑛校注：《文史通义校注》，中华书局2014年版。

（清）赵尔巽等编：《清史稿》，中华书局1977年版。

（宋）赵蕃著：《章泉稿》，王云五主编：《丛书集成初编》，商务印书馆民国二十六年刊本。

（唐）郑氏著：《女孝经》，团结出版社2017年版。

（汉）郑玄注，（唐）陆德明释文：《礼记》，国家图书馆出版社2017年版。

（清）周亮工著，米田点校：《尺牍新钞》，岳麓书社2016年版。

（清）周映清等著：《织云楼诗合刻》，乾隆刻本。

（清）朱玙著：《小莲花室遗稿》，道光二十五年刻本。

（清）左锡嘉著：《冷吟仙馆诗余》，胡晓明、彭国忠主编：《江南女性别集二编》下册，黄山书社2010年版。

现当代图书

C

曹大为著：《中国古代女子教育》，北京师范大学出版社1996年版。

陈东原著：《中国妇女生活史》，商务印书馆2017年版。

D

邓之诚撰：《清诗纪事初编》，上海古籍出版社1984年版。

F

（加）方秀洁、（美）魏爱莲主编：《跨越闺门：明清女作家论》，北京大学出版社2014年版。

G

（美）高彦颐著，李志生译：《闺塾师：明末清初江南的才女文化》，江苏人民出版社 2022 年版。

中国科学院图书馆整理：《续修四库全书总目提要（稿本）》，齐鲁书社 1996 年版。

光铁夫编：《安徽名媛诗词征略》，黄山书社 1986 年版。

H

胡文楷编著：《历代妇女著作考》，上海古籍出版社 1985 年版。

胡晓明、彭国忠主编：《江南女性别集二编》，黄山书社 2010 年版。

胡晓明、彭国忠主编：《江南女性别集三编》，黄山书社 2012 年版。

J

《近代中国史料丛刊续编》，文海出版社 1977 年版。

K

柯愈春编：《清人诗文集总目提要》，北京古籍出版社 2001 年版。

L

李伯齐著：《山东文学史论（增订本）》，齐鲁书社 2022 年版。

李国彤著：《女子之不朽：明清时期的女教观念》，广西师范大学出版社 2014 年版。

李进莉、潘荣胜著：《清代山东进士》，齐鲁书社 2009 年版。

李灵年、杨忠编：《清人别集总目》，安徽教育出版社 2000 年版。

梁乙真著：《清代妇女文学史》，山西人民出版社 2015 年版。

(美)卢苇菁著,秦立彦译:《矢志不渝:明清时期的贞女现象》,江苏人民出版社2022年版。

(美)罗莎莉著:《儒学与女性》,江苏人民出版社2015年版。

M

(美)曼素恩著,定宜庄、颜宜葳译:《缀珍录:18世纪及其前后的中国妇女》,江苏人民出版社2022年版。

(加)孟留喜著:《诗歌之力:袁枚女弟子屈秉筠》,江苏人民出版社2020年版。

Q

乔力、李少群主编:《山东文学通史》,中国社会科学出版社2016年版。

S

《山东文献集成》,山东大学出版社,2006—2011年。

上海图书馆编:《中国丛书综录》,上海古籍出版社2007年版。

《四库全书存目丛书》,齐鲁书社1990年版。

宋宪章修、于清泮纂:《民国牟平县志》,民国二十五年石印本。

孙永汉修,李经野、孔昭曾纂:《民国续修曲阜县志·人物志》,民国二十三年铅印本。

T

唐圭璋编:《词话丛编》,中华书局1986年版。

唐桂艳著:《清代山东刻书史》,齐鲁书社2016年版。

W

汪辟疆著:《汪辟疆文集》,上海古籍出版社1988年版。

王绍曾著主编、沙嘉孙修订:《山东文献书目》,齐鲁书社2017年版。

王英志主编:《清代闺秀诗话丛刊》,凤凰出版社2010年版。

(美)魏爱莲著,马勤勤译:《美人与书:19世纪中国的女性与小说》,北京大学出版社2015年版。

X

夏晓虹著:《晚清女子国民常识的建构》,北京大学出版社2016年版。

许嘉璐主编:《二十四史全译》,同心出版社2012年版。

《续修四库全书》,上海古籍出版社2002年版。

徐雁平著:《清代世家与文学传承》,生活·读书·新知三联书店2012年版。

徐泳著:《山东通志艺文志订补》,山东人民出版社2016年版。

Y

杨洁著:《史间拾遗:中国女子教育研究》,陕西师范大学出版社2020年版。

(美)伊沛霞著,胡志宏译:《内闱:宋代妇女的婚姻和生活》,江苏人民出版社2010年版。

伊丕聪、于晓明评注:《桓台历代诗词选注评》,海豚出版社2012年版。

袁世硕主编:《王士禛全集》,齐鲁书社2007年版。

Z

张秀岭、张叔红、张宝泉编:《德州历代要籍题录与资料索引》,敦煌文艺出版社2019年版。

《中国地方志集成·山东府县志辑》,凤凰出版社2004年版。

《中国近代史资料丛刊·捻军》,上海人民出版社1957年版。

期刊论文

C

陈书录:《"德·才·色"主体意识的复苏与女性群体文学的兴盛——明代吴江叶氏家族女性文学研究》,《南京师范大学学报》,2001年第5期。

崔伟芳:《清代圣裔孔璐华生平及创作时间考》,《扬州教育学院学报》,2022年第2期。

D

戴庆钰:《明清苏州名门才女群的崛起》,《苏州大学学报》,1996年第1期。

G

宫泉久:《从王士禛小说看其进步妇女观》,《东岳论丛》,2007年第6期。

H

黄阿莎:《周诒端与左宗棠的诗歌世界——兼论湘潭周氏、湘阴左氏闺秀的诗教与家风》,《中南大学学报》,2019年第5期。

黄金元:《清代山左名媛赵慈家世新证》,《文献》,2012年第3期。

李贵连:《试论明清女性文学创作主体的家族化及其根本原因》,《内蒙古大学学报》,2011年第4期。

L

刘慧苹、文冶芳:《儒家女性观之演变及反思》,《华中农业大学学报》,2007年第3期。

刘双琴:《空间场域与女性文学主题的形成》,《中华女子学院学报》,2019年第1期。

娄欣星:《明清时期女性文学的传播——以环太湖流域家族女性为例》,《浙江师范大学学报》,2015 年第 4 期。

Q

钱志熙:《士大夫文化视角中的中国古代女性诗歌发展史》,《中国高校社会科学》,2019 年第 5 期。

S

石玲:《孔子与孔府文学》,《孔子研究》,2017 年第 6 期。

石玲:《清代初前期山左诗学思想概略》,《文学遗产》,2007 年第 2 期。

石玲:《清代曲阜孔氏圣裔女诗人论略》,《山东师范大学学报》,2013 年第 3 期。

宋清秀:《清代才女文化的地域性特点——以王照园、李晚芳为例》,《浙江师范大学学报》,2005 年第 4 期。

宋清秀:《清代女性文学群体及其地域性特征分析》,《文学评论》,2013 年第 5 期。

T

田梅英:《儒家文化与山东女性道德观念的优化》,《聊城大学学报》,2005 年第 4 期。

W

王力坚:《从〈名媛诗话〉看家庭对清代才媛的影响》,《长江学术》,2006 年第 3 期。

王萌:《明清女性创作群体的地理分布及其成因》,《中州学刊》,2005 年第 5 期。

王蕊:《清代山东才女的写作与日常生活》,《东岳论丛》,2015

年第 10 期。

王若君:《边缘族群的解读:女性主义视角下的历史哲学》,《辽宁师范大学学报》,2002 年第 2 期。

Y

于少飞:《论清代山东地区女性文学的特征》,《山东青年政治学院学报》,2015 年第 1 期。

Z

曾礼军:《清代女性戒子诗的母教特征与文学意义》,《文学遗产》,2015 年第 2 期,第 1 页。

张海燕、赵望琴:《清代女作家咏史诗创作考论》,《云南社会科学》,2013 年第 3 期。

张宏生:《日常化与女性词境的拓展——从高景芳说到清代女性词的空间》,《清华大学学报》,2008 年第 5 期。

张宏生:《闺阁的观物之眼——清代女诗人的咏物诗》,《北京大学学报》,2022 年第 1 期。

张涛:《被肯定的否定——从〈清史稿·列女传〉中的妇女自杀现象看清代妇女境遇》,《清史研究》,2001 年第 3 期。

赵阳:《孔璐华〈唐宋旧经楼诗稿〉的创作特色》,《扬州文化研究论丛》,2017 年第 2 期。

周潇:《清末山东才女李长霞与胶州柯氏》,《山东高等教育》,2014 年第 2 期。

学位论文

C

陈启明:《清代女性诗歌总集研究》,复旦大学博士学位论文,

2012年。

D

董倩倩：《清代孔氏家族女性诗人诗作综考》，曲阜师范大学硕士论文，2010年。

F

冯月月：《乾嘉时期仪征阮门闺秀诗歌研究》，扬州大学硕士学位论文，2018年。

H

黄金元：《明清之际济南府望族与诗歌研究》，山东师范大学博士论文，2010年。

L

李小满：《清代闺秀词研究》，陕西师范大学博士学位论文，2015年。

W

王皓潼：《盛世寒音：高密诗派研究》，山东大学博士论文，2018年。

Y

姚金笛：《清代曲阜孔氏家族诗文研究》，山东大学博士论文，2013年。

Z

张茜：《清代山东诗文作家研究》，上海师范大学博士学位论文，2021年。

朱文文：《以才成德，以德达才——从孔璐华看清朝中期的女子教育》，曲阜师范大学硕士论文，2018年。

后　记

在申报省社科项目的时候,我曾向杜师泽逊先生请教选题的问题,先生建议我研究一下山东地区的女性文学。于是在初步考察之后,我选择了"清代山左女性文学研究"这一题目。之所以聚焦于清代,是因为此时期山左女性作家作品数量较多,且目前少有人进行全面研究。而像杰出的宋代山左女词人李清照,研究其生平与著作的成果层出不穷,其光芒四射,虽谓之日月经天,也无不可。然而,山左清代女性文学,幽光未现,自当予以阐发,使显扬于今日,传芳于来世。

从地域文学的角度来看,目前学界对女性文学的整理与研究主要集中于南方地区,尤其是江浙一带。像《江南女性别集》等著作的出版更是方便学者了解和研究江南地区的女性文学。胡文楷《历代妇女著作考》中,对历代女性作家的著录也以南方地区为主,北地相对而言,在数量上并不占优势。当我初步进行相关文献资料的查找和统计的时候,也在思考几个问题:清代山左女性文学是否值得研究?它的重要学术价值体现在什么地方?清代山左地区的女性文学能在文学史上占据什么样的位置?在胡文楷《历代妇女著作考》及山东省图书馆徐泳老师《山东通志艺文志订补》等基础上,我将清代山左女性作家数量搜集到186位,作品153种。而在具体查找作品时,根据杜师和徐泳老师的建议,依托《山东文献集成》及山东省图书馆馆藏相关著作,我找到清代山左女性别集传世者五十余种。从各类总集及地方志中搜辑到大量零散作品。从数量上看,清代山左女性作家作品在北方地区居于首位,这样的规模是值得进行研究的。在研读一遍清代山左女性文学作品后,我认为在内容上也可以进行深度研究。首先,清代山左女性作家中,像孔璐华、郝簋、李长霞等人的诗歌成就较高,可作个案研究。而像颜小来、孔丽贞、邢顺德、于桂秀、单为娟、高密王氏、王碧莹等人的作品皆有可取之处。王照圆、徐桂馨、赵慈等还以学术见长,有治经和诗学研究方面的著作。其次,女性文学的兴盛多半靠家族的扶持,尤其是女性的文化教育多半来自家族亲友。清代山左文学兴盛,各大文学家族也都有诗文方面的佼佼者,这些都会影响山左女性的文学创作,使其走上或复古拟古,或追寻自然天真的道路。再者,作为儒家文化发源地,儒学思想浸染着山左文学,女性的创作也深受影响。如果问,清代山左女性文学的特色是什么?那么,对儒家经典的学习与阐释,对儒学观念的接受与传播可谓是其独特之处。在很多人眼中,封建时代的女性所受压迫是巨大的,闺阁生活的束缚、"三从四德"观念的禁锢等也确实存在。但重新解读儒家经典时,不难发现,一些封建糟粕思想如贞节观等,并非儒家本意,而是出于某些原因被刻意曲解。儒家所倡导的"仁义礼智信"等关注个人修养提升和构建和谐家庭与社会的思想是被当时女性接纳认同的,且会在实际生活中加以运用。结合实际文献资料,从清代社会大环境及山左女性真实的生存状态全方位去考察后,我看到的是清代山左女性坚韧的内在力量和超高的家国责任感。山左女性待字闺中时,所接受的教育除去"内外分工"所需的技能型教育外,儒家经典的学习和文学艺术的培养也是不可或缺的。当她们出嫁后,主理家政外,更要利用自己所学来教养儿孙。在承担"主内"的重担时,用诗歌排遣内心的苦闷,诉说对亲人的思念及对闺阁生活的眷恋成为很多女性的选择。在"才"与"德"的矛盾心态中,以课训诗等形式教育儿孙也成为她们平衡矛盾、实现自我价值的途径。在用诗歌构建精神家园的同时,山左女性也在努力突破闺阁的限制,用"仁心"去体察世间万物,对民生、战争、历史等问题都进行了关注与思考。我们可以从中想见,在当时压抑的环境下,女性以强大的责任感来承担起家族的重担,关注社稷民生;同时也试图用文学去感知世界、回馈世界。从她们的诗词文赋里我们可以看到,每个时代都有自己的局限,每个人都不免遇到困境,但无论何时何地,都要在自己的时代里,在力所能及的范围之内坚韧地生存,诗意地生活,去努力实现自己的人生价值。这些是最令人动容的地方,也是百多年前的山左女性带给我们的精神力量。

  本书的写作大致用了四年的时间,在教学和其他琐碎事务的压力之下,也曾几度想要放弃。但每次去读这些女性的作品,总能在其中感受到一股精神力量。她们也曾被家务侵占写作时间,也曾经历人生中不可避免的苦痛,但她们还是在坚持写作,她们的诗歌终究还是留存下来。同为女性,正是这股坚韧的力量支撑着我走了下来,希望能以此小书去纪念她们。

在此感谢给我帮助的各位师友,如杜泽逊师、程远芬师、徐泳老师、孙齐老师及隗茂杰师弟等,他们在资料的搜集及写作过程都给予了我很多帮助。感谢责任编辑贾素慧女士,在上海大学一起读书时我就很佩服慧姐的认真与努力,这次能由她作我的图书编辑老师,甚是荣幸。能在母校出版社出版自己的第一本书,同样也是一种荣幸。感谢封面设计缪炎栩老师,我第一次看到封面设计的时候就无比喜欢。从前读《聊斋志异》,《婴宁》一篇中印象最深的是她的居所环境,其中有一句"窗外海棠枝朵,探入室中",写得极美。而本书的封面恰好就与此句意境极为相似。在这种环境下成长起来的婴宁,她的人和品格皆是美的,而我笔下所涉及的清代山左女性也都有自己的美好之处。在此我也要感谢她们,感谢所有温柔坚韧勇往直前的女性!

因结项需要,本书不得不匆匆结尾,其中一些问题还未来得及进行深度研究,王照圆等人的学术著作也未能进行仔细研读,这些都是缺憾之处。从文献的搜集整理到内容的写作,其中肯定不乏缺漏讹误之处,还请诸位方家批评指正!

甲辰年三月写于济大桐庐
孙欣婷